ルームメイトと謎解きを

楠谷 佑

ポプラ文庫

Contents

solving the riddle
with
my roommate

霧森学院高等部・全体図

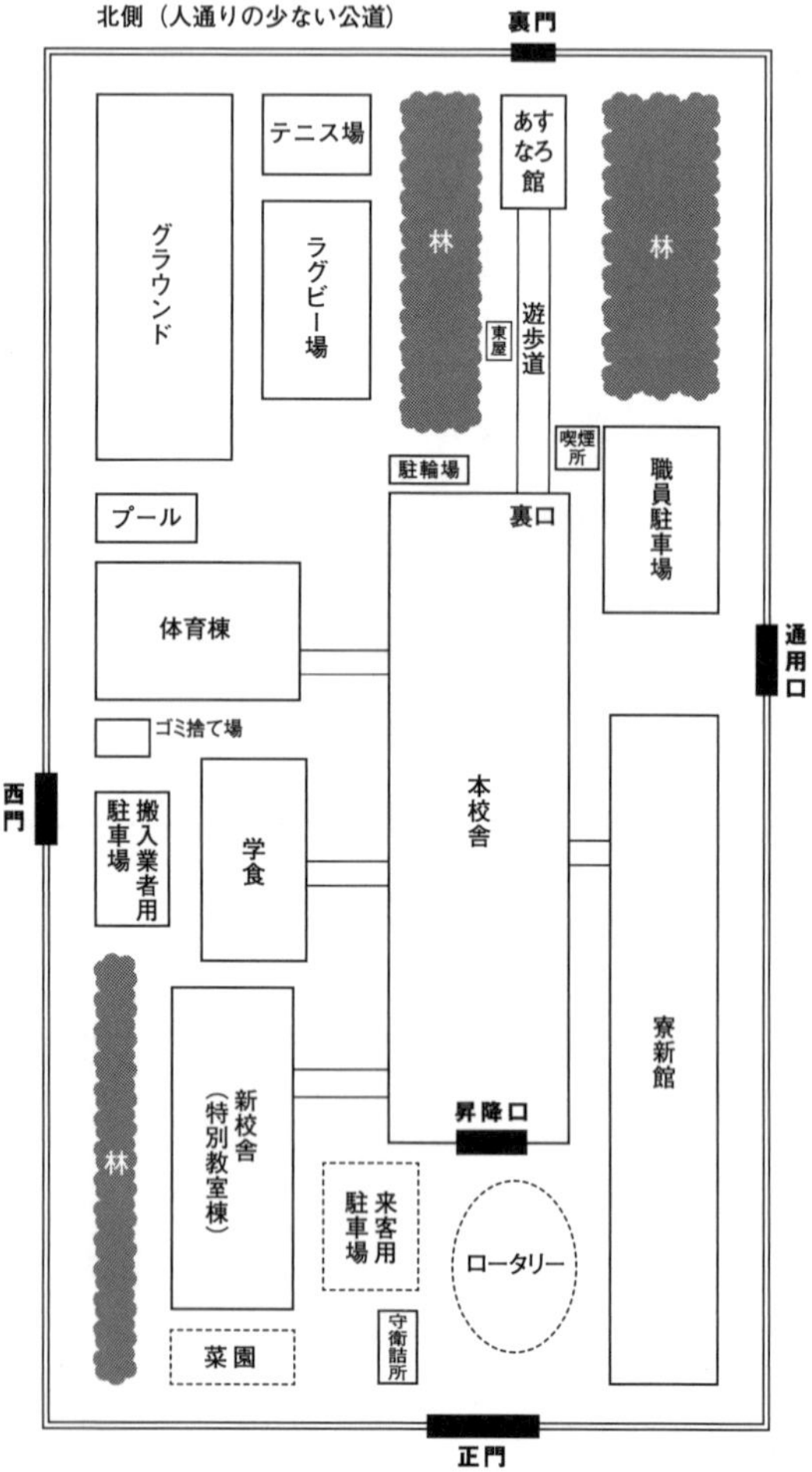
北側（人通りの少ない公道）
裏門
テニス場
林
あすなろ館
林
グラウンド
ラグビー場
遊歩道
東屋
喫煙所
駐輪場
職員駐車場
プール
裏口
体育棟
通用口
ゴミ捨て場
本校舎
西門
搬入業者用駐車場
学食
寮新館
新校舎（特別教室棟）
林
昇降口
来客用駐車場
ロータリー
菜園
守衛詰所
正門

あすなろ館 1F 見取り図

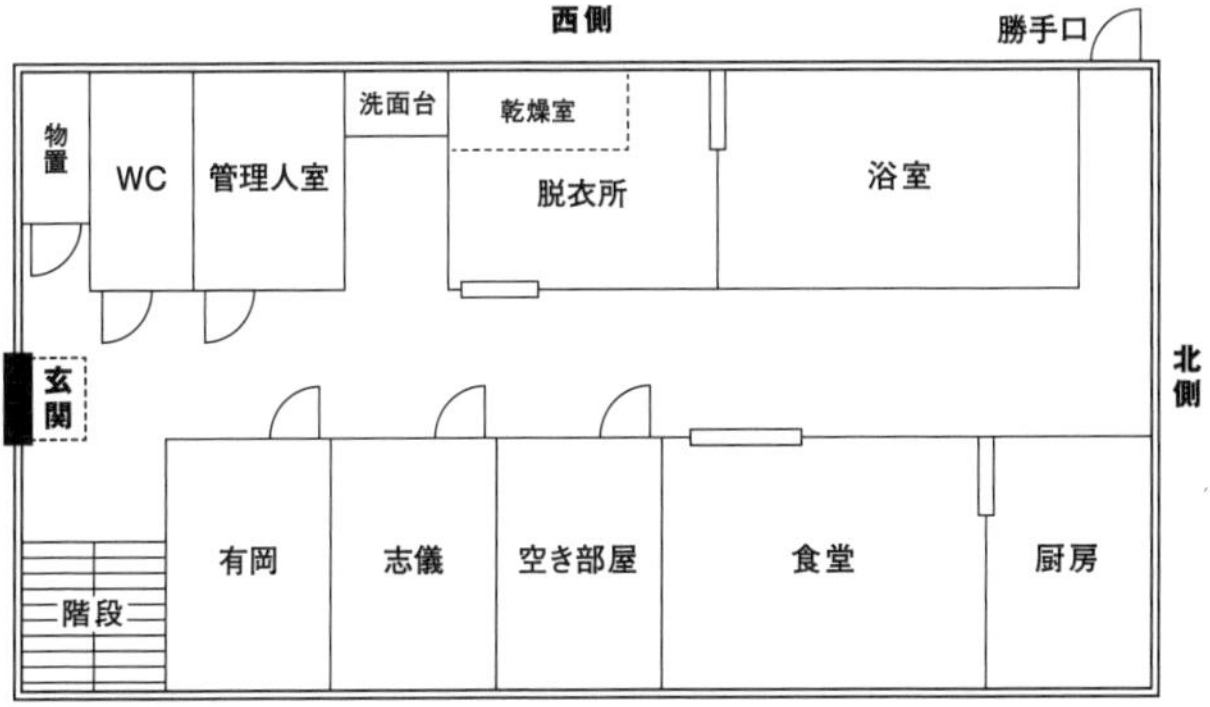

あすなろ館 2F 見取り図

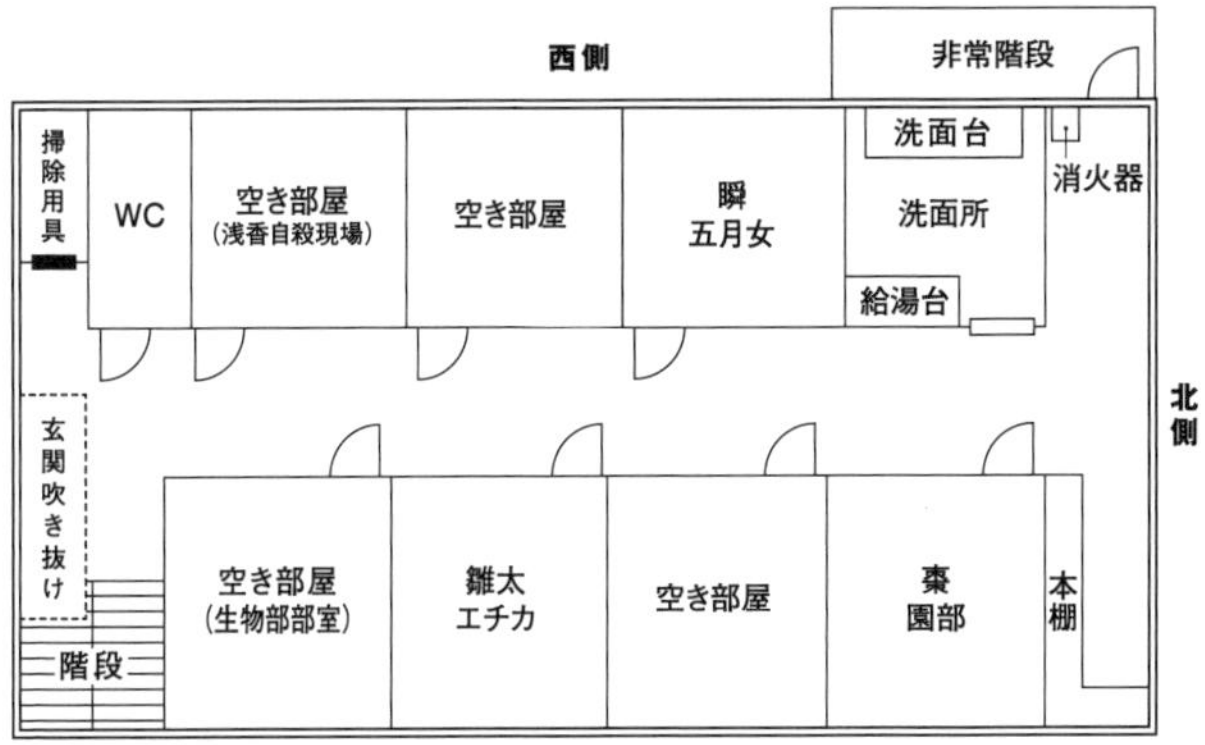

第一章

同室の変人

1

深い呼吸がなによりも大事だ。手も、足も、指先までしっかりと意識を集中させる。全身で呼吸をする。目の前の相手を見据える。

普段は生意気な瞬《しゅん》も、組手のときはいつだって真剣だ。猫を思わせる目は、睨《にら》むような鋭さでオレの顔を映している。

「はじめ!」という有岡《ありおか》さんの合図で、瞬が素早く右足を踏みこんできた。受け側のオレは一歩下がる。細身の身体に似合わないパワフルな突きが飛んできた。オレは左手で受けてから、すかさず反撃に移る。

攻撃側が繰り出す技に対して受け側が反撃する、基本一本組手だ。敵と闘う、という感覚ではない。むしろ相手と呼吸が重なるのを感じる。攻撃、防御、反撃というルーティンを繰り返していく。しかし惰性《だせい》にならないように。

空手はやはりいい。今、この瞬間だけに集中できる。

「そこまで！　挨拶して集合！」

有岡さんのかけ声が道場に響いた。オレたちは「ありがとうございました」を交換する。瞬の瞳には、悪戯《いたずら》っぽい光が戻っていた。

部員たちが集合すると、有岡さんは全員を見回しながら告げる。

「いったん昼休憩にする。また四十分後に集合だ！」

空手部員一同は「押忍《おす》！」と声を張り上げて、三々五々散っていった。顔を洗おうと廊下に出たとき、オレは後ろから肩を叩かれた。

「雛太《ひなた》、お疲れ」

有岡さんだった。オレは背筋を伸ばして、ふたたび「押忍！」と叫ぶ。

「ははっ、おまえ相変わらず声でかいな。いいことだけどよ」

彼は苦笑しながら、タオルで汗を拭う。はだけた道着から見えている身体は、今日もほれぼれするほど逞《たくま》しい。

「顔洗いに行くんだろ？　俺も行くわ」

尊敬すべき我らが大将から声をかけられるとは。嬉しくなってしまった。

道場のそばにある扉から外に出ると、風が強く吹きつけてきた。ざざっと音を立てて、桜の花びらが散る。四月になってすでに六日が経つ。枝に残っている桜はわずかだ。

「どうしたよ、雛太。今日はずいぶんとご機嫌じゃねえか」

顔を洗い終えた有岡さんが、こちらを覗きこみながら言った。オレは照れて頬を搔く。

「そんなに顔に出てましたか？」

「おまえはすぐ顔に出る。まあ、それもいいことだと思うがな」

我らが大将はなんでも褒《ほ》めてくれる。この人のこういうところが好きだ。

「昨日、有岡さんが言ってたじゃないですか。うちの寮に新しいメンバーが加わるって」

「ああ。新入生と、二年の転入生がひとりずつな。昨日も言ったとおり、二年生のほうはおまえと同室だ。……それで機嫌がよかったのか？」

「だって、楽しみじゃないですか！」

こんなに浮かれるのは子供っぽいだろうか。しかし、楽しみなものは楽しみなのだ。

埼玉県北部の霧森《きりもり》町に建つこの私立霧森学院は、中高一貫の男子校でしかも全寮制。さらに、学院の周囲は森ばかりだ。それなりに楽しい日々だが、恐ろしいほどに変化のない生活である。転入生とルームメイトになるというのは、ちょっと胸躍《おど》る話ではないか。

「そうやって雛太が歓迎モードなのは、向こうにとってもありがたいことだろうよ。さてと、そろそろ戻るか」

オレたちは桜吹雪に押されるようにして、体育棟の中に入った。

「しかし早いもんだなあ。中等部から一緒の雛太も、もう明日から高校二年生とはな」

　明日は始業式だ。長いようで短かった春休みも、今日で終わりとなる。

「俺も三年だから、いよいよこの学院での生活もラスト一年か。本当にあっというまだ。……っていうのはいいとして、雛太。一緒に昼飯食おうぜ」

　大喜びで「押忍！」と答えたとき、誰かが後ろからオレの背中をぽんと叩いた。

「ふたりだけでずるいですよ。おれも交ぜてください」

　馴《な》れ馴れしく触れてきたのは、瞬のやつだった。

「おい、瞬。なんだよ急に。オレは有岡さんとだな」

「いいでしょ、ヒナ先輩。おれも『あすなろ組』になったんすから」

「そうだな。いいじゃねえか、雛太。瞬も一緒に食おうぜ」

　オレたちは体育棟のロビーに座って、道着のまま昼食を食べた。他の空手部連中や、同じく昼休憩をしているバレー部の部員たちもそこここで輪を作っている。

「にしても『あすなろ組』だなんて、よく平然と言えるよな」

　オレは、サンドイッチを食べている瞬に話しかける。

「言っとくけど、旧館に住んでるってだけで色眼鏡《いろめがね》で見てくるやつはいるからな」

　全寮制であるうちの学院において、生徒の大半は校舎の隣にある寮新館に住んでいる。オレや有岡さんが住んでいる旧館――「あすなろ館」は敷地の北のはずれに建っていて、十人に満たない生徒が暮らしている。

　聞くところによると、あすなろ館は霧森学院内では最古の建物らしい。かつては同じ造りの寮が他にふたつあったが、中等部が別の敷地に移るのと同時に取り壊され、新館が建てられたのだとか。

　あすなろ館が残されている理由は単純だ。経済的な事情から新館の居住費を払うのが難しい家庭への、救済措置である。ほとんどタダ同然で住めるのだ。オレも強豪の空手部に憧れて霧森学院中等部を受験したものの、親に経済的な負担を強《し》いていることは承知していた。だから、高等部に上がるときには自分から「あすなろ入り」を志願した。

　家賃が安いとなれば入寮希望者が殺到しそうなものだが、実態はその逆だ。あすなろ館はひどく人気がない。パンフレットを見ただけでわかる建物のボロさに恐れをなすためか、はたまた裕福な家庭が多いうちの学校のことだから、親が見栄を張るのか。おまけに、去年起きたあの事件のせいで、もともと少なかった生徒の多くが新館に移ってしまったし――。

　という事情を知っているはずなのに、瞬のやつは平然と言う。

「ご忠告ありがとうございます。でも、おれは全然気にならないな」

　こいつは、高等部に上がるに際して先週あすなろ館に越してきた。中等部からの持ち上がり組は、瞬以外の全員が新館に入居したという。ちなみに中等部の校舎と寮は、高地にあるこの高等部から町のほうへ五百メートルほど下ったところにある。

「なんでまたおまえは、わざわざウチに来たわけ？」

「そりゃあ、可愛いヒナ先輩と同じ屋根の下で暮らしたかったからっすよー」

「可愛いって……言うな！」

焼きそばパンを持つ反対の手で突きを繰り出したが、瞬は愉快《ゆかい》そうにかわしやがった。

「わー、いきなり攻撃しないでくださいよ。こわいなー」

本当にこいつは、中学のときからオレを舐《な》めくさっている。

幼く見える容姿は、オレも嫌というほど自覚している。昔からそうだ。よく目がでかいと言われるし、クラスの中でも常にいちばん背が低かった。幼稚園のころなんて、初対面では女の子だと思われることのほうが多かった。そんな自分を変えるために七歳のときから空手の稽古に打ちこんできたが、十六歳の今でも遺憾《いかん》ながら「可愛い」と言われてしまうことが多い。兎川《とがわ》雛太という名前の字面のせいか、それとも百五十八センチしかない身長のせいか。この男子校においてはなにかにつけてオレを「姫」扱いしようとするやつもいるので、そのたびに空中に突きや蹴りを繰り出して黙らせることになる。

だが瞬は腕が立つだけに厄介だ。一学年下のくせに、オレと互角に渡り合える。中等部から上がってくる空手部員はこの春休みの稽古に参加させているが、中でも瞬は目に見えて力をつけていて、じつに気に食わない。

「おら、瞬。かわすな。先輩の突きをありがたく受けろ」

「嫌ですよー。パワハラ反対」

瞬に突きを繰り出し続けていると、有岡さんが肩を摑《つか》んでオレを制した。

「雛太、そのへんにしとけや。空手道二十訓にあるように『空手に先手なし』だ。そして瞬も先輩をからかうな。武道をやる者なら、目上の人間への敬意を忘れないように」

「『可愛い』は褒め言葉なんすけどね」

涼しい顔で道着の襟《えり》を直しながら、瞬は屁理屈《へりくつ》を言った。

まったく、しようのない後輩だ。オレはため息をついて立ち上がる。

「ちょっとスポドリ買ってきます」

自販機がある本校舎へ向かう前に、更衣室でジャージに着替えた。制服か体操着以外で校舎を歩いてはいけない、という校則はわずらわしい。面倒くさいので靴下は履かずに上履きをつっかけて、体育棟を出た。

桜の木を眺めつつ、渡り廊下を通る。本校舎に入ると、陽が射しこむ廊下には人気《ひとけ》がなかった。いつもこの時間は学食へ駆けこむ生徒たちで賑《にぎ》わうが、今は食堂も休業中だ。

オレは、その学食へと通じる渡り廊下のほうへ向かう。学院にはいくつか自販機があるが、オレの好きなスポーツドリンクはそこで売っているのだ。アセロラ味の赤いやつ。

売り切れてねえといいけど、と思いつつ廊下を曲がったとき、思わず足を止めた。

自販機の前に、ひとりの生徒が立っていた。

初めて見る生徒だ。前に会っていたらわかる。それくらい印象的な男だった。

身長に敏感なオレは、まず背の高さを見てとった。百八十センチは超えている。脚がすらりと長く、モデルみたいな体形だ。全学年共通の白い上履きは、やけにぴかぴかしている。新一年生なのだろう。

じつに目を引く顔立ちだった。すっと通った鼻筋や形のいい唇も目立つが、なにより瞳に存在感があった。長い睫毛《まつげ》に縁どられた切れ長の目は、すべてを見透かすような鋭い光を宿していた。ただ自販機を見ているだけなのに、えもいわれぬ迫力がある。

その目が不意に、こちらに向けられた。

「……なにか」

「あっ、いや、べつに。……あれっ？」

こちらを振り向いた彼を見て、オレは首をかしげた。皺《しわ》ひとつないズボンも、校章のワッペンがついたブレザーも、ワイシャツもきちんと着こなしているのに

──。

「あのさ、ネクタイは？」

問いかけると、相手はわずかに眉をひそめた。

「ネクタイしてないじゃんか。ブレザー着るときはしなきゃダメだろ。校則で決まってる」

彼は無言のままオレの顔を見つめてから、つっと自販機に向き直りボタンを押した。缶コーヒーを取り出してこちらに背を向けてから、やっと言葉を発する。

「……大きなお世話」

それだけ言い残すと、長い脚でさっさと廊下の向こうへ消えた。

「は……はあああ!?」

あんまりすぎる態度に呆気《あっけ》に取られて、叫び声が出たのはしばらく経ってからだった。

2

「すみません、ヒナ先輩。そんなに怒んないでくださいよ」

「ああ? なんの話だよ、瞬」

午後の稽古が始まり、オレはふたたび瞬と手合わせしていた。急に謝られたが、なにに対する謝罪かわからなかった。

「蹴り技の殺意高すぎっす。もう可愛いとか言わないから許してほしいなー」

「あー……悪かったよ。おまえにキレてたわけじゃねえから」

オレが腹を立てていたのは、さっき廊下で会ったノーネクタイ野郎のことだ。まったく、ちょっと背が高いからって態度までデカくしていいという法はない。

「雛太、集中! 雑念が入ってるぞ」

背後から有岡さんに叱られた。「押忍!」と答えて、深呼吸する。集中、集中。

空手は精神を落ち着けてくれる。稽古が終わる夕方には、ノーネクタイ野郎に対する怒りなど自然と収まっていた。

六時を回ったとき、有岡さんが「そこまで！」と声を張り上げた。部活終了時刻が近づき、いつもどおり部員一同は道場をモップがけする。それが済んでから、全員が有岡さんの前に整列した。彼はオレたちを見回しながら話す。

「明日は、新入生も見学に来る。遅刻は厳禁だ。霧森学院空手部として恥ずかしくない態度で新入りを迎えるためにも、今日は全員、早く休むように。――解散！」

押忍！　とひときわ大きな声で、全員が唱えた。

それからオレたちは、更衣室で雑談しながら着替える。オレの横では瞬が着替えていた。憎たらしいことに、道着を脱いだ瞬の身体にはよく筋肉がついていて、空手家としての実力を示していた。とくに上腕二頭筋がいい。オレは筋肉がつきにくい自分の体質を呪う。

着替えを終えると、オレたち空手部員は道場を後にした。

体育棟から本校舎に渡ってからは、自然と寮の新館組と「あすなろ組」に分かれる。オレは、瞬と有岡さんとともに他のメンバーに別れを告げた。廊下をまっすぐ進み、校舎のはずれの裏口から外に出る。この裏口は、ほとんどあすなろ館に住む者しか使わない。ここを出るとすぐ、あすなろ館に通じる一本道になるのだ。ただし、そのすぐ手前に喫煙所があるから、ときどき裏口から出て煙草《たばこ》を吸いにくる教師もいる。

もう夕闇が迫っていて、遊歩道は薄暗かった。道の左右は林になっていて、木漏れ日だけが唯一の光だ。もうすぐ真っ暗になるだろう。

オレは前を歩く瞬の後頭部を見つめる。歩くたびに、束ねた髪がぴょこぴょこと揺れていた。校則が厳しめの霧森学院だが、なぜか頭髪に関する規定は緩い。オレも地毛の茶髪に文句をつけられたことはない。

「で？　昼は聞きそびれたけど、おまえがあすなろ館に来た本当の理由はなに？」

尋ねると、瞬は首をかしげるようにして振り向いた。

「んー、マジな話、普通に居住費が安いからっすよ。親孝行ってやつ。……まあ、ヒナ先輩がいるからっていうのもわりとマジですけど」

「ああ、そう」

話していると、東屋《あずまや》のところまで来ていた。この東屋が、本校舎とあすなろ館のちょうど真ん中にあたる。我らが旧館は、なんと校舎から四百メートルほども離れているのだ。

そこからさらに二百メートルほど歩いて、あすなろ館に辿り着く。夕陽の中で、くすんだ茶色の建物はシルエットになっている。

玄関に入ると、食堂のほうからいい匂いが漂ってきた。ビーフシチューだろうか。夕飯が待ち遠しくなる。有岡さんは「後でな」と言って、一階の自室に引っこんだ。オレと瞬は二階に上がって、それぞれの部屋に向かう。

早く夕飯食いてえな、と思いながら、いつもどおり自室の扉を開けた。すると――。

夕陽に染まった部屋の中に、ひとりの少年が立っていた。

窓辺に佇《たたず》んで、外を見ている。例の転入生だ、と遅れて気づいた。

「あっ、わり。ノックもしない……で!?」

こちらを振り向いた彼の顔を見て、凍りついた。思わず、その顔に指を突きつけていた。

「転入生って、おまえかよ！」

昼間会ったノーネクタイ男だった。今もブレザーを着ているのに、やはりネクタイをしていない。彼は無感動な瞳をこちらに向けて「ああ」と呟《つぶや》いた。

「さっきはどうも」

「どうもって、おまえな……」

文句を言いかけたが、どうにか呑みこんだ。

落ち着け、と自分に言い聞かせる。今日から一緒に寝起きするルームメイトなのだ。最初に衝突するのは避けたい。深呼吸をして、スポーツバッグを床に置いた。

「ま、まあいいや。転入生だよな？　今日からよろしく。オレは新二年の兎川雛太」

自制心を働かせて、手を差し出した。相手は、オレの掌《てのひら》をちらりと見下ろす。

「……おれは、タカミヤ。同学年だ。よろしく」

ぶっきらぼうな言葉が返ってきた。握手してこないので、無理やり手を握ってやる。その掌は大きくて骨ばっていて、ひんやりと冷たかった。

「たかみや、なに？」

「なに、とは」

「下の名前」

タカミヤは迷惑そうに眉をひそめた。答える義務はない、とでも言いたげだ。かちんときたが、オレが口を開く前に彼は「エチカ」と答えた。

「えちか？　どんな字書くんだ」

尋ねると、彼はオレの手を離して、胸ポケットから生徒手帳を抜いた。学生証になっている裏表紙には、「鷹宮絵愛《たかみやえちか》」と記されていた。

「へえ、これでエチカって読むんだな。ちなみにオレの名前はウサギに川で兎川。雛太のヒナは鳥の雛な」

無言。鷹宮は、無表情でオレを見下ろしている。

「な、なんだよ。可愛い名前だとでも言いてえのかよ」

「いや。なんとも思っていない」

なんなんだ、こいつの態度は。だが、ここは大人の対応をせねば。

「えーと、鷹宮。寮の中、よければひととおり案内するけど？」

「それには及ばない。管理人から案内は受けた」

「……あっそ。ならいいけどさ。学院のこととか、なんか知りたいことあるか？」

「とくにない」

会話を続ける気がなさそうだ。オレはため息をついて、勉強机の前の椅子に座る。つっ立っていた鷹宮も、隣の机の前に座った。そのとき、オレは適切な話題を思いついた。

「……そうだ、部活！　おまえ、前の高校ではなんか武道かスポーツやってた？」

「とくには」

「あ、そう。でもおまえタッパあるし、なんかやってみてもいいんじゃねーの？　なんだったらウチに来るか？　ちなみにオレは七歳のときから……」

「空手には興味がない」

「は!?　てめえ、人がやってる部活を……」

言いかけて、ぴたりと言葉を止めた。

なんでこいつは、オレが空手部だと知っているのだ？

思わず、床に置いたスポーツバッグに目をやる。ぱんぱんに膨らんでいるが、中に入れた道着は見えていない。昼に会ったときも今も、着ているのは学校指定のジャージだ。

「どうして、オレが空手部だって」

「見ればわかる」

「おっ、そうか？　へへへ……、オレも風格出てきちゃったかな」

「いや、べつに風格はない」

と言って、鷹宮はオレの足もとを指さした。思わず、自分の爪先《つまさき》を見つめる。

「昼に会ったとき、おまえは裸足だった。体育棟の方向から来たから、部活の休憩中に飲み物を買いに来たことは察しがついた。体育棟で裸足でやる部活なら武道だろ」

　そういえばあのときは無精《ぶしょう》して、靴下を履かずに上履きをつっかけていた。

「さらに、さっきおれに『武道かスポーツ』をやっていたかと訊《き》いた。ほとんどの高校生は『スポーツ』を先に言うか、それだけ言うかだろう。武道をやっている人間以外は」

「で、でも、なんで空手だと思ったんだよ。柔道か剣道かもしれないだろ」

「おまえは『七歳のときから』と言いかけた。そんなに長く柔道をやっていたら、程度の差こそあれ耳が特徴的な形になるはずだ。おまえの耳は綺麗《きれい》な形をしている」

　唐突に褒められて、オレはなんとなく自分の両耳に触れた。

「そのバッグを見れば、剣道でないこともわかる。防具一式を持ち運ぶには小さすぎる。逆に防具を入れていないなら、春休み中の練習でそんな大荷物にはならない」

　だから空手の道着が入っていることがわかった、ということか——。

「す、すげーな……。なんかドラマの探偵みてえ」

「ちょっと観察すればわかる」

　鷹宮は無愛想に視線を逸らした。

「で、えーと、なんの話だっけか。なんでもいいから、もうちょっと話そうぜ。同じ部屋に住むんだから、いろいろルールとか決めねえと」

「ルールなら、管理人から聞いた。夕食は七時集合。入浴時間は学年ごとに違って、おれたち二年生は八時半から九時半。消灯は十一時。起床は六時で、朝食は六時半」

「記憶力もすげえな……。いや、それはそれとして。オレたちの部屋でのルールだよ。あっ、そうだベッド。オレいま上のベッド使ってるんだけど、おまえ下でいい？」

「ああ。背が高いと天井にぶつかるから、おまえが上の段になるのが妥当《だとう》だろう」

無表情のまま、さらりと言ってのけやがった。オレはさすがにぶつんと切れた。

「て、てんめえ！　なんなんだよさっきから！」

椅子を蹴って立ち上がると、彼はうっとうしそうにこちらを見上げた。

「事実を言っただけだろ」

拳を震わせて睨みつけることしかできなかった。

同学年の生徒と同室になると聞いて、気の合う友達ができるかもしれないと期待してたのに。

逆立ちしてもこんなやつ、好きになれる気がしねえ。

3

オレは鷹宮を置き去りにして、先に食堂に向かった。

なんなんだよあいつ、と憤然《ふんぜん》としながら階段を下りると、ちょうど自室から有岡さんが出てきたところだった。

「おう、雛太。ルームメイトとはもう会ったのか」

「……押忍。いちおう」

「なんだなんだ、顔が暗いな。昼までの歓迎モードはどうしたよ。もしかして、新入りは問題のあるやつだったのか？」

問題だらけのやつだが、オレはとっさにかぶりを振っていた。有岡さんは気づかわしげに眉をひそめている。無用の心配をさせたくない。

「新入りなら、べつにたいしたことないです！　ちょっと変なやつではありますけど！」

オレが声を張り上げて強弁していると、有岡さんの隣の部屋の扉が開いた。

「なんや兎川、えらい騒がしいなあ」

志儀《しぎ》先輩が欠伸《あくび》まじりに言った。眼鏡を持ち上げて目もとをこすっているところを見ると、寝起きなのだろう。ジャージの着こなしもだらしない。

「ほんまに声でかいな。新入りがどうとか言うてたけど、やらしいことでもされたんか」

「なに言ってんですか。怒りますよ。違いますから」

「ま、顔の可愛さにつられておまえに惚れても、本性を知ったら退散するやろ」

志儀先輩は笑いながら食堂に向かった。「可愛いって言わないでください」と念を押しつつ、オレは後を追う。

食堂にはまだ誰もいなかった。奥の厨房からは、鍋とお玉がぶつかる音がしている。

「平木《ひらき》さん、なにかやることありますか？」

有岡さんが厨房の暖簾《のれん》を上げて呼びかけた。オレも中を覗いてみる。

大鍋のビーフシチューを混ぜていた管理人は、のっそりとこちらを振り返った。

「あー……、んじゃあ、食器並べておいて。あと、来てない連中も呼んできて」

平木さんは今日も無精髭《ひげ》が目立った。そのだるそうな顔を見ていると、あらためて不思議な人だ、と思う。いつもこの調子なのに、管理人としての仕事はきっちりとこなしている。とくに、朝夕作ってくれる料理は絶品だ。三十代にも四十代にも見える年齢不詳の顔だけれど、なかなかの美形だとも思う。康臣《やすおみ》というファーストネームも、戦国武将っぽくてかっこいいし。しかし、全体的にはまだ謎の多い人だ。あの事件のせいで辞めた管理人の代わりに、今年の一月にやってきたばかりなのだから。

「じゃあ、俺は上のみんなを呼んでくるわ。食器頼むぞ、雛太」

有岡さんに仕事を振られたオレは「押忍」と返事をして、さっそく取りかかった。その間、志儀先輩は席に座ってくつろぎながら話しかけてきた。

「それにしても、新しい連中が入ってくるとなると、また顔を憶《おぼ》えなあかんな。記憶力には自信がないから、粗相《そそう》をしてしまう気がするわ」

「妙なこと言いますね。志儀先輩、演劇部部長でしょ。劇の台詞《せりふ》憶えられるんだから記憶力すげーんじゃないですか」

「固有名詞になるとあかん。人の名前はよう憶えん。えーと、いま寮にいるメンバーをおさらいしてみようか」

彼は遠い目になって、指を折り始める。

「だいぶ人が出ていってもうたからな。三年はもう、俺と有岡だけか。寂しいこっちゃ」

「新一年もふたりだけですね。瞬と、今日新しく入ってきたってやつと」

「となると、いちばん層が厚いのは二年生やな。って言うても三人か？　おまえと棗《なつめ》と、今日入ってきた新入りと」

「四人でしょう」オレは呆れて指摘した。「園部《そのべ》のこと忘れてます」

　かわいそうな園部。まあ、どことなく影の薄いやつだから、忘れてしまう気持ちもわからなくはないが。

「せやったな。となると……一年がふたり、二年が四人、三年がふたり。寮生は全部で八人か。プラス、管理人の平木さん。たった九人の慎《つつ》ましやかな生活ね。そういう長閑《のどか》さ、俺は好きやけど……潰されたりせんやろうな、このあすなろ館」

　なきにしもあらずだ。オレは思わずうつむく。

「仕方ないでしょ、人が減っちまうのは……。あんなことが、あったんですから」

　去年の秋に起きた、あの事件。

　あれがきっかけで、生徒の半分ほどが新館に移ってしまった。事件は全国的に報道されたから、新入生も当然いわくつきの旧館は避けた。瞬のような変わり者は、例外中の例外だ。まだ見ぬ新一年生は、経済的な理由でやむなくあすなろ館を選んだのだろう。

「しかし、せっかく空き部屋が増えたんやから、どうせなら活用したらええのにな。二年と一年はいまだに相部屋やろ？」

不穏《ふおん》な話題を避けるように、志儀先輩が明るい声で言った。

「そうですね。いま空き部屋が五つありますから、ひとりひと部屋使えるんですけど」

この学院では、一、二年生は全員がふたり部屋だ。三年生は勉強に集中できるようひとり部屋。相部屋が強制されているのは「共同生活において助け合いの精神を学ぶため」とされている。だが、このあすなろ館で空き部屋を無駄にしてまでそのルールを貫《つらぬ》いているのは、新館の生徒に不平等感を抱かせないためでしかない。学院内の孤島みたいな場所だから、ひとりひと部屋使っても外にバレはしないだろうが――有岡さんは、そういうズルが許せない人なのだ。

食器を並べ終えたとき、鷹宮が食堂に入ってきた。

「おう、おまえが新入りか。よろしゅうな」

気さくに声をかけた志儀先輩に頭を下げて、鷹宮は隅の席に腰を下ろした。

「あ！　そこオレの席っ」

思わず叫ぶと、彼はうるさそうにこちらを見上げた。

「席が決まっているのか？」

「そういうわけじゃねーけど、なんとなく『いつもの席』ってのがあんだよ」

「『なんとなく』ならどこでもいいだろ」

鷹宮は目を閉じた。オレがぐぬぬと歯を食いしばるのを、志儀先輩は面白そうに眺めている。

勝手な転入生になんと言ってやろうか考えていたとき、有岡さんが戻ってきた。後ろには瞬と、知らない生徒がいる。彼が新一年生だろう。

「ん？　有岡、二年のふたりは来ぇへんのか。棗と園部」

「棗は、購買のパン食ったから夕食はいらないとさ。園部のやつは、さっきスマホを見たら『遅れて戻ります』って連絡が来てた。部活が忙しいようだ」

「ふうん。演劇部の俺が言うのもアレやけど、文化部でそんなに忙しいもんかね。生物部ってなにするんや？　怪しげな解剖実験でもしてるんやないやろな」

オレの隣の席で、鷹宮が「生物部」と小さく呟いた。気味の悪いやつだ。

「まあ、真面目な園部はともかく、棗のやつは絶対女子と電話でもしてるんやろ。ほんまにチャラついた男やわ」

志儀先輩の想像は当たっているだろう。棗は、一年のときから他校の女子と付き合っている。と言っても、相手は何度か替わっているようだが。男子校生としては羨《うらや》ましい限りだが、棗の魅力の賜物《たまもの》だから仕方ない。オレも女子なら恋人に立候補したくなる格好良さなのだ。

「仕方ねえから六人で夕食にしよう。さ、サオトメも座りな」

有岡さんが、新入生の肩を軽く叩いた。華奢《きゃしゃ》な男子、という第一印象だった。色白で小柄な子だ。どちらかと言えば垂れ目で、瞳は大きい。ワイシャツから覗く手首はとても細かった。

オレは思わず立ち上がって、彼に歩み寄る。

「おまえ、身長いくつだ？」

尋ねると、新入生は狐《きつね》につままれたような顔で「百六十です」と答えた。オレはがっくりと肩を落とす。こちらよりもわずかに背が高い。

敗北にうなだれるオレを、有岡さんが小突く。

「こら、雛太。新入生を困らせるなよ。……さあ、みんな。ご飯をもらおう」

平木さんが厨房からワゴンを運んできた。各自、炊飯器からご飯を盛り付けて、平木さんにビーフシチューをよそってもらった。配膳《はいぜん》を終えると、平木さんは厨房へと引っこむ。あの人は、オレたちと一緒には食事を摂《と》らない。

皆が席につくと、有岡さんが口を開いた。

「残念ながら二年生がふたりいねえが、新しい入寮者には自己紹介をしてもらおうか。まずは、サオトメからな」

華奢な少年は「はいっ」と口を開く。

「今日からこの寮で生活させていただく、一年のサオトメです。五月の女、って書くほうの『五月女《さおとめ》』です」

「名は体を表すとはこのことやな。見た目を裏切らない、可愛らしい名前やないの。なあ、ウサギの兎川？」

志儀先輩がからかってきた。オレが反論する前に、瞬がテーブル越しに身を乗り出してくる。

「ヒナ先輩、やばいっすね。小動物枠をユイに取られちゃいますよ」

「そんな枠狙ってねえよ。てか、ユイって？」

疑問を呈《てい》すと、五月女の下の名前は「唯哉《ゆいや》」なのだと瞬が答えた。こちらも、なんとなく響きが可愛らしい。

「おまえ、もう渾名《あだな》つけたのかよ」

「そりゃ、同室なわけですし。まあ、ユイは性格も穏やかで礼儀正しいので、ヒナ先輩とはキャラ被りの心配はないかなー」

「おめーはおそろしく礼儀を欠いてるがな」

身を乗り出している瞬に、デコピンを食らわせてやった。有岡さんはオレたちをじろりと睨んで黙らせてから、司会進行を続ける。

「さ、次は君だ」

有岡さんの視線を受けた鷹宮は、だるそうに顔を上げた。

「二年の鷹宮絵愛。転入生です。よろしくお願いします」

愛想はないが、文句もつけられない平凡な挨拶だ。さっきはもっと無礼だったくせに。

「よし、挨拶も済んだところで食事にしよう。俺たちの自己紹介は、食事をしながら少しずつ。じゃあ――いただきます」

有岡さんに合わせて、いただきますを唱和《しょうわ》した。無愛想な鷹宮も、このときばかりはちゃんとしていた。こいつ、猫を被っていやがるな。

食べ始めてからは、有岡さんから順に、鷹宮と五月女に自己紹介をしていった。

「俺は有岡優介《ゆうすけ》。三年で、寮長をやらせてもらっている。空手部の部長だ。空手部には、こっちの雛太と瞬も入っている。一年だけの付き合いになるが、よろしく頼む」

「お次は俺か。志儀稔《みのる》、副寮長や。ま、書類にだけ書かれる役職やな。ちなみに演劇部の部長ね。新入りのおふたり、興味があったら入部よろしゅうな」

次はオレの番だった。鷹宮にはさっき名乗ったので、五月女に顔を向けて喋る。

「兎川雛太、二年生だ。有岡さんが言ったとおり、部活は空手部。ちなみに五月女は、興味のある部活とかあるか？」

「えっと、中学のときは吹奏楽部だったので、高校でもそうするつもりです」

「吹奏楽！　ユイはすげーなあ、楽器できるって憧れる。……あ、おれの自己紹介？」

五月女に話しかけていた瞬は、鷹宮のほうを向いた。

「一年の元村《もとむら》瞬っす。中等部から上がってきたばっかかなんで、おれもまだ新入りっすよ。ちなみに鷹宮先輩、なんか渾名で呼んでいいっすか？　おれ、仲を深めるためにはまず渾名をつける主義なんで」

「ご随意《ずいい》に」

鷹宮は、他人事《ひとごと》のように言って水を飲んだ。志儀先輩が、くくっと喉の奥で笑う。

「元村、おまえ馴れ馴れしいなあ。だいたい、おまえの命名の法則からすると、鷹宮絵愛は『エッチ先輩』になってまうんやないか」

「それでいいですよ」

「ええんかい」

志儀先輩の突っこみが冴《さ》え渡ったが、鷹宮のリアクションは薄かった。黙々とビーフシチューを食らい続けている。

ちょっとは他人に興味を持てよな、と呆れながら、オレもスプーンを口に運んだ。

4

夕食が終わって、部屋でしばらく勉強に励んだ。

鷹宮に何度か雑談を振ってみたが、彼は文庫本を読みながら生返事するばかりだった。オレも諦めて、耳にイヤホンを突っこんだ。

時刻が八時半を回ったとき、オレは勉強を中断して机を離れた。

「鷹宮、風呂の時間。行こうぜ」

声をかけると、鷹宮は横目でちらりとこちらを見た。

「おれは後でいい」

「あー、そう。わかったよ。じゃあな」

オレは着替えだけ持って、さっさと部屋を出た。だが、廊下を歩きだしてすぐ忘れ物に気づく。スポーツバッグに入れっぱなしの道着を洗濯しなくては。

慌てて引き返して、扉を開けた。――そのとき。

ベッドのそばに膝をついていた鷹宮が、弾《はじ》かれたように立ち上がった。

「なんだ」

「わ、忘れ物取りに来たんだけど」

「……そうか」

彼はごまかすようにそっぽを向いて、二の腕をさする。オレが道着を引っ張り出して部屋を出るまで、ずっとそうしていた。変なやつ、と思いつつ部屋を出て階段を下りた。

まずは脱衣所で、今日着たものをすべて洗濯機に突っこむ。スイッチを入れてから、浴室に入った。誰もいない。

身を清めて湯に浸かってしばらくしても、誰も来なかった。二年生はいちばん人数が多いというのに。鷹宮はもちろん、棗も園部も現れない。まあ、入浴時間は一時間あるから、ゆっくりと来るつもりなのだろう。

浴槽は十平米ほどの広さで、シャワーは四つもある。だだっ広く感じるが、このあすなろ館がもっと賑やかだった去年はちょうどよかった気がする。

しばらく待つとはなしに待ってみたが、鷹宮は現れなかった。さすがにのぼせそうになったので風呂を出て、洗濯物を回収する。脱衣所とカーテンで隔《へだ》てられた乾燥室にそれらを干してから、自室に戻った。今度はノックしてから扉を開ける。

「鷹宮、風呂お先。あと三十分だから急げよ」

本を読んでいた鷹宮は、無言で頷いて椅子から立ち上がった。ベッドに置いてあった着替えを摑んで、さっさと部屋を出ていく。まるでオレを避けているかのようだ。

「ったく、なんだよあいつ」

扉が閉まると、悪態が口をついて出た。なんとも言えず気に食わない。机に向かって勉強を再開したものの、いまいちやる気が出なかった。気分転換したくて部屋を出る。歯を磨くために、洗面所へ向かった。

旧三年生が先月卒業して、本当にあすなろ館は寂しくなった。風呂もトイレも空いていて快適ではあるのだが、それでもこのがらんとした雰囲気は好きになれない。ないものねだりというやつかもしれないが。

歯を磨き終え、部屋に戻る。スマホで時刻を確認すると、九時半になるところだった。鷹宮のやつがちゃんとルールを守れば、まもなく部屋に帰ってくる頃合いだ。

そのとき——ふと、さっき見た鷹宮の様子が脳裏《のうり》に浮かんだ。

道着を忘れたオレが部屋に戻ったとき、ベッドのそばでなにかこそこそしていたが……。

「はーん」

オレはさっきの鷹宮と同じく、ベッドのそばに膝をついた。あいつはきっとなにか、ベッドの下に隠している。オレは推理を働かせて、ここに隠されているのは十中八九エッチな本だという結論に達した。根拠は場所と、鷹宮も結局は男子高校生だという事実だ。

他人の秘密を暴くのは普段なら気が引けるが、相手はあの鷹宮だ。後から入居しておいて、とんでもない態度を取るあの男だ。ちょっとくらい恥ずかしいところを見てもバチは当たらない。案外、秘密を共有すれば仲良くなれるかもしれないし……。

という理屈を頭の中で並べながら、ベッドのシーツをめくって覗きこんだ。すると。

目が合った。ハリネズミと。

「うわあああっ」

オレが叫んだとき、部屋の扉が開けられた。入ってきた鷹宮はめくられたシーツに気づくと、猛然《もうぜん》と駆け寄ってきてオレをベッドから引きはがした。

「ぎゃっ」

「へっくんに触るな！」

きっとオレを睨みつけて、ベッドの下から優しくガラスケースを引っ張り出した。中で丸まっているハリネズミに向かって、打って変わって笑顔で語りかける。

「よしよし、へっくん、大丈夫だった？　知らないお兄ちゃんに覗かれて怖かったね」

「おめーが怖いわ！」

オレはどきどきと脈打つ心臓を押さえながら起き上がる。

「なんなんだよ、ヘックンって！」

「彼の名前だ。ヨツユビハリネズミの『へっくん』。ハリネズミの英名『ヘッジホッグ』に由来している」

「どうでもいいわ！　そんなことを訊いてんじゃねーよ」

「大声出さないでくれ、ハリネズミはとても神経が細いんだ。おまえががなり立てるたびに彼の儚《はかな》い命がおびやかされる」

さらに声を荒らげたくなったが、へっくんがおが屑《くず》みたいなマットにもぞもぞと隠れたのを見てためらった。たしかにこいつは怯《おび》えているらしい。声を抑えて、冷静に話す。

「いつからいたんだ、そいつ。どうやって連れてきた」

「……裏門から荷物を運びこむとき、段ボールのひとつに隠しておいた」

「おまえ、この寮はペット禁止だぞ。実家に置いとけ」

「『実家』なんてない。半年前に父が死んでから、親戚の家に仮住まいしていたんだ」

父親が死んだ、と突然言われて戸惑った。潮が引くように怒りが消えていく。

「父が死ぬ前はほとんど話したこともない親戚なんだ。家族なんて関係じゃない。このガラスケースから出さないという約束でへっくんを飼い続けることは許してくれたが……飼育を頼めるような間柄じゃなかった」

「いや、餌やるだけだろ？」

「ハリネズミを飼うには、リター――パルプのマットを定期的に取り替えなきゃいけないんだ。フンをするからな。与える餌も、なるべく生のミルワームが望ましい。

とても親戚には任せられない。おれが面倒を見るしかないんだ」

「だからって……」

「頼む。見逃してくれ」

鷹宮はまっすぐにオレを見た。瞳には、ひどく切実な色が滲《にじ》んでいた。

「……わあったよ」

「助かる」

心底ほっとしたように、彼の唇が緩んだ。もっとも、へっくんに向けた笑顔と比べるとゼロに等しい微笑みだったが。

「今夜は見逃すけど、いつまでもってわけにはいかねーからな。どうにかしろよ」

「わかってる」

拗《す》ねたように視線を逸らす。ようやく人間らしい面が見えてきた。

「なんなら、寮の玄関にでも置いてもらうか？　有岡さんに頼んでもいいけど」

マットの隙間から顔を覗かせているハリネズミのつぶらな瞳を見たら同情心が湧いてきて、オレは言った。

「それには及ばない。騒がしい場所や眩しい場所はハリネズミには厳禁なんだ。モグラの仲間だから、目はほとんど見えない。今も刺激が強すぎると思う」

言いながら、鷹宮はベッドの下にケースをしまった。

「ふーん。んじゃあ、一週間な。それくらいがオレも限度だぞ。そんな繊細《せんさい》な生き物と一緒に暮らすなんて気ぃ遣うし」

鷹宮はおとなしく頷いた。

それから消灯までの間、オレは机に向かって勉強を続けた。その間、ずっと鷹宮は隣の机で本を読んでいた。

「なあ、おまえ勉強しねーの？」

十一時が近づき、予習を終えたときに尋ねてみた。彼は文庫本を閉じて、簡潔に答える。

「しない。もともとできるから」

「おーおー、大した自信だな。でも、霧森はこれでも進学校だぞ。前にどこにいたか知らねーけど、ついてくのはけっこう……」

「前にいたのは、創桜《そうおう》大学付属高校だ」

「そ、そーおー!?」

全国でも三本の指に入る、東京の名門高校ではないか。

「え、なに。レベル高すぎたから霧森に転入してきたのか？」

「失礼なやつだな」おまえが言うな。「霧森に来たのは、寮があるからだ。親戚の家は居心地が悪かったからな。創桜でも普通に成績は一位だった」

普通に成績は一位だった……？　キテレツな日本語すぎる。

「ホラじゃねーだろうな」

「嘘をつくメリットないだろ。信じなくてもいいが。それより、消灯の時間だ」

「そ、そうだな……」

オレはベッドの上によじ登って、ルームメイトを見下ろした。彼は床に腹這《はらば》いになって、「おやすみ、へっくん」と甘い声でペットに呼びかけていた。

鷹宮は名残《なごり》惜しそうに立ち上がると、オレを振り返って電気を消した。

室内が常夜灯のオレンジ色に染め変えられる。

「……鷹宮」

少しだけためらってから、呼びかけた。薄闇の中「なんだ」という低い声がする。

「おやすみ」

五秒くらいの沈黙。シカトかこの野郎、と思って身を起こしたら、

「……おやすみ」

と、かぼそい声が返ってきた。オレは布団を引っかぶって、長いため息をついた。

変なやつと同室になっちまったな――と、心の底から思った。

5

翌日は、六時少し前に目が覚めた。

ベッドを下りてカーテンを開けると、うっすらと空が明るみはじめていた。

穏やかな寝息に気づいて振り返ると、ベッドの下段にイケメンが寝ていた。そういえばルームメイトができたんだ、と寝ぼけた頭で思い出す。鷹宮のベッドの前に膝をついて、その顔を観察してみる。顔がいいやつは寝顔も整っていてずるい。

まあ、いつまでも見ていても仕方ない。もう片方のルームメイトに挨拶することにしよう――と、ベッドの下を覗きこむと、薄暗い中でへっくんと目が合う。

「よう、おはよう。おまえいつ寝てんの？」

答えが返ってくるはずもなく、彼はもぞもぞとパルプマットの中に隠れてしまった。

その直後、オレのスマホのアラームが鳴り始めた。慌ててベッドの上によじ登って止めた。下りてくると、眠りこけている鷹宮がふたたび視界に入る。

「鷹宮、起きろ。六時！　起床時間だぞ」

声をかけつつ身体を揺するが、瞼《まぶた》はぴくりとも動かない。しばらく揺すり続けると、彼はううっと低く呻《うめ》いた。逃げるように反対側を向く。

「起きろーっ！」

掛け布団を剝《は》ぎ取ると、鷹宮はうつ伏せになって枕に顔を沈めた。

「ううう……うるさい……なに……」

「うちの学院は起床時間厳守なんだよ。六時に起きて六時半に朝食。さっさと起きろ」

いぎたないルームメイトは呻きながら顔を上げた。枕もとのデジタル時計を見て、整った顔をしかめる。

「朝食の五分前に起きれば間に合うだろ……」

「起床時間は六時。そういう決まりだ」

「そんなルールいらない……」

結局、鷹宮を寝床から引きずり出すのに十分かかった。のっそりと起き出した彼は、オレを押しのけて床に這いつくばった。

「おはよう、へっくん。今日も元気？　あとでご飯をあげるからねえ」

急に生き生きとしてハリネズミに語りかけている。声が甘ったるすぎて気味悪い。オレは鷹宮を無視して、自分の布団を整えた。いつもの習慣で二段ベッドからとんと飛び下りると、ジャージの襟を摑まれた。

「どたばたするな。振動がへっくんに伝わる」

「へいへい……」

それから朝食まで、オレは床に寝そべって筋トレをした。鷹宮はベッドに座ってオレを眺めていた。なんだよ、と目で問うと「へっくんにぶつからないように、見張り」と答えやがった。

六時半になるころ、オレたちは一緒に食堂に下りた。意外にも、昨日の夕食に来なかった棗が一番乗りしている。

「おはよう」と声をかけると、棗はスマホをいじりながら「はよ」と気の抜けた返事をした。転入生の鷹宮を見てもなんの反応も示さない。日焼けしたスポーツマンタイプで快活な印象なのに、男との会話にあまりにも興味がないやつなのだ。

「そういや、おまえら初めて会うよな？　こいつ、転入生の鷹宮」

「ああ、昨日はどうも。鷹宮っていうんだ。俺は棗誠之助《せいのすけ》。よろしく」

鷹宮も「よろしく」と簡単に返した。オレは「昨日？」と首をかしげる。

「風呂で会ったんだよ」棗が答える。「会釈《えしゃく》しただけだったけど」

「おまえら……コミュニケーションをとれ、コミュニケーションを」

呆れて突っこんだとき、食堂に園部が現れた。鷹宮が対面していない――はずの――最後のひとりだ。「おはよう」と声をかけて、オレは彼を手招きする。

「あ……おはよう、兎川くん」

長すぎる前髪に覆《おお》われた目をこすりながら、園部がこちらに歩いてきた。

「ええっと、転入生の人、かな。僕は同じ二年の園部圭《けい》、です」

「どうも。鷹宮だ」

「なんだよ、おまえらそっけないなあ。まさか園部とも昨日、風呂で会ったのか？」

オレの問いに、園部は気まずそうに頰を掻いた。

「僕、昨日は風呂入んなかったんだ。熱帯魚の面倒見てたら時間過ぎちゃって」

「熱帯魚を飼っているのか？」

鷹宮が勢いよく食いついた。園部はびくりとして、へどもどしながら答える。

「う、うん、二階の空き部屋で。飼うっていうか、生物部の活動として特別に認めてもらってるんだけど……。よ、よかったら今度見る？」

「興味深いな。ぜひ拝見したい」

急によく喋るようになった。どうやら、ハリネズミだけでなく動物全般が好きらしい。いや、正確に言えば人間以外の動物、か。

やがて全員が集まってきて、朝食が始まった。スクランブルエッグにサラダにトースト、ヨーグルト。こういうシンプルな食事が、オレはけっこう好きだ。平木さんの技巧は、スクランブルエッグのような簡単な料理でも光っている。ふわふわで美味い。

棗と園部が新入生の五月女と自己紹介を交わして、食事は平和に終わった。それから部屋に戻って、いよいよ登校するための準備を始める。

へっくんに餌をやっている鷹宮に背を向けて、オレはさっさと制服に着替えた。ネクタイを締めてブレザーを着てから、床に引っ張り出されたガラスケースを覗きこむ。へっくんは白いミミズみたいなものを食べていた。

「うへえ。おまえ、その虫どこに隠してたんだよ」

「食堂の端に置いてある共同の冷蔵庫。死蔵食品がたくさんあったから、その陰に」

オレは「うへえ」と繰り返した。あの中にはオレもよく、スポドリを入れている。飲み物と同じ空間にこの虫がいると思うと、気分はよくない。

鷹宮はケースをベッドの下にしまうと、立ち上がって着替え始めた。オレは目を逸らして、自分の支度をする。道着をスポーツバッグに詰めて、登校の準備は完全に調った。いちおう鷹宮のやつと一緒に行くか——と思い、目をやると。

「おい鷹宮、おまえ……またネクタイしてねーのか」

ノーネクタイの鷹宮は、ブレザーを着終えて鞄に手を伸ばしているところだった。彼はしばし無言でオレを見つめてから、部屋を出ようとした。慌ててその腕を摑む。

「待てよ！　今日は全校集会あるんだぞ。ちゃんとしてねえと生徒指導の先生に目ぇつけられるって。……まさか、まだネクタイ買ってないのか？」

「ちゃんと持ってる」

自信満々に、内ポケットから取り出しやがった。

「持っててもしなきゃ意味ないだろ」

「……できない」

オレは思わず「は？」と素っ頓狂《とんきょう》な声を上げた。鷹宮はむっとした顔になる。

「できないんだよ。中学も、前の学校も学ランだった。できなくて当たり前だろ」

開き直りやがった。オレはため息をついてから、ベッドを指し示す。

「座れ」

「なんのつもりだ」

「してやるっつってんの。ほら、座る」

鷹宮は不服そうに顔をしかめたが、素直に座った。

ブレザーを脱がせて、襟にネクタイを回す。「してやる」と言い切ったものの、自分でするのとは違ってけっこう手間だった。しばらくして鷹宮が顔を上げた。

「まだか？」

「う、うるせーな。今してるっつーの」

間近で見ると顔が良すぎて動揺した。どうにかこうにかネクタイを結び終えたとき、オレは額に汗をかいていた。

「ったく、世話の焼ける優等生だな。おら、行くぞ」

背を向けてドアへと向かう。鷹宮が無言なことに気づいて振り返ると、彼はブレザーを着ながら、ちらりとオレを見る。ためらうような間を挟んでから、言った。

「……ありがとう」


「え、鷹宮、おまえ二年二組なのか？」

本校舎へ向かう遊歩道を並んで歩きながら話していると、意外な事実を知らされた。

「マジかー、オレも二組なんだよな。あ、ちなみに園部も二組な」

鷹宮の反応は「そうか」というしけたものだった。

「てか、おまえそんなに頭いいなら、一組の特進クラス入れたんじゃねーの」

「中途入学者は特進クラスには入れないルールだそうだ。まあ、どうでもいいが」

本校舎に裏口から入って、上履きに履き替える。「あすなろ組」の生徒のためだけに置かれている下駄箱は、人がずいぶん減ってしまったためがらがらだ。

廊下を歩いていると、すれ違う連中が鷹宮にちらちらと視線を送ってきた。教室に入って、いつもの面々と「おはよう」を交わしている間も、彼らはオレと一緒に入ってきた見慣れないイケメンを目で追っていた。当の本人は黒板に貼られた座席表を確認するなり、なにも言わず自分の席についてしまう。みんなが視線で尋ねてくるので、オレは「転入生の鷹宮」とだけ告げた。他に言うこともない。それから自分の席に向かう——と。

「おい鷹宮。なんでおめーがオレの前なんだよ」

「席が出席番号順だからだ」

「わかってるけど！　黒板見えねーんだよっ。おまえ座高高すぎ」

「脚はもっと長い」

「自分で言うな！」

言い合っていると周りの連中が集まってきて、すぐに鷹宮はクラスメイトたちに包囲された。「前にいた高校どこ？」という質問がいきなり飛び出し、鷹宮は素直に答える。謎の転入生の口から「創桜大学付属高校」という名が飛び出すと教室は色めき立ち、皆くちぐちに質問を浴びせまくった。「やっぱ勉強大変だった？」「志望校は？」「彼女いる？」などなど。

オレは助け舟を出そうかと立ち上がったが、その必要はなかった。校内放送のチャイムが鳴り、「始業式が始まります。講堂に集まってください」と告げたのだ。

校舎二階の奥にある講堂へ移動する最中、オレはなんとなく鷹宮の横に並んで歩いた。クラスメイトたちは相変わらず鷹宮にあれこれ質問してきたが、本人はいい加減な返事をしてかわしていた。そのうち、飽きっぽい男子たちは興味を喪失《そうしつ》してしまった。

始業式はいつもどおり、退屈な代物《しろもの》だった。おまけに、不合理なことに出席番号順で並ばされるから、鷹宮のせいで前がほとんど見えない。

校歌斉唱や生活指導教員の話、校長の話というお定まりの儀式が過ぎていった。

だが、ひとりの生徒が登壇すると途端に空気が変わった。

「みなさん、おはようございます」

湖城《こじょう》龍一郎《りゅういちろう》が口を開くと、かすかな緊張が講堂に走った。

「霧森学院高等部の生徒会長として、みなさんとともに新学期を迎えられたこと、このうえなく嬉しく思います」

吊り目と薄い唇。秀でた額にひと房だけ垂らした前髪。それぞれのパーツはいかにも「優秀な生徒会長」然としているのだが、全体としてはどこか威圧《いあつ》的な印象を受ける。

実際、彼はいつも周りの生徒を威圧している。学食で何度か姿を見かけたが、みな遠慮して彼の近くに座ろうとしない。普通の学校ならば、ただ生徒会長だというだけでそこまでの扱いにはならないだろう。湖城龍一郎は、この学院の理事長の息子なのだ。もちろんそれだけで特別扱いするのには賛成できないが、不穏な噂も存在する。湖城がまだ会長に就任していなかった去年、ふざけて廊下を走っていた生徒が彼と激突し、足首を捻挫《ねんざ》させてしまったことがある。その生徒はどういうわけだか、翌週退学したらしいのだ。その男子と同じクラスだった空手部の先輩によれば、退学後、音信不通になったという。湖城が圧力をかけて退学に追いこんだらしい、という説がまことしやかに囁《ささや》かれている。眉唾ものの話だが、ともあれ生徒も——教員すらも——湖城に対しておっかなびっくりの対応をしているのは事実だ。

そんな事情を知らない転入生が目の前でうとうとしていたので、オレは爪先で鷹宮のふくらはぎをつついた。

「――新入生のみなさんは、最初は慣れないこともあるでしょう」

湖城はスピーチを続けながら、猛禽類《もうきんるい》を思わせる目で講堂を端から端まで見渡す。

「学院の理念のひとつに『共育』とあるように、われわれは助け合っていかねばなりません。周りの友人や先生がた、そしてもちろん私にも、いつでも頼るようにしてください。去年、この学院で起きた悲しいできごとを繰り返さないためにも」

すでに静かだった講堂から、衣擦《きぬず》れの音すら消えた。ぞっとするような静けさが訪れる。

湖城は自分の言葉が与えた効果に満足するような微笑を見せた。一礼してから「以上です」と締めくくる。

どこからともなく手を叩く音が聞こえて、やがて講堂じゅうが拍手に包まれた。オレもやむなく手を叩く。鷹宮はポケットに手を突っこんだままだったが、オレはなにも言わなかった。

6

始業式の後は、学級活動の時間となった。

担任から鷹宮が正式に紹介されたのが目玉のイベントで、あとはクラス委員を決めたり席替えをしたり、他愛のないことで時間が潰れた。オレは席替えによってどうにか鷹宮の後ろを逃れた——が、今度は隣同士になった。どういう縁だ、いったい。

学活は一時間目だけで終わって、二時間目からは通常の授業が始まった。こういうところは進学校らしい。授業中、鷹宮を横目で見ると、案外まじめに教師の話を聞いていた。

四時間目は苦手な数学で、チャイムが鳴ったとき、オレはすっかりくたびれていた。だが、ようやく昼食の時間だ。霧森学院高等部の生徒には、四つの選択肢がある。寮で弁当を作ってくる(レアケース)、昼休みだけ購買に並ぶパンを買う(戦争)、朝のうちに購買で弁当を注文しておく（割高）、そして最後に、学食。

「どうするよ、鷹宮。昼飯」

オレが尋ねると、彼は「おまえは」と反問してきた。

「ん、オレ？　まあ、購買戦争はちょっと乗り遅れたし、学食行くわ」

「なら、おれもそうする」

意外な答えだった。たぶん「戦争」という比喩で購買が面倒くさくなっただけなのだろうが、普段つれないやつが乗ってくれると妙に嬉しくなる。

「おし、決まりな。じゃあ行くかっ」

たまたまオレの前の席になった園部も誘ったが、弁当を注文しているからと断られた。というわけで、オレは鷹宮とふたりで食堂に繰り出した。

すでに食堂は混み始めていたが、まだ座る場所はありそうだ。すいすいと列が進みだしたが、急に鷹宮が列を抜けた。「どうした」と尋ねると「トイレ」という答えが返ってくる。

「しょうがねえやつだな。じゃ、席とっといてやるから早く済ませろよ」

券売機の前に立ち、迷わずヒレカツ定食を選んだ。コスパがよくて毎日完売する人気メニューだが、今日は幸い残っていた。

食堂のスタッフはいつも三人体制で、てきぱきと注文の品を提供してくれる。今日も食券を渡してから、一分と経たずにヒレカツ定食を用意してくれた。食堂を見回すと、テーブル席は満員だった。仕方ないので、カウンター席に向かう。ハンカチを置いて、鷹宮の場所も確保した。人心地ついた、そのとき——ぴりっ、と食堂の空気が震えた。

振り返ってすぐ原因に気づく。生徒会長——湖城龍一郎が、食堂に現れたのだ。生徒たちは大仰《おおぎょう》に道を空ける。食券を買った湖城は颯爽《さっそう》とカウンターに向かい、スタッフに「やあ」と挨拶した。

「やあ」はねーだろ、と思いつつオレはスマホを取り出した。鷹宮が来るまで、食べるのは待っておいてやろうと思ったのだ。すると、ほどなくオレの背後でまた空気がざわついた。振り返ると、トレイを抱えた生徒会長様が近づいてきている。なぜここに、と見回すと、他の席はあらかた埋まってしまっていた。彼はオレが置いたハンカチを一瞥《いちべつ》して、言った。

「邪魔だな。座りたいのだが」

「あ……すんません」

言い合っても勝てない相手だ。仕方なく、右隣の席からハンカチを回収して左隣に置く。まあ、どっちでも変わらないからいいけれど。

食堂の隅にあるこのスペースには、オレと湖城のふたりだけになった。さすがに少し緊張する。彼はこちらに見向きもせず、ハンバーグ定食に箸をつけはじめた。

オレはスマホに戻って、SNSをチェックする。

一分ほどして、後ろから人の近づいてくる気配がした。鷹宮かと思って振り返ると、やってきたのは丸眼鏡をかけた痩せぎすの男子だった。全校集会でよく見かける生徒会副会長だ。

「お、恐れ入ります会長。来週の学年集会のスピーチ原稿になります」

オレは吹き出しそうになるのを堪《こら》えた。どこの政治家だ。だが、会長は水の入ったグラスをカウンターに置くと、いたって真面目な顔で振り返った。

「ご苦労。目を通しておこう」

すげえ世界だな……。なるべく関わりたくないので、オレはスマホで芸能ニュースを興味深げに読むふりをした。

それにしても鷹宮のやつ、おせーな——と、そんなことを考えたとき。

「おい」

隣の席の生徒会長から、声が飛んできた。副会長はすでに去っていて、彼の周囲半径二メートル以内にいたのはオレだけだったから、呼ばれたことにはすぐ気づいた。

「あ、はい？」

「はい、ではない。僕の五百円をどこにやった？」

目をぐっと細めて、オレの顔を睨みつけてくる。こちらは呆然とするしかない。

「ええっと……なんの話すか」

「とぼけるな。僕が机の上に置いておいた五百円玉だ。盗れたのは君しかいない」

どうやらオレは、窃盗《せっとう》犯にされているらしい。だが、身に覚えはない。

「いや、知らないっす」

「とぼけるなと言っただろう！」

湖城の大声で、食堂じゅうの視線が一斉にこちらを向いた。背中に嫌な汗がにじむ。

「僕はトレイの左側に、たしかに五百円玉を置いておいた。それが今は消えている。この付近には君しかいなかったのだから、盗ったのは君だ」

湖城が座っている前を見てみた。木目調のカウンターには、トレイが置かれている。その上に載っているのはハンバーグ定食のプレートとサラダと、スープ。トレイの外――左側には水の入ったグラスがあって、右側にはさっきの資料。たしかに硬貨は見当たらない。

「トレイの下は調べたんですか。あと、トレイに載っているプレートの下も」

「僕の見落としだと言いたいのか？　トレイは席に置いてから一度も持ち上げていないのだから、この下に硬貨が入るわけはない。第一、僕はトレイの外に硬貨を置いた」

「じゃ、その資料の下は？」

湖城は面倒くさそうに紙の束を持ち上げる。なにもなかった。

「僕はトレイの左側に硬貨を置いていた」

「あのう、そもそもなんで五百円玉を裸で置いといたんすか」

「盗られるほうが悪いと言うのかな？」

「いや、違くて……単純に、なんでかなって」

「千円使って定食を買って、おつりの五百円をそのまま持ち歩いていただけだ。食後にパフェを買うつもりだったから、財布にしまうのも億劫《おっくう》でね」

盗られるほうが悪いとはもちろん言わないが、無精で不用心だ。

「どっかそのへんに落としたんですよ。オレ、捜すの手伝います」

「カウンターに載せておいたんだ。落ちたら音がする」

「……この付近にいたの、オレだけじゃないっすよ。副会長も資料を渡しにきました」

「彼が犯人だと言いたいのか？　失礼だぞ」

オレになら失礼じゃないのかよ。腹が立ってきたが、彼に怒鳴り返すわけにもいかない。賑やかだった食堂からは一切の話し声が消えて、全員がこちらを見守っている。

「と、トレイの下……いちおう調べてみませんか」

「この期《ご》に及んで」

湖城は吐き捨てるように言って、プレートとサラダ、スープをどかすと、トレイを持ち上げてみせた。その下にはなにもない。

「ほら見ろ」

落ち着け、落ち着け、と自分に言い聞かせる。けれど、平常心があっというまに突き崩されていくのを感じる。こんな態度じゃ、周りからも本当に犯人だと思われちまう——。

「もう反論はないようだね。これ以上言い逃れをするようなら、お父様に頼んで君を——」

ふっ、と湖城が口をつぐんだ。オレから視線を逸らして、なにかを見つめた。オレもその視線を追う。人ごみの中から抜け出して、鷹宮がまっすぐ歩いてきた。

「……君は誰だ？　なんの用だ」

「鷹宮、よせっ。来なくていい」

湖城の問いもオレの忠告も無視して、鷹宮は彼とオレの間に割りこんだ。

「な——なにをするっ」

「五百円、お捜しなんでしょう？」

鷹宮はぶっきらぼうに言った。

「君が、彼の代わりに払ってくれるとでも？」

「払うもなにもない。そそっかしいあんたが見落とした五百円を、見つけてやるだけです」

「貴様……よくもそんな口の利きかたをっ」

湖城が摑みかかろうとするのをかわして、鷹宮はさっと湖城のグラスを持ち上げた。

突然、まさか水をぶっかけるのか――と慌てた、そのとき。

机の上に五百円玉が出現した。その持ち主は、「あっ」と小さく呟いた。

オレも目を白黒させてしまう。手品でも見ているようだった。

「えっ、なんで？　なんで？」

鷹宮は面白くもなさそうに解説する。

「小学校の理科で習うだろう。水の入ったグラスの下に置いたものは、光の屈折《くっせつ》で見えなくなってしまうんだ。真上から覗きこめばもちろん見えるが、このグラスはカウンターの奥――壁際に置かれていたから、おまえらふたりとも真上からは見なかったんだな」

湖城は蒼《あお》ざめた顔で、口をぱくぱくさせている。

「さっきから話を聞いていたら、副会長が資料を持ってきたそうですね。そのときにあんたはグラスを置いたんでしょう。そういう状況では、うっかり倒してしまわないようにグラスは自分から遠ざけて置くのが当然の心理だ。コインを机の上に置くときも、やはり落ちないようにカウンターの奥に置いただろう。つまり、あんたは副会長のほうを振り向きながら手探りでグラスを戻した際、コインの上に置いてしまったというわけです」

鷹宮の推理を聞いて、湖城はひとことも反論できずにいた。なにしろ、すでに問題の硬貨はグラスの下から出てきたのだ。食堂にいた全員が見ている前で。

「……見つけてくれて、どうも」

湖城は掠《かす》れた声でそれだけ言って、五百円玉と資料を摑むと、食べかけのハンバーグ定食を残して席を立った。生徒たちが一斉に湖城をよける。

「感謝は不要ですが、謝罪のほうは？」

鷹宮が声を投げたが、湖城は一切の反応を示さずに去っていった。

しばらくすると、静まり返っていた食堂に会話のさざなみが広がりだした。鷹宮への賞賛で沸《わ》いたわけではない。なにひとつ事件など起きなかったかのように、全員がぎこちなくそれぞれの雑談を再開したのだ。みんな、会長を恐れている。

オレが口を開きかけたとき「月見うどんのかたー？」という食堂のスタッフの声を聞いて、鷹宮が受け取り口に向かった。こいつ、騒ぎの中でちゃっかり注文を済ませてやがったな。

席に戻ってきた鷹宮は、オレのプレートを一瞥した。

「食べてなかったのか。冷めてるぞ」

「ばっ……、待ってやってたんだよ！」

「待つ必要はないだろう」

この野郎、と思って怒鳴りかけたが、思いとどまる。大事なことを言い忘れていた。

「ありがとな。さっき」

「べつに。見たままを指摘しただけだ」

しばらく無言で食事を続けた。ヒレカツもご飯もとっくに冷めてしまっていたが、なんだか妙に美味く感じた。

「なんで助けてくれたわけ。『見たままを指摘』ったって、おまえの性格からして厄介ごとなんか避けそうなのに」

「助けられておいて、ずいぶんな言い種《ぐさ》だな」

と言いつつも、鷹宮の口もとにはうっすらと笑みが浮かんでいた。

「そうだな。この貸しがあるってことは、まさかおまえはへっくんのことを寮長や管理人に密告するような不義理はしないだろう」

「……そういう動機かよ」

呆れつつも、このルームメイトへの怒りはすっかり消えていた。

人間に対してはずいぶん冷淡で、動物にはやたらデレデレで、妙に頭が切れる変なやつ——だけど、たぶん、いいやつだ。

予鈴が鳴ると同時に、オレたちは食事を終えた。トレイを持って立ち上がる。

「さてと。行こうぜエチカ」

名を呼ぶと、彼は形のよい眉をひそめた。

「……エチカ？」

「おまえの名前、エチカだろ」

「そうだが、なぜその名で呼ぶ」

苦いものを口に含んだような、おかしな表情が浮かんでいる。

「ん？　下の名前で呼ばれるの嫌なのかよ」

「……嫌、というわけじゃない。呼ばれ慣れない」

「ははあ、下の名前で呼び合うようなダチはいねえってか。じゃあ、オレが一生分呼んでやるよ。エチカ、エチカ、エーチカっ」

「黙れ」

しかめっつらでオレの額にトレイをぶつけてきた。だが、そのむっつりした顔が少しばかり嬉しげに見えたのは、オレの錯覚《さっかく》だっただろうか。

第二章　放課後の襲撃

1

スマートフォンの賑やかな電子音で、眠りの世界から引きずりだされた。

アラームを止めて時刻を見ると、六時ジャスト。まだ眠かったが身を起こして、そっと二段ベッドのハシゴを下りる。着地してから、もうへっくんはいないんだった、と思い出した。

早いもので、今日は四月十日、土曜日だ。始業式から三日が経つ。

学期のはじめというのはいろいろ起きるものだが、ここ数日は起こりすぎた。エチカとの出会い。へっくんとの遭遇《そうぐう》。始業式の日の、学食での事件。

昨日は、あすなろ館でもささやかな事件が起きた。へっくんの存在が知られてしまったのである。オレが部活から戻ってくると、この部屋の床に正座したエチカを平木さんと志儀先輩が見下ろしていた。ベッドの下から引き出されたケースの中で、へっくんがうろたえていた。

廊下まで漏れ出ていたケモノ臭さを不審に思った平木さんが踏みこんで、ベッドの下のガラスケースを発見したのだという。平木さんは穏やかに「どこから連れてきた？」「どうするの、これ」と繰り返していて、それがかえって怖かった。さっそく有岡さんも呼ばれ、オレはエチカと並んで正座する羽目になった。黙秘を貫く飼い主の代わりに、オレはへっくんの存在を知っていたことを認め、土下座した。どうかこいつをあすなろ館に置いてやってください、と。

有岡さんから一喝《いっかつ》されたものの、へっくんは無事に空き部屋で飼育されることになった。園部が熱帯魚を飼っているのと同じ部屋だ。ペット禁止の寮のルールはそのままで、へっくんの飼育は「生物部の活動の一環」として認められることになったのだ。志儀先輩は「人が減った代わりに動物園になりそうやな」と苦笑していた。エチカは昨夜のうちにさっそく、園部に「生物部に入れてくれ」と頼みこんだ。

そんなことを振り返りつつ、オレはカーテンを開いた。土曜の朝は爽快な晴天だった。

「エチカ、六時だぞ。起きろー」

声をかけるが、彼はすやすやと寝息を立てたままだった。ここ数日で思い知ったことだが、こいつはけっこういぎたない。放っておいたら昼まで寝ていそうだ。

エチカは毎朝目覚まし時計をセットしないのだが、オレに起こされることを信じ切っているということか。それとも、遅刻上等なのか。

「おい、エチカ！　エーチーカ！」

今朝はとくに手ごわかった。完全に眠りの世界に籠城《ろうじょう》している。三分ほど無駄な闘いを続けると、オレの堪忍袋の緒《お》も切れた。馬乗りになって揺さぶる。

「おら、起きろコラ。毎朝毎朝！　オレはおまえのかーちゃんじゃねえんだぞ」

エチカはいかにも不機嫌そうに呻いた。それから、腹の上の重さに気づいたように身じろぎする。ようやく起きたか——と思ったそのとき。エチカがぐいっとオレの腕を引っ張って、自分のほうに引き寄せた。なすすべもなく、オレは彼の身体の上に倒れこむ。

「痛っ！　てめえ、なんのつもり……」

「んう……マオ……」

と、聞きなれない名を呼びながら、エチカはオレの頭を撫《な》でくり回した。

「マオ、かわいいねえ、マオ」

「っ……、撫でんじゃねーっ!!」

素人《しろうと》に手を上げないことは武道をやる者の鉄則だが、今回は正当防衛にあたる。

三秒後、エチカは床の上に吹っ飛んでいた。彼は身を起こすと、痛そうに顔をしかめながら辺りを見回す。

「ま、マオは？　さっきまでここにいたマオは……」

「寝ぼけてんな。どこの女か知らねーけど、おまえを起こしてたのはオレだぞ」

オレの言葉を聞いたエチカは、がっくりと膝をついて顔を覆った。

「……そうだよな。あの子がここにいるわけない。マオは、マオはもう……」

「まさか……ペットの話か？」

「ペットじゃない、家族だ。おれが中学生のとき一緒に暮らしていたキジトラの猫だ。まだ八歳の若さでこの世を去ってしまった」

「お、おう……それは、かわいそうに」

「おまえのせいだ。あの子がよくやってたみたいに乗っかっておれを起こそうとするから、マオのことを思い出してしまった」

　エチカは顔を上げて、恨みがましそうにオレを睨む。

「いや、それは逆恨みだろ！　おまえがとっとと起きないせいだからな」

「六時に起床なんていうタイムスケジュールがおかしい。早起きは健康に悪い」

「おまえなあ、だいたい……」

　埒《らち》もない言い争いがしばらく続いた。時刻はあっというまに六時半になり、オレたちはダッシュで食堂に向かった。

「雛太、ここ数日寝坊気味じゃねえか。空手道二十訓にいわく『禍《わざわい》は懈怠《かいたい》に生ず』だぞ」

　朝食の席で、とうとう有岡さんに苦言を呈されてしまった。たしかに、ここ数日のオレは六時半ジャストか、少し過ぎるころに食堂に下りていた。原因はしかし、エチカである。

「すみません、有岡さん。でも、エチカのやつが遅起きすぎるんですよ」

「ん、そうなのか？　悪かった。鷹宮、寮長として言わせてもらうが、自力で起きるよう努力しろよ」

「……すみません」

エチカは不服そうに言ってから、オレをじろりと見た。自業自得だろ、と睨み返す。

「ふーん。ヒナ先輩とエッチ先輩って、すげー仲良しになりましたね」

向かいの席の瞬が、オレたちをじろじろ見ながら言った。こいつは志儀先輩の提案どおり、マジでエチカをこう呼んでいる。

「べつに仲良しじゃない」

「あ？　なんだとエチカこの野郎」

言い合うオレたちの横で、棗がため息をついて立ち上がった。

「呑気でいいね、君ら。今日は校内模試だっていうのに。ごちそうさま」

そう言うと食器を片付けて、去っていった。嫌なことを思い出させてくれる。

「……僕も、ごちそうさま」

小声で言って、園部も席を立った。彼の皿を見て驚く。フレンチトーストもウィンナーも手つかずで、完食しているのはサラダのみだった。

「どうしたんだよ、園部。具合悪いのか？」

オレが尋ねると、彼は黙ってかぶりを振った。前髪で目が隠れていて表情はよくわからないが、顔色は悪いように見える。足を引きずるようにして食堂を出ていった。

「食欲不振は本人のせいやないとはいえ、平木さんの美味なる朝食が食べ残されるのは惜しいな。冷めてしもうてるから、もらう気にもなれんし」

志儀先輩がそう言うと、五月女が「あの」と切り出した。

「誰も食べないなら、それいただいてもいいですか」

と言って、園部が残した皿を指す。食卓に残っていた面々は目を見交わしたが、冷めた料理を欲しいという者は他にいない。かくしてトーストとウィンナーは五月女のものとなった。

「ユイ、そんなに腹ぺこだったの？」

気づかわしげに尋ねる瞬に、五月女は「ううん」と首を振る。

「ぼくんち、あまりお金がなくていつも節約してたから、ご飯を捨てるってどうしてもできなくて。昔はよく兄さんとも、ひとつの納豆を分けて食べたりしてたし」

やはり、そういう事情であすなろ館に入寮したようだ。それでも私立高校に入ったということは、奨学生なのかもしれない。霧森学院は成績さえよければ学費がほぼ免除されるから、五月女ももしかしたら、相当な優等生なのだろうか。

「ユイは本当にいい子だなあ」

瞬はしみじみと言って、五月女の頭を撫でた。人にどうこう言っておいて、自分も新しい友達とよろしくやっているではないか。ちょっとむかつく。

ほどなくオレたちは食事を終えて、着替えるためにそれぞれの部屋に向かった。

オレはさっさとネクタイを結んで、エチカのために鏡の前を空けてやったが――

彼はベッドに座ってこちらを見上げていた。「ん」と言って、ネクタイを突き出してくる。

「あん？」

「してくれ」

「冗談じゃねー！　今日は自分でやれっつっただろ！　昨日、やりかた教えたよな？」

「一回だけで覚えられるか」

「偉そうにすんな！　じゃあ、今日だけな。今日が最後だからな本当に。もう一回説明するから、耳の穴かっぽじってよく聞いとけよ」

昨日も一昨日《おととい》もその前も、なんだかんだ毎日ネクタイを結ばされている。今日が本当に最後だ。一年間ずっとこいつと夫婦ごっこをするなんて冗談じゃない。

うんときつく結んでやってから、オレは鞄を手に立ち上がる。

「おら、行くぞ」

「ああ。ありがとう」

まったく。調子が狂うやつだ。

2

「はあーっ……。疲れた」

風呂に浸かると、自然とひとりごとが出た。

まず、午前中からの校内模試でへとへとになった。こういうイベントになると、進学校の自称は伊達《だて》ではないと実感する。普段はふざけているクラスメイトたちも真剣な顔になる。あの教室の雰囲気は、けっこう苦手だ。

昼休みには、予想外の場面で緊張に晒《さら》された。あの日以来姿を見ていなかった湖城龍一郎と、学食で遭遇したのだ。券売機の列で後ろに並ばれて、ひどくひやひやした。だが、彼は声をかけてくるでもなく、注文の品を受け取るとオレから離れた席についた。エチカがそばにいなくてよかった。あいつは、今日は節約のために購買のパンで済ませていた。

そんな緊張しどおしの昼が終わってからは、ずっと道場で稽古をしていた。すでに入部した新入生も多く、おもに彼らの指導をした。「先輩、女の子みたいに可愛いっすね」と舐めたことを抜かした一年坊主がいたので、突きを寸止めして格の違いを教えてやった。

なんだかんだ、寮に帰ってくると落ち着く。古ぼけた旧館に住むなんてかわいそうだと同情してくる友達もいるが、気心知れたメンバーだけと過ごせるこの空間は悪くない。

しかし、さっきエチカのやつを風呂に誘って断られたのは気に食わない。いつも決まった時間にへっくんに餌をやっていて、今がそのときなのだという。

あいつもとっとと来ればいいのに——と思っていると、浴室の引き戸が開く音がした。エチカかな、と振り返ったら、立っていたのは棗だった。「よう」と声をかけると、彼は軽く手を上げて応えた。

鏡の前に座って身を清める棗の背中を、見るとはなしに見る。日焼けした身体にはよく筋肉がついている。彼が所属する水泳部はオフシーズンだからほぼ活動していないはずだが、自分で鍛《きた》えているのだろう。

やがて浴槽のほうにやってきた棗は、オレとは対角線上の隅に身を沈めた。黙っているのも妙な気がして、話しかけてみる。

「園部は風呂、一緒じゃないのか？」

「部屋出るときいちおう誘ったけど『あとで行く』ってさ」

どうでもよさそうに言ってから、ふっと真剣な表情になる。

「……ただ、あいつちょっと変だったんだよね」

「変って？」

「なんか、妙な態度だった。仲良しでもないし、俺ら普段からあんまり話さないけど、今日はとくに黙りこんでて。話しかけると、びくっとして振り向くんだよ」

「ふうん……。そういや朝も夕方も食欲なかったな。なにかあったのかな」

園部は普段から気弱な性格だが、今日はちょっとおかしい気がする。

「まあ、いろいろあるんでしょ」

棗は投げ出すように言って、タオルをぽんと頭に載せた。

「ほら、去年の事件のあとも、ずいぶん打ちのめされてたみたいだし」

言われて思い出した。そういえば、去年の事件で亡くなったあの人は、園部と同じ生物部だった……。

棗は、ほどなく湯を上がった。彼はあまり長湯しないのだ。

オレはしばらくエチカを待ってみたが、来なかった。諦めて風呂から上がって、脱衣所で身体を拭く。どうして服を着る場所でもあるのに「脱衣所」なのかね、などと考えつつパンツを穿いていると、廊下側の引き戸が開いた。エチカと園部が一緒に入ってくる。

「あっ、エチカてめえ！　オレの誘いは断ったのに、園部とは一緒に入るのかよ」

詰め寄ると、エチカはうっとうしそうに顔をしかめた。

「さっきまでふたりで生物部の活動をしていたから、たまたま一緒になっただけだ」

「ハリネズミと熱帯魚の面倒を見ていたんだ」

そう説明する園部はやはり冴えない顔をしていたので、オレは髪を拭く片手間に「園部、なんかあったのか」と尋ねてみる。

「な——なにか、って？」

「食欲なかったじゃんか。棗も、おまえちょっと変だって言ってたぞ」

「……そんなんじゃないよ」

園部はシャツのボタンを外しながらうつむいた。

「ふうん。ならいいけどさ。なんかあったらオレらに話せよな」

「……僕は、大丈夫。大丈夫だから」

前髪の隙間からちらりと覗いた瞳には、言葉とは裏腹に苦悩が滲んでいた。

オレより二十分ほど遅れて、エチカは部屋に戻ってきた。

彼がベッドに腰かけてぼんやりしていたので、オレは椅子をくるりと向けて話しかける。

「エチカ、明日なんか予定ある？　日曜だけど」

どうせないだろうな、と思って訊いたら、意外にも「出かける」と即答された。

「え、マジで？　どこ行くんだよ」

「駅に近いホームセンターだ。へっくんの餌を買いに行く」

「へえ……、一緒に行っていいか？」

オレの申し出に、エチカは不審そうに眉をひそめる。

「なにか用事があるのか」

「ちげーって。普通に、一緒に出かけようぜって誘ってるだけ。なんだよ、嫌か？」

「……べつに。空手部はいいのか」

「どの部も第二・第四日曜は絶対休みなんだよ。いちおう進学校だから、部活ばっかりやりすぎないようにってことで。……とにかく、それで決まりな」

「好きにしろ」

消灯して寝床についてから、オレはぼんやりと考えた。なんでこんなにエチカに構っちゃうんだろうな——と。理由を探してみるが「なんとなく」としか言えない。

まあいいや。とにかく明日は、久々の外出だ。思い切り楽しむことにしよう。

3

日曜日であっても、あすなろ館のタイムスケジュールは変わらない。六時に起きて、六時半に朝食が始まる。目覚めるとカーテンの隙間から眩しい朝日が漏れ出ていて、オレは嬉しくなった。思い切りカーテンを開いて、エチカを叩き起こす。

朝食の席につくと、みんなの顔は心なしか晴れ晴れしていた。やっぱり日曜日というのは心躍るものだ――と思いながらハムエッグにかぶりついたとき、ふとひとり足りないことに気づく。どことなく影が薄い彼である。

「あれ？　園部は？」

「朝食、いらないってさ」と、同室の棗が答えた。

やはり心配だ。園部のやつ、なにかで悩んでいるに違いない。

「な。園部のこと、みんなで気にかけてやろうぜ」

オレが呼び掛けると、全員がこちらを見た。

「悩んでるやつがいたら、ちゃんと話を聞いてやんなきゃいけないと思う。だから、あいつのことひとりにしないようにしないと……」

「考えすぎだろ」

エチカがぼそりと言って、トーストをかじった。オレは思わず、その顔を睨みつける。

「エチカ！　オレは真面目に話してんだぞ」

「誰もが構われたいわけじゃないだろう」

だからおれにも構うな、と言われているような気がして、顔がかっと熱くなるのを感じた。

「そうやって他人事だと思ってたら、取り返しつかなくなるかもしんないじゃねーか！　また、去年みたく……」

一瞬で食卓の空気が変わった。やってしまった。

有岡さんは強張《こわば》った表情でオレを見つめている。棗はすっと視線を逸らして、志儀先輩は「おまえ……」と小さく呟いた。一年のふたりは、困ったように目を見交わしている。

耐えがたい沈黙が、食堂に満ちた。

「コーヒー欲しい人、いる？」

平木さんがポットを片手に厨房から現れて、オレたちを救ってくれた。みんな、くちぐちに「欲しいです」「ください」と声を上げる。

「すんませんでした。変なこと言って」

コーヒーを注いで回った平木さんが去ってから、オレは誰にともなく詫《わ》びた。

「いや、雛太の言ったことは正しい。……お互い、気にかけあって生活しよう」

有岡さんが助け舟を出してくれた。あすなろ館の住人たちは、それぞれぎこちなく頷き合う。オレも胸が苦しくなるのを感じながら、顎を引いた。

十時ごろ、オレはエチカと一緒に出かける準備を調えた。

出発の直前に、園部の部屋に寄って声をかけた。同室の棗は、とっくに外出していた。一緒に出かけないかと誘ったが、園部には「勉強したいから」と断られた。とりあえず「疲れてるみたいだから、休めよ」とだけ伝えた。エチカはちゃっかり「へっくんになにかあったらよろしく」とお願いしていた。それから、オレたちは寮を出た。

エチカの外出着は初めて見た。大きめのブルゾンといいタイトジーンズといい、スタイリッシュな印象だ。横に並ぶと、Tシャツ姿のオレが幼く見える気がする。

本校舎へ向かう遊歩道へとオレが踏み出したら、エチカが「裏門から出ないのか？」と訊いてきた。たしかに、あすなろ館の裏手には敷地外に出られる小さな鉄の門があるが……。

「あそこは普段は閉めきりなんだよ。南京錠《なんきんじょう》がかかってる」

「引っ越しの荷物を運ぶときは、あそこを使ったんだが」

「そのときは、平木さんが特別に開けてくれたんだと思うぞ」

他愛もないことを話しながら、遊歩道を歩いた。林を抜けると、日曜日の静かな校舎がオレたちを出迎えた。寮の新館に住んでいるやつらも、たぶん多くが外出しているのだろう。オレたちはロータリーから正門を抜けて、敷地の外へ踏み出した。

霧森は、名前のとおり森ばかりがある静かな町だ。うちの学院がいちばん大きな施設で、遊ぶ場所なんてほとんどない。たいていの生徒はバスで駅のほうまで行くのだが、今日はエチカに霧森を案内してやるとしよう。オレは「こっち」と彼を導く。

「ちょっと付き合えよ。ホームセンターの買い物は後な。荷物増えると大変だし」

エチカは、肩をすくめて素直についてきた。

学院の敷地を出て裏手へと回る。周囲に民家はほとんどなく、のっぺりとした森林風景が続いている。木々の隙間から見える今日の空は、気持ちいい青色だった。五分ほど歩くと、ちょうど校地の北側——あすなろ館の裏手に出た。

霧森学院はそもそも高地に立っているが、ここからはさらに上り坂だ。ゆるやかにカーブした道が、先も見えずに続いている。道の左右には、少しずつ民家が増えていく。

「どこまで行くんだ？」

十分ほど歩いたところで、エチカが不平を鳴らした。オレは「もう少しだよ」と答えて先導する。実際、目的地にはそれから三分ほどで到着した。

「ほら着いた！　見ろよエチカ」

オレはここを展望台と呼んでいる。コンクリートで整備された広い土地が、道路から円形にせり出すようになっている場所だ。柵もついていて、霧森町が一望できるのだ。

「こっからなら、この町のこと全部わかっちゃうだろ？　ほら、あそこが霧森駅。あの白い建物が霧森女子高校。オレらの憧れの的な。そんで、あれが地元でいちばんでかいショッピングモール。おまえが行こうとしてるホームセンターは、あの緑色のやつ」

「……それなりに、広いんだな。この町」

「おう、そうだろう、そうだろう」

「なんでおまえが偉そうなんだ」

　隣を見ると、エチカは妙に柔らかい表情をしていた。柵に腕を乗せて、自分が住む新しい土地を見つめている。連れて来てよかった、と胸の内で呟く。

「そういえば、おまえの実家ってどこなんだ」

　珍しく、エチカのほうから質問をしてきた。

「上尾《あげお》市。だから、駅まで行って、ＪＲで三十分くらいだな」

「近いな」

「近いか？　そういうエチカの実家はどこ……」

　言いかけて、彼の身上を思い出す。実家なんてない、とエチカは言ったのだ。

　だが、彼は淡々と語りだした。

「文京《ぶんきよう》区のマンションに、父とふたり暮らしだった。……本当は、父が死んだ後も住み続けたかったんだが、親戚に反対された。たしかに、高校生がひとりで住むには家賃が高すぎた。それで、親戚の申し出を受けて新宿《しんじゆく》区に引っ越した」

へぇえ、と相槌《あいづち》を打つが、埼玉県の高校生にはブンキョー区とシンジュク区の違いなぞわからない。

「おれを引き取ってくれたのは、母方の伯母夫婦だ。でも、父は親戚付き合いをしない男だったから、おれにとっては全然知らない人だ。親切な人たちだが、居心地は悪かった」

「……おまえの母さんは、その」

「ああ、言ってなかったな。母はとっくに死んでる。おれが小学校に上がる前に」

「……なんか、頑張ってんだな、おまえ」

「苦労してるな」とか「大変だな」という言葉を避けたら、妙な言い回しになってしまった。エチカは「なんだそれ」と苦笑する。その顔がどこか寂しそうで、オレはたまらない気持ちになった。今なら、マオと呼ばれて撫でられてやってもいいと思った。

「おれの話ばかりしすぎたな。おまえの家族はどうなんだ」

「ん？　うちは両親とじいちゃんと姉貴ふたり。みんな元気だよ。元気すぎるくらいだな。いつ帰っても賑やかというか、うるさいというか」

「兎川がこういう性格になるわけだ」

「あん？　どういう性格だコラ、言ってみろ」

背伸びして肩を大きく揺さぶると「そういう性格……」とエチカは呻いた。

それからしばらく、オレたちは黙って町を見下ろした。三分ほどして、道路のほうへ踵《きびす》を返す。坂を戻るのではなく、少し上がることにした。そこにバス停があるのだ。

バスを待つ間、なにを話そうかと考えていたら、エチカが先に口を開いた。

「去年の話、聞いていいか」

はっとして彼のほうを向いた。エチカは、じっとこちらを見ている。

「……ニュースとかで、聞いてねーの」

「霧森学院の生徒が寮で自殺した、ってことだけは知っている」

「もうちょっと、世間のことに興味持ってよな。まして転入してくるなら調べるだろ」

説教したのは呆れたからでもあるけれど、時間を稼《かせ》ぎたかったからでもある。この話を始めるには、心の準備がいるのだ。

「……浅香希《あさかのぞむ》っていう先輩だよ。あすなろ館で自殺したのは」

話しながら、浅香先輩の顔を思い浮かべる。さほど親しかったわけではないから、記憶は鮮明ではない。だけど、眼鏡の奥の瞳が優しそうだったことは憶えている。

「当時二年生だったから、有岡さんたちと同学年だな。生物部に所属してた。あの人が亡くなったのは、九月。夏休みが明けてすぐだった」

あまりにも突然のことだった。少なくとも、オレにはそう感じられた。

「浅香先輩と同室だったのは神崎《かんざき》さんっていって、空手部の先輩なんだよ。あの日、稽古が終わってオレと有岡さんと神崎さんとであすなろ館に戻って……、神崎さんが自室を覗いてすぐ、廊下に飛び出してきてさ。浅香先輩が死んでる、って」

二段ベッドの上の段にロープをくくりつけて、首を吊っていたという。

オレはその現場を見なかった。ただ、中を覗いた何人かは一様にすごい顔をしていた。神崎さんは耐えきれずに嘔吐《おうと》していた。当時の管理人が駆けつけて、救急と警察に通報した。後から聞いた話では、発見されたときには首を吊ってから一時間以上経過していて、蘇生《そせい》の見込みはなかったという。あすなろ館の住人たちには、警察から詳細な事情聴取が行われた。当然オレも対象となったが、とくに話せることはなかった。

浅香希の死は、どう見ても完璧な自殺だった。だから捜査の焦点はひとつ――自殺の動機だ。

「遺書もなくてさ。浅香先輩がなにをそんなに思い詰めてたのか、誰も知らなくて。だから警察の捜査は次の日もその次の日も続いたんだけど……五日くらいで終わったらしい」

「自殺の動機が見つかった、ということか」

「さあな。警察が教えにきてくれるわけじゃないし。ただ、動機は正式には発表されてない」

話しながら、忘れかけていた悔しさが込みあげてきた。オレは唇を嚙む。

「同じ屋根の下で暮らしながら、オレたちのうち誰も、浅香先輩が抱えてた苦しさに気づけなかった……。あのころは今の倍の人数が寮で暮らしてたからさ、全員と交流持ってたわけじゃないし、実際オレはほとんど話したことなかったけど……でも、つらい」

浅香先輩と腹を割って話したことはないが、ささやかな思い出ならいくつかある。どれも、助けられた思い出だ。トイレで紙が切れていてオレがピンチに陥《おちい》ったとき、たまたまドアの前を通りかかって替えを持ってきてくれたり。オレが洗濯したままうっかり放置していた道着を、気づいて干しておいてくれたり。

「いい人だったんだよ……なのに、オレはなにもできなかった」

「べつに、兎川のせいじゃないだろう」

ためらうような間を置いてから、エチカはひとりごとのように言う。

「今朝は、悪かった」

「べつに」と、エチカの口癖を真似《まね》て答えた。

そのとき坂の上からのっそりとバスが現れて、停まった。ロバの鼻息みたいな音を立てて開いたドアの中に、オレたちは乗りこんだ。


ふもとの駅まで下りたオレたちは、まずハンバーガー屋で昼飯を食べた。「節約中」というエチカがコーヒーしか頼まなかったので、ポテトを半分恵んでやった。その後、ホームセンターでエチカの目当ての買い物を済ませた。エチカがペットコーナーに夢中になって、何時間でも居座る勢いだったので、引きはがすのに苦労した。幼児を連れて出かける親の苦労がちょっとわかった。

それから本屋に寄ったりもして、寮に帰りついたのは夕方だった。

瞬と五月女は一緒に外出していたらしく、夕食の席でも楽しそうにそのときの話をしていた。園部は相変わらず元気がなかったが、食事はちゃんと摂っていたからひと安心かもしれない。棗は女の子とデートでもしていたのか、七時ぎりぎりに帰ってきた。学院の門は、平日休日問わず七時には閉められることになっていて、それまでに帰りそびれたら「夜間外出」扱い。反省文を書かされる羽目になる。

風呂から上がると、オレは充実《じゅうじつ》感を噛みしめながらベッドに横たわった。

「うーん、久々に楽しかった」

オレが声を上げると、エチカは他人事のように「よかったな」と言った。

「エチカは楽しくなかったのかよー」

ベッドの下段を覗きこむと、文庫本を読んでいた彼は「ふつう」と答えた。

ちょっとずつわかってきた。こいつは冷たいように見えて、心の中では人並みにいろいろ感じているのだ。ただ、ちょっと不器用なだけで。

消灯時間になって電気を消してから、オレは呼びかけてみた。

「エチカ、おやすみ」

五秒ほどの沈黙。それから「おやすみ」という小さな声がした。

ほら、ちゃんと応えてくれた。

4

寮生活というのは学校に暮らしているようなものだから、休日も完全なプライベートという気分ではないのだが――それでも、月曜日は憂鬱《ゆううつ》だ。おまけに今朝は空も曇っていた。

しかし、どんな朝にも探せばいいところはあるもので、エチカが自分でネクタイを結べたのは嬉しいできごとだった。小さすぎて不格好な結び目だったが、ちゃんとプレーン・ノットになっていた。子供の成長を感じる親の気分だ。

校舎に向かう遊歩道を、オレとエチカ、園部の三人で並んで歩きながら、

「な、園部、聞いて。エチカ、今朝ちゃんと自分でネクタイ結べたんだぜ」

とオレが報告すると、園部は困惑したように首をかしげた。

「え……今までは、兎川くんが結んでたの？」

「余計なこと言うな」

エチカにぎろりと睨まれた。へへっ、と笑って返す。

憂鬱な気分が少し紛れた。まあまあいい日になる、ような気がした。

六時間目が終わり放課後になると、稽古に向かう準備をしつつ、隣の席のエチカに「この後どうすんの」と尋ねてみた。エチカは園部のほうを見やりながら答える。

「生物部の活動だ」

そういえば、へっくんのために入部していたっけ。

「今日は大仕事があるんだ」と、園部。「ほら、新校舎が最近増築されたでしょ。新設された第三生物室が新しい生物部の部室になるんだ。だから動物たちを引っ越しさせる」

「へえー、大変そうだな。もし稽古が終わっても作業続いてたら、オレも手伝うぞ」

園部は「ありがとう」と答えたが、エチカは眉をひそめる。

「動物たちは丁寧に扱わなきゃいけないんだぞ。兎川にできるのか」

「あ？　ガサツだとでも言いてえのか？　ん？」

背中に拳をぐりぐり押しつけると、エチカは「そういうところがな……」とうっとうしげに言った。

それから二時間半、オレは道場で稽古に打ちこんだ。

部活に力を入れる学校と比べたら、少ない稽古時間だろう。校則で、「平日の部活終了時刻は六時半」と決められているせいだ。それでも、うちの空手部はかなりみっちりと稽古をやる。基礎、基本を疎かにしないのだ。

今日も、有岡さんのかけ声で部活終了となった。オレは更衣室で着替えながら、先ほどエチカと園部に言った言葉を思い出していた。有言実行、と有岡さんはよく言う。「手伝うぞ」なんて言って結局顔を出さないのは武道をやる者の名折れだ。

道場を出て本校舎まで歩いていったところで、オレは事情を説明して、瞬と有岡さんと別れた。有岡さんが手伝いを申し出たが「それには及びません」と断った。

たしか生物部は、もともと本校舎四階の第一生物室で活動していたはず。理科の授業でその部屋を使ったとき、種々様々な動物たちが暮らしていて驚いた記憶がある。

そこを目指して、ぽんぽんと階段を駆け上がる。四階まで上り切ったとき、ガラスケースを抱えている園部と出くわした。ケースはかなり大きくて、彼の足取りは慎重だ。

「うおっ、園部。なんだそれ」

ケースの中には、緑色の肌をした得体の知れない生き物がいた。爬虫類《はちゅうるい》だということは見当がついたが、トカゲよりもだいぶデカい。怪獣みたいな面構《つらがま》えだ。

「グリーンイグアナだよ」

「へ、へえ……これがイグアナね。一緒に持とうか？」

「大丈夫だよ。あ、もしかして手伝いに来てくれた？　助かるよ。じゃあ、鷹宮くんと一緒に残りの荷物を運んできてくれるかな」

了解、と答えて第一生物室に向かう。戸を開けると、エチカは椅子に座って休憩していた。

「よう、エチカ。ヒーローの登場だぞ。助太刀《すけだち》に参上した」

「……おれは頼んでないが」

「水臭ぇこと言うなよ。オレが来たからにはもう大丈夫だからな、泣いて感謝したまえ」

「ずいぶん押しつけがましいヒーローだな」

うんざりしたように言いながら、エチカはのっそりと立ち上がった。室内はがらんとしている。以前、壁際に並んでいたケージはひとつも残っていない。もう部屋の中に動物たちはおらず、置いてあるのは備品らしき段ボール箱のみだった。

「じゃあ、悪いがそこの段ボールを運んでくれ」

まったく悪いと思っていなそうな声で指図《さしず》された。だが、手伝うと言ったのはオレなので、素直に言われたとおりにする。

「よっ、と。あれ？　他の部員はいねーの？」

「寮の新館に住む連中は、部活終了時刻にはすぐ帰った。あっちは夕食の時間に遅れると食べられないらしいな。……そんなわけで、園部とふたりで作業してる」

オレとエチカは、箱を抱えて並んで歩いた。オレは箱を重ねて持って、力のあるところを示した。ひ弱なエチカは、かさかさと音がするいかにも軽そうな箱を持っている。

「引っ越し先は、新校舎の第三生物室だ。一階まで下りて、渡り廊下を通る」

「へいへい。……にしても、廊下、暗いな」

オレたちは、本校舎の真ん中あたりにある階段をゆっくりと下りていく。四階と三階の間の踊り場で、オレは段ボールを抱え直した。

「エチカ、おまえもそんな軽そうな箱だけ持ってないで――」

そのとき——なんとも不吉な音がオレの声を遮《さえぎ》った。

まず、ガラスが割れるような音。続いて、重いものが落下するようなどしんという音がした。

「な、なんだよ今の音っ」

言いながら頭をよぎったのは、先ほどガラスケースを抱えていた園部の姿だった。

エチカと顔を見合わせる。表情から、彼も同じことを思いついたのだとわかった。

オレたちは段ボール箱を放り出して、階段を駆け下りた。三階にはなにもなかった。さらに二階へと駆け下りる。二階と一階の中間の踊り場に、園部がいた。

「園部!!」

彼はぐったりと横たわっていて、辺りには真っ赤な血が飛んでいた。ガラスケースが割れて、破片が四方八方に飛散している。ケースの中に入っていたらしい砂利《じゃり》が踊り場を覆っていた。

「しっかりしろ、園部」

抱き起こすと、長い前髪の隙間から見えた目は閉じられていた。意識がない。出血は頭部ではなく、手首からだった。ガラスで切ったのだろうが、手の甲の側だったので動脈は無事らしい。耳を近づけると呼吸はしていた。気を失っているだけか、とほっとしたとき——。

「グッチ！」

エチカが、聞いたことのない大声を出した。いつのまにやら彼は、踊り場を通過して一階まで下りていた。ブランドものの財布でも落ちてたのか、と思って見下ろすと、イグアナをさも大事そうに腕に抱いている。

「ああ、こんなに傷が深い……、なんてひどい」

「そいつも怪我してんのか」

「ガラスの破片で切ったらしい。兎川は園部を頼む。おれは第三生物室に行って、グッチを手当てするから」

　グッチとは、あのイグアナの名前だったらしい。エチカは負傷したイグアナを抱えて、素早く廊下を走っていった。

　園部の意識が戻らなかったので、オレは足でガラスと砂利をどけて、比較的安全そうなところに園部を横たえた。それから、一階まで下りて保健室に向かう。養護教諭がいたので、ことの次第を伝えた。彼女の指示に従って、オレは他の先生を呼びに職員室まで走る。幸い、オレたちの担任である財津《ざいつ》先生がいたので、園部が怪我したことを伝えた。

　先生と一緒に踊り場まで戻ると、園部は意識を取り戻していた。上体を起こして、ぼうっと宙を見ている。

「ああ、無理に起き上がらないで。じっとしていて、救急車を呼ぶから」

養護教諭は優しく呼びかけて、スマートフォンを取り出した。

「ああ、そうか。引っ越しを頼んであったんだよな。なんてこった……」

財津先生は呟きながら、ぼさぼさの髪を掻きまわす。そういえば彼は理科教師で、生物部の顧問なのだ。どうやら、引っ越しを完全に園部たちに任せていたらしい。

「厄介だな、もうすぐ帰るところだったんだが。……病院まで付き添わにゃならんな」

　この先生にはこういう面がある。厄介ごとは誰でも御免だろうが、それを素直に出してしまうのだ。小声ではあったが園部の耳にも届いていたようで、申し訳なさそうにうなだれた。

「出かける準備をしてくる」と財津先生が去り、電話を終えた養護教諭も、手当てのための道具を取りに行った。オレは園部とふたりで取り残される。

「……足を滑らせたんじゃ、ないんだ」

　園部が掠れた声で呟いた。

「えっ、どういうことだよ。イグアナが暴れたとか？」

「違うよ。僕は……、うん、そうだった」

　園部は自分を納得させるように頷いて、顔を上げた。髪の隙間から見えた瞳は、怯えるような色をしていた。

「僕は突き落とされたんだ」

5

　空には夕闇が迫ってきて、踊り場は不気味なオレンジ色に染められていた。

「いや、そんな――マジかよ――突き落とされたって、誰に」

園部は「わからない」とかぶりを振った。首を動かしたせいで痛んだのか、素早くうなじを押さえる。

「イグアナのケースを抱えて、ゆっくりと階段を下りていたんだ……転ばないように、慎重に足もとを確かめながら。でも、ここで……二階から一階に下りようとしたところで、いきなり。背後から突然押されたから、顔も見えなかったけど……」

そこまで言って園部は、ぴたりと口をつぐんだ。相変わらず目もとが見えないせいで、彼が階段の下を見ていると気づくのに時間を要した。振り向くとエチカが立っていた。

「本当か、園部。突き落とされたっていうのは」

階段を上がってきながら、エチカは尋ねた。園部は、ぎこちなく頷く。

「そうだったのか……。ああ、ちなみにグッチは第三生物室まで運んで手当てしておいた」

「ありがとう、鷹宮くん。『グッチ』って呼んでるのは君だけだけど……」

勝手に命名したのかよ。いや、そんなことよりも。

「それって、事件だよな。殺人未遂《みすい》じゃんか。先生に言わないと」

「あと、警察にもな」

エチカがそうつけ加えたとき、養護教諭が戻ってきた。彼女が園部の手当てを始めると、エチカはすたすたと階段を上がっていった。オレも追って上る。

「ここから園部は突き落とされたんだよな。っても、さすがにもうトンズラしてるか。なにしろオレらが駆けつけたとき、すでに誰もいなかったしなあ……」

オレがぶつぶつ呟いていると、エチカが「はい」と言った。なぜ急に敬語、と思って見ると、スマートフォンを耳に当てていた。

「傷害事件です。場所は霧森学院高等部の校舎です。生徒がひとり、階段から突き落とされました。……いえ、救急にはもう、先生が連絡済みかと」

オレは面食らった。こいつ、警察に電話してやがる。

「抱えていたガラスケースが割れて、手首を怪我しています。頭も打っているみたいで。そのうえ、グッチも怪我しました。ああ、イグアナの名前です。いや、どうでもよくはありません。『グ』は『グリーンイグアナ』の『グ』です」

それはどうでもいいだろ。

「なにしてんだよエチカ！　勝手に警察なんかに……、あっ、待てコラ」

やめさせようと腕を伸ばしたが、エチカはひょいとオレの手を逃れて歩き出す。

「ええ、そうです。本人が突き飛ばされたと言っています。ですから、傷害事件です。殺人未遂かもしれません。至急、捜査員を送ってください」

「おい、ちょ、ちょっと……」

オレがその腕を摑んだときには、エチカは通話を終わらせてしまっていた。

「なに勝手に通報してんだよっ」

「勝手もなにも、事件が起きたら警察に知らせるのは市民の義務だろう」

「学校はちょっと違くねーか？　先生が連絡するだろ。……ていうか、おまえ、どうしたんだよ。なんでそんなに熱くなってるんだ」

エチカの瞳は、怖いほど真剣だった。

「赦《ゆる》せるわけがないだろう。グッチをこんな目に遭わせて……あと、園部も」

「園部を先に言え」

そんな話をしていると、財津先生が帰ってきた。オレとエチカも踊り場に戻る。

「おお、鷹宮。ちょうどよかった。おまえ、悪いけど生物室に施錠しといてくれ」

財津先生から鍵束を受け取るエチカの表情は、冷ややかだった。

「あ、それとな、鷹宮と兎川のふたりで、この踊り場片付けといてくれんか」

「いいえ、片付けませんよ。警察が来るまで現場保存しておかないと」

エチカの言葉に、財津先生は細い目を見開いた。

「なにぃ、警察？　そんなの呼ぶわけないだろう、大げさな」

「もう呼びましたよ。園部は突き落とされたと言っています」

「つ、突き落と……。いや、待て。通報したのか？　勝手にか？　おまえは自分のしたことがわかっているのか！」

「財津先生。本当に生徒が突き落とされたのなら、それは事件でしょう」

養護教諭がやんわりと口を挟んだが、財津（以下、敬称を略す）は聞いていなかった。

「くそっ、勝手な真似を。馬鹿もんが。大河原《おおがわら》先生に知らせなくては」

吐き捨てるように言って、階段を駆け下りていった。

「……え？　あんな怒る？」

オレは戸惑って財津の背中を見送った。叱られた当の本人は、どうでもよさそうな顔をしている。

ほどなく救急隊が到着し、園部は担架に乗せられて運ばれていく。オレとエチカは昇降口のところまでついていって、見守った。財津と養護教諭を伴い、園部は搬送されていった。

オレたちが事件現場まで引き返すと、階段の下にジャージ姿の大男が仁王立ちしていた。生徒指導担当にして体育教師、そして我らが空手部顧問の大河原だ。

「兎川、おまえが勝手に警察に通報したのかああぁ！」

その怒声《どせい》で、そばにあった窓ガラスがびりびり震えた。人相の悪さもあいまって迫力が凄い。オレはなにも言葉を返せなかった。

「兎川ではありません。おれが呼びました」

エチカは涼しい顔で進み出た。おい、殴られるぞ、とオレは身構える。

「おまえっ、貴様、この……クラスと名前を言ええぇ！」

「そんなに大きな声を出さなくても聞こえますよ。二年二組の鷹宮です」

「たか、たか、鷹宮あああ！　その態度はなんだああ！」

「なぜ警察を呼んではいけないのですか？　校内で傷害事件が発生したのですから、通報は義務です」

「屁理屈をこねるなあ！　そういうのは我々教員の仕事だ！　だいたい、通報が必要な状況かどうかもわからんというのに！」

「必要でしたよ。当人が突き落とされたと言っているのですから」

「口答えをするな！　……ええい、そこに直れ！」

大河原は、背中から竹刀《しない》を引き抜いた。空手をやる人間が持つべきものではない。

「お、大河原先生！　許してやってくださいっ」

オレはとっさにエチカの前に回りこんで、頭を下げていた。

「鷹宮はめちゃくちゃ失礼で空気読めなくてネクタイひとりで結べないやつですけど、悪いやつじゃないんです！　こいつ本当に動物が好きだから、イグアナが怪我して頭に血が上っちゃってるだけで」

「ええい、やかましい！　兎川、おまえも連帯責任だ！　そこに直れっ」

大河原が竹刀を振りかぶる気配がして、オレは思わず目をつぶった――が。

痛みは感じなかった。それどころか、身体が叩かれる音もしなかった。顔を上げると、大河原の手は、空中で止まっていた。

スーツを着た見知らぬ男性が、大河原の腕を摑んでいる。年の頃は五十前後か。背が高くて、顔の彫りが深い人だ。白髪交じりの髪をオールバックにしているのが、紳士的な印象である。

「暴力は感心しませんね」

「な、なんですかあんたは。これは指導であって暴力じゃない」

大河原の弁解は、男性が懐から出したものを見て止まった。それは、警察手帳だった。

「通報を受けて駆けつけました、霧森警察署の刑事です」

6

バッジ式の警察手帳が開かれる。顔写真の下に「警部補　郷田忍《ごうだしのぶ》」と記されていた。

「お早いですね」

エチカが声をかけると、郷田刑事はこちらを向いた。

「近くを車で通っていたら無線が入ってね。部下と一緒に駆けつけてきたのだよ。……早く来るんだ、室《むろ》くん！」

昇降口のほうから、ばたばたとスーツ姿の男が駆けつけてきた。まだ二十代半ばといったところか。下がり眉は人がよさそうだが、頼りなげでもある。

「あらためまして、霧森署の郷田です。こちらは部下の室。さっそくですが、被害者はどちらに？」

「すでに救急車で運ばれました」エチカが答える。

「そうか。では、そちらは後だな。君が通報した生徒かな？　現場の状況を説明願いたい」

このころには、大河原は壁際まで下がっておとなしくしていた。なにか言いたげに口もとをもごもごさせている。

エチカは、園部を発見したときの状況を淡々と語った。オレがときどき補足（「グッチはイグアナの名前です」など）をする。

「なるほど、状況は把握《はあく》したよ。この規模の事件では鑑識の者を呼ぶことは難しいだろうが、とにかくこちらで現場検証だけでもさせてもらおう」

「あ、あのう、刑事さん。本当に捜査をするんで？」

大河原の差し出口に、郷田刑事は不審そうに眉を上げる。

「ええ、当然です。被害生徒が『突き落とされた』と語っている以上、傷害事件として捜査をするのが妥当です」

「し、しかしですね、学校の中で起きたことですから。どうかここは、学院の中だけのことに留めておけませんか」

「ご安心を。加害者が突き止められたとして、即逮捕ということにはなりませんから。ともあれ、こうして我々が介入した以上、なにが起きたのかをはっきりさせないわけにはいかない。よろしいですね？」

大河原は、それきり口をつぐんだ。

その後、オレたちは職員室のそばにある「生徒指導室」で待たされた。いわゆる説教部屋として使われており、模範《もはん》的生徒のオレはここに入るのは初めてだった。

「なあ、誰が園部にあんなことしたんだと思う」

待ち時間、エチカに話しかけてみた。「さあな」というそっけない返事がくる。

「めちゃくちゃ失礼で空気読めなくてネクタイもひとりで結べないおれにはわからない」

根に持ってやがる。

「悪かった。謝るから、真面目に聞いてくれよ。……園部の件、いたずらじゃ済まねーよな。ガラスのケース抱えたまま階段で突き飛ばされたら、受け身なんか取れないし、最悪ガラスの破片で大怪我だぞ」

「そうだな。加害者は園部に対して明確な悪意を抱いていたと見て間違いない」

「なんか信じらんねーな。園部、悪いやつじゃないのに。誰から恨まれてたってんだよ」

「さあな。……ただ、最近あいつの挙動がおかしかったのはおまえも気づいていただろう」

言われて思い出した。そういえば、園部はなにかに怯えていた。

「つまり何日か前から、園部は厄介なトラブルに巻きこまれてた……ってことか？」

エチカは三度目の「さあな」を返してきた。

しばらくして、部屋にさっきの刑事ふたり組が入ってきた。

「お待たせしたね。ひととおりの現場検証が済んだよ。では先ほどの話をもう少し詳しく聴かせてもらおう」

郷田刑事がてきぱきと言って、オレたちの前に腰かけた。その横に室刑事も座って、手帳を構える。

だが、すでにさっき十分すぎるほど詳しく話していた。結局、新しく付け加えた情報は、いま気づいた「園部の最近の様子」だけである。

「ほう。被害者はなにかに怯えていた……と」

部下がメモするのを見届けてから、郷田刑事は話題を変える。

「ところで、口ぶりからして君らは園部くんとずいぶん親しいようだね」

「はい」と、オレが答える。「クラスメイトですし、あと、旧館仲間なんです」

旧館、という言葉を聞いた郷田刑事は、わずかに眉をひそめたようだった。

「……もしや、『あすなろ館』と呼ばれる建物のことかな」

頷きながらオレは気づいた。霧森署といえば、当然、去年の浅香先輩の自殺事件を捜査した人たちではないか。目の前にいるふたりの刑事は初めて見る気がするが。

「ふむ。……君らからは、また事情を聴かなくてはならないかもしれないな。ともあれ、今日はお疲れ様」

壮年の刑事は、意味ありげなことを言ってオレたちを解放した。


あすなろ館に戻ると八時を過ぎていた。

オレはまずエチカも引っ張って有岡さんのところへ報告に行った。オレの話を聞いた有岡さんは驚いた様子だったが、園部の命に別状はないことを確認すると、ほっとしたようだった。

それから、オレとエチカは食堂へ向かう。夕食の時間はとうに過ぎていたが、平木さんが取っておいてくれたおかげで、オレたちは豆腐ハンバーグにありつくことができた。

夕食が終わるとちょうど八時半だったので、エチカを風呂に誘った。だが、彼はいつもどおり「へっくんたちの面倒を見ないと」とつれない反応だった。

「しょうがねーな。オレも手伝ってやるよ」

別にいい、と断るエチカに強引についていって、オレは熱帯魚の餌やりを手伝った。その間、エチカはへっくんにミルワームを与えていた。

水槽の掃除やら、もろもろの作業が終わると、オレたちはようやく風呂に入ることができた。

「そういえば、おまえと風呂入るのって初めてじゃねーか」

湯に浸かりながら話しかけると、エチカは「そうだったか」と呟いた。どこか上の空だ。

エチカは服を着ているときと印象の変わらない細身で、あまり身体に筋肉はついていなかった。ただ、上腕二頭筋や下腿三頭筋は磨けば光る気がする。鍛えればいいのに、と思って眺めていると、「じろじろ見るな」と背を向けられた。

オレたちが風呂を上がって廊下に出ると、ちょうど玄関の戸が開くところだった。入ってきたのは園部で、傍らには室刑事が付き添っている。

「園部！　おまえ、大丈夫かよ」

問いかけると、頭に包帯を巻いた園部は力なく笑った。

「うん、なんとか」

音を聞きつけたようで、玄関のそばの管理人室から平木さんも出てきた。

室刑事は、平木さんにことの次第と園部の容態を説明して聞かせた。頭を強打したものの、検査した結果、損傷はなかったらしい。手首の切り傷も浅く、一週間もすれば完治するだろうということだった。

「捜査の進捗は？」

エチカが尋ねると、室刑事は困ったような笑顔を見せた。

「うーん。なかなか芳《かんば》しくないね。生徒から話を聴くのはまた明日、ということになったから。捜査を継続する許可は上から出ているんだけれど、捜査員を増やすのは難しそうだ」

「園部の服から指紋とか取れないんですか」

オレが園部の身体を指すと、刑事はかぶりを振った。

「学校の制服みたいな布地って指紋は残りにくいものなんだよ。それに郷田さんも言っていたけどこの規模の事件で鑑識を呼ぶっていうのは、ちょっと難しくてね。申し訳ない。……まあ、とにかく捜査は続けるから。園部くん、今日はちゃんと休むんだよ」

言い置いて、室刑事は帰っていった。黙って話を聞いていた平木さんが、園部の肩をぽんと叩く。

「大変だったようだな、少年。メシにするか」

静かに頷いて食堂へと向かいかけた園部の背中に、オレは声を投げる。

「なあ、園部。おまえが最近悩んでたことって、なんなの」

園部はびくんと身を震わせた。――この反応は。

「今日、おまえが襲われたことと関係あるんじゃないか」

「……関係ないよ。ていうか、別に、悩んでなんかいないし……」

それきり、彼は口を閉ざしてしまった。

7

翌朝の朝食の席で、園部の事件は全員が知るところとなった。

「突き落とされたって、やば……。ソノ先輩、頭は平気なんすか」

「……うん。ありがとう、大丈夫だよ」

瞬に気遣われて、園部は力なく笑う。顔色はだいぶよくなっていた。すでに頭の包帯も外している。

「警察が捜査してくれているなら、ちゃんと犯人は捕まりますよね」

五月女が誰にともなく言うのに対し、志儀先輩が「どうだか」と応じた。

「日本警察は優秀やとよく言われるし、それは事実なんやろうけど。……こと霧森署のお巡りさんたちがよくやってくれるかどうかは、心許《こころもと》ないわな」

「志儀」

有岡さんが鋭く言った。オレはびくりとする。その表情が、いつになく険しかったのだ。咎《とが》められた志儀先輩は、気まずそうに目を伏せてトーストをかじる。

どういうことなのだろう、と考えて、思い至る。ふたりは、去年の浅香先輩の自殺のことを話題にしているのではないか。

ということは、志儀先輩は——有岡さんも？——去年の警察の捜査には行き届かない点があったと、そう感じているのか？

「とにかく、大怪我になりかねない状況だったのに、園部がちゃんと歩けて話せているのは不幸中の幸いだ。みんなで気にかけてやろう」

有岡さんがまとめるように言うと、全員が頷いた。当の園部は、居心地悪そうに頭を下げていた。


昨日と同じく、天気は冴えなかった。今週は雨が降るかもしれないという予報だ。

教室に入ると、ふだんクラスで目立たない園部は芸能人みたいに取り囲まれた。彼が負傷した情報が、どこかから漏れたらしい。本人は「階段から落ちちゃって」と言葉を濁したが、その場にいたひとりが昨日パトカーを見たと暴露したことで、とうとう園部も真実を語った。学校内で起きた事件に、クラスメイトたちは大いに沸いた。朝のホームルームが始まるまで、園部は質問攻めにされていた。

午前中の時間が平和に過ぎる間、オレは前の席に座る園部の背中を眺めながら、もしかして刑事が教室にやってくるのでは、とかすかに思っていた。しかし、そんなことはなかった。霧森署の刑事たちはまだ捜査をしているのだろうか、と疑問に思うほどだ。

急展開は、予想外の方向からやってきた。だからこそ急展開と言うんだろうけど。昼休み、学食に向かおうかと立ち上がったオレとエチカの前に湖城龍一郎が現れた。

「鷹宮絵愛！」

生徒会長は、憤然とその名を呼んだ。呼ばれた当人は、迷惑そうに眉をひそめる。

「なにかご用ですか」

「君は、なんの権限があって警察に通報したのかな？」

教室内はしんと静まり返った。全員がエチカと湖城を凝視《ぎようし》している。誰も身じろぎひとつせず、立ち上がりかけたまま中腰で固まっている者もいた。子供が見たら「だるまさんがころんだ」の最中だと思うだろう。

「権限というか、義務ですね。傷害事件が発生したんですから」

「そういうのは教職員の仕事だろう？　それかせめて、彼本人がすべきだ」

湖城は、そばの席で気配を消していた園部の背中を指さす。

「被害者の代理でしたんです。あなたはなにに腹を立てているんですか？」

「警察を勝手に介入させたことだ」

「で、あなたはどういう立場でその話をおれにしているんですか」

ばか、とオレはエチカの背中を小突いた。しかし時すでに遅し。湖城は顔を赤紫色にして、わなわなと震えていた。彼はガンと強く、教卓を蹴り飛ばした。

「覚えていろよ」

足音も荒く、生徒会長は退室した。へなへなと椅子に座りこんだオレを、エチカは不思議そうに見下ろしてくる。

「兎川、学食」

「ばか」

もう一度言って、ふくらはぎを蹴飛ばしてやった。


帰りのホームルームが終わると同時に、郷田・室両刑事がオレたちの教室に現れた。室刑事が、園部を手招きする。また事情を聴くのだろうか。オレは思わず、園部よりも先に刑事ふたりのほうへ駆けよっていた。

「あの、園部の事件のこと、なにかわかったんですか」

オレの問いに、郷田刑事が渋い顔で答える。

「残念ながら、まだだ。少しずつ各教室を回って聴取に協力してもらっているんだが、有望な証言は出てこない。部活動終了時刻から十分以上経っての犯行だったからね。本校舎にはほとんど生徒が残っていなかったらしく、目撃者が見つからない」

オレは、ううむと唸った。

「じゃあ、けっこう手こずりそうな事件ってことですね。もしかして、このまま逃げられちゃうなんてことは……」

　オレが言うと、郷田刑事は力強くかぶりを振った。

「そんなことはない。必ず、見つけてみせるとも」

　反省した。今朝、志儀先輩から聞いた言葉が頭にこびりついていたのだ。だが、この郷田刑事という人は、とても熱心で有能そうに見える。霧森署の刑事たちが手抜き捜査をするなんて、たぶん思い違いだろう。

「ご、郷田さん……トイレ行っていいですか」

　室刑事が情けない声を上げた。上司はため息をついて、追い払うように手を振る。

「早く行きなさい。君は水を飲みすぎる」

　うーん。刑事さんも有能な人ばかりではないみたいだ。

8

「ドラマみたいにはいかないもんだなあ」

　翌日――水曜日の朝食の席で、オレはそんなことを呟いた。瞬がすかさず応じる。

「どうしたんですか、ヒナ先輩。失恋っすか」

「ばかやろ、呑気なこと言いやがって。園部の事件のことに決まってるだろ」

　当の園部が、オレの言葉を聞いてびくんと肩を震わせた。

「事件が起きたの、もう一昨日の放課後だぜ。証拠は刻一刻と失われていってる！

たぶん。いっそのこと、全校生徒を個別に事情聴取するとか、そんぐらいやってほしい」

「よくわかんないっすけど、そんな乱暴なことしたらネットで炎上するんじゃないっすか」

「事情聴取とかウザいしね」

目玉焼きをつつきながら、棗が珍しく口を挟んだ。オレはつい立ち上がってしまう。

「おい、棗！　冷たいこと言うなよ。おまえのルームメイトが襲われたんだぞ」

「園部が悪いとは言ってないでしょ。俺はなにも知らないのに事情聴取されても困るってだけ」

冷めた調子で正論をぶつけられる。オレは仕方なく着席した。

「過度の期待は禁物やぞ、少年。公権力をアテにするもんやない」

「志儀、やめろ！」

有岡さんがテーブルを叩いた。皆一様にびくりとする。

「後輩相手になにを言ってんだ？　そうやって皮肉な態度取って、なにもかも冷笑するみたいなのは恥ずかしいぞ。少しは言葉を選べ」

志儀先輩は昨日同様、しゅんとする――かと思ったが、違った。

「昨日の朝食のあと考え直したんやけどな。やっぱり俺は、己が間違《まちご》うてるとは思えん。有岡よ、おまえは悔しくないんか？　おまえほど情け深い男が、あんな仕打ちに納得したんか？　口をつぐんで、見て見ぬフリをするほうがよほど冷笑的《シニカル》なんと違うか」

「ちょ、落ち着いてくださいよふたりとも。いったい去年、なにがあったんですか？　三年生しか知らないことなんですか」

　オレは思わず口を挟んでいた。志儀先輩は、こちらにすっと視線を移した。

「三年の間では、ちょっとした噂が流れとってな。正確には、三年の特進クラス以外で、かな。あそこは少々異質な雰囲気を持っとるから。……つまり、霧森署のお巡りさんたちは去年の浅香事件の捜査を、途中で打ち切ったんやないかということや」

「う――打ち切り、ですか？」

「我らが学院の理事長・湖城氏の経歴を知っとるか。十年前、叔父貴の後を継いで現職に就任する前は県議会議員を務めていたんや。今でもわが県では隠然《いんぜん》たる力を持っとるそうや」

　なにやら話がキナ臭い方向に進んできた。

「つまり、その権力を使って学院が警察に圧力をかけたってことっすか？　そんなドラマみたいなことあります？」

　瞬は疑わしげに言った。その隣で、五月女はやけに蒼ざめた顔をしている。とんでもない学院に入ってしまったぞ、と思っているのかもしれない。

「単なる噂やから真偽はわからん。せやけど、報道が長引くことを避けるために早々に事件を終わらせようとした可能性はあるやろう。もちろん、学院のイメージダウンを避けるためや」

「俺も、そういう噂があるのは知っている」

有岡さんが重苦しい声で認めた。

「だが、さすがにその解釈は悪意がありすぎる。先生がたや警察の人たちを信じよう」

なんだか痛ましい気分になってきた。オレは有岡さんを尊敬しているが、ときどきこういうところに危うさを感じる。礼節を重んじる彼は、目上の人を批判したり疑ったりすることに、アレルギー的な拒否反応を示すのだ。

重苦しい雰囲気のまま朝食は終わった。

朝だというのに、オレはすでに気疲れしてしまっていた。制服に着替えるのがひどく億劫だった。自分の用意を終えて、のろのろと着替えているルームメイトを待つ。エチカは朝食の間ずっと無言だった。なにを考えているのだろう――と見つめていると、ネクタイを結び終えた彼はこちらに向き直って、見つめ返してくる。

「結べた」

自慢げな顔で報告してきた。呑気かよ。オレは「偉い偉い」と受け流した。

ふたりで連れ立って、本校舎へと向かう。遊歩道の少し先を志儀先輩が歩いていたので、オレは名前を呼びながら駆け寄った。

「なんや、兎川」

「さっき、朝食の席で話してたことなんですけど」

彼は気まずそうに鼻の頭を掻いた。眼鏡のブリッジが持ち上がる。

「朝からカマしてしもうたな」

「いえ。もし先輩の言うことが真実なら、それはとても許されることじゃないですし……オレも、詳しく知りたいなって」

「詳しく、と言うても、噂やからな」

「では、湖城龍一郎については、なにかご存じありませんか？」

いつのまにかそばに来ていたエチカが問うた。

「すまんけど、会長のことはようわからん。特進クラスっちゅうんは、ブラックボックスなんや。なにをやっとるのか、外からは窺えん集団や。あそこは体育も芸術選択の授業も他のクラスとは一緒にやらんからな」

有岡さんも特進クラスではない。というか学年問わず、この寮に特進のやつはいない。

「ま、湖城のことが知りたいんやったら、神崎がおるな。兎川、部活同じやろ」

そういえば、神崎さん——去年、浅香先輩と同室だった彼は、特進クラスの生徒だ。

「で、鷹宮。湖城がどうかしたんか」

「いえ。昨日少し、気になることを言っていましたので」

オレは湖城の去り際の言葉を思い出す。

「覚えていろよ」という、あの言葉。悪党の去り際の台詞としては定番で、物語の中ではそうして逃げた悪党は、やり返してこないことも多い。果たして、彼の場合は……？

9

いじめというやつは、じつに許しがたい卑劣な犯罪だ。だが、いつどこでも起こりうる。悲劇性と日常性の混在。それゆえにか、漫画やドラマではしばしば主題になる。

そういうフィクションの中で出てくるいじめにはだいたいパターンがある。「花を入れた花瓶《かびん》を置く」なんていうのは典型だ。「おまえを死んだ者扱いする」という意味である。呆れるほど古典的だが、そういう子供じみた手口こそ、不意打ちされたら心をかき乱されるものだ。

そんな古典的いじめを、まさかこの学校で見ることになるとは思わなかった。

オレたちが登校したとき、エチカの机の上にはピンク色の花が供えられていた。花瓶ではなく、無造作にペットボトルに入れられている。

「綺麗な牡丹《ぼたん》だな」机の主はしみじみと言った。「誰がくれたんだ?」

クラスメイトたちの中に、名乗り出る者はいなかった。すでに教室にいた生徒たちのうち、大半は困惑した表情で首をかしげている。だが、エチカが周囲を見回した際、顔を逸らした者もいた。オレは、それがひとりではなかったことにショックを受けた。

「誰だよ！　こんなことしたの！」

思わず声を張り上げていた。エチカの視線を避けたやつらは窓際に固まっていたので、オレはそちらを向いて喋る。

「どういうつもりなのか、出て来てちゃんと説明しろよな！」

「兎川、落ち着け」

エチカはまったく動じる素振りを見せず、牡丹の花びらを指先でなぞる。

「悪意を読み取る必要はない。綺麗だし、このまま飾っておく」

「おまえ……」

呆れたが、本人がそう言うのでは仕方ない。黙って着席した。たしかにエチカの言うとおり、即座にこれをいじめと決めつけるのは乱暴だったかもしれない。

だが、第二の攻撃はそう間を置かずにエチカを襲った。

廊下の壁際に並んでいるエチカのロッカーの中に、絵の具を溶かした水が注ぎこまれていたのだ。一時間目が始まる際、教科書を取り出そうとして気がついた。オレが。要するに、オレのロッカーはエチカの下なので、こちらにまで浸水《しんすい》していたというわけだ。

エチカを廊下まで呼びつけて、ロッカーを開かせた。彼のロッカーの中は絵の具の水で真っ赤になっていた。幸いなのは、エチカが置き勉していなかったことだ。

犠牲になったのは体育館履きだけで、被害点数で言えばオレのほうが悲惨だった。

ほとんどの教科書の端は赤く染まってしまっている。

「……これも綺麗か？」

尋ねると、エチカは無言で首を振った。気のいいクラスメイトが雑巾《ぞうきん》を持ってきてくれたので、エチカはロッカーを拭き始めた。

「誰かがおまえに悪意を持って、嫌がらせしてんだよ」

「そうだろうな。心当たりはひとりしかいないが。……もちろん、湖城龍一郎だ」

エチカは赤い水をバケツに絞り落としながら言った。野次馬たちにも聞こえるような声量で。

「昨日、彼は『覚えていろ』と言った。言葉どおり報復してきたんだろう」

「でも、二年生の教室までわざわざやってきて？」

「取り巻きが大勢いるんだろ？　そいつらにやらせたんじゃないか」

エチカは、しばらく黙ってロッカーを拭き続けた。湖城の名を聞いた野次馬たちは、面倒は御免とばかりに三々五々散っていく。授業開始一分前の廊下に、オレとエチカだけが残った。

「……悪かった、兎川」

「なにが」

「おれの巻き添えで、おまえの教科書まで犠牲になった」

「おまえは悪くねーだろ！」

叫ぶと、エチカはこちらを見上げてきた。その面食らったような顔で気づいた。オレの目尻には涙が浮かんでいたのだ。くそ、情けない。慌てて袖でこする。

「オレ、こーいうのマジで無理なんだよ。正々堂々勝負しかけてこない卑怯なやつ。だって、ズルいじゃんか、安全地帯から殴るだけとか……。おまえ悪くないのに謝るし、あーもう、ほんと、マジで無理だわ……」

喋り続けていたら、さらに涙が出そうになって焦る。ええい、人前では泣かないというのがオレのポリシーなのに。

目もとをこすっていると、エチカにぽんぽんと頭を叩かれた。手つきがぞんざいすぎて微妙に痛かったが、もしかして、慰めてくれているのだろうか。

「水流してくる。兎川も顔洗ったらどうだ」

流し台に着いたとき、始業のチャイムが鳴った。遅刻してしまったようだ。

「ていうかさ、おまえいつまでオレのこと兎川って呼ぶわけ」

顔を洗ってから、照れ隠しにそんなことを言ってみた。エチカは横目でこちらを見る。

「兎川は兎川だろう。他にどう呼べっていうんだ」

「オレはエチカって呼んでるぞ。エチカ、エチカ、エチカ」

呼びながら迫ると、彼は仏頂面《ぶっちょうづら》を作ってそっぽを向いた。

「……おまえのファーストネーム、なんだったかな」

「は!?　てめえ、ルームメイトの名前を……」

「雛太」

　不意打ちで呼ばれた。エチカは無表情のままだったが、オレは悔しいことにちょっとときめいてしまった。

「お、おう。わかりゃいいんだよ」

「でも、なんだかしっくりこない」

　エチカはちょっと首をかしげてから、うんとひとつ頷いた。

「おまえのことは、これからヒナって呼ぶ」

　まさか渾名をつけられるとは……と、驚いていると。

「動物に名前をつけるときは、語感が大事だからな」

「オレはペットか!?　『ヒナ』は、へっくんとか、マオとか、グッチとかと同じかよ！　舐めてんのかっ」

　エチカはバケツをひょいと腕に提げて、先に歩き出した。慌ててハンカチをしまいながら追いかけると、彼は振り返りもせずに言った。

「舐めてない。どうでもいい存在に名前はつけない」

10

　オレは日中、ずっと神経を尖《とが》らせて過ごした。「第三弾」がやってくると思えてならなかったからだ。ボディーガードとして、エチカのトイレにも付き合った。

オレのおかげなのか、幸いにして、放課後まで新たな被害は起こらなかった。

「エチカー、本当におまえ、これから生物部行くのか？」

放課後、部活に行く前に、不安になって尋ねた。エチカはなんでもなさそうな顔で、ひょいと鞄を肩に掛ける。

「ああ。面倒を見なきゃならない動物がたくさんいる」

「気をつけろよ。今日の昼なにごともなかったのは、オレというボディーガードがついていたおかげだからな」

空中に二、三発拳を打ちこみながら言った。エチカはなにか言いたそうにしたが、肩をすくめてさっさと行ってしまった。

オレは部活に向かいながら、そういえば今日は刑事を見ていない、とふと気づいた。もしもどこかにいたら、エチカへの嫌がらせのことも報告しようと思ったのだ。あれも立派な犯罪である。だが、いっこうに見つからない。なんとなく落ち着かないまま道場へ行き、部活に取り組んだ。

今日は珍しく神崎さんが来ていた。最近は、補習やらなにやらで欠席することが多かった。部活より勉学が重視される霧森学院では、三年生はそんなふうに少しずつフェードアウトしていくのが常である。ずっとオレらのそばにいてくれる有岡さんには感謝するばかりだ。

そろそろ一年生も慣れてきたので、基本の「型」を足並み揃えて練習する。突きと蹴りの反復。心の中に混ざってくる雑念を、どうにか振り払おうとする。だが、エチカのことが気になって、集中はすぐに途切れてしまう。

気が散ると総崩れするのが武道というものだ。オレは手合わせのとき、モロに一年生から蹴りを受けてしまった。「寸止め」が原則の空手道で、まして普段の稽古時に技がクリティカルヒットすることなどない。相手の一年は大いにうろたえながら謝ってきたが、悪いのは完全にこちらだった。

「雛太、大丈夫か？　おまえらしくもねえ」

休憩中、有岡さんが気遣ってくれた。オレはエチカの件を話そうとしたが、言い訳にしかならないのでやめた。「すみません、集中します」とこうべを垂れる。

後半はどうにか集中して、稽古の終わりまでこぎ着けた。有岡さんの挨拶で場を締めてから、掃除へと移る。オレがせかせかモップをかけていると、後ろから「よう」と声をかけられた。神崎さんだった。丸刈りの頭とごつい身体は間近で見ると威圧感がある。

「兎川おまえ、今日はずいぶん集中力切らしてたじゃねえか。欲求不満か」

オレは「そんなんじゃないです」と軽く受け流す。この人からたまに振られる下世話な話題は好きではない。彼も去年まで「あすなろ組」だったひとりだが、失礼ながら有岡さんと比べると尊敬度が一段落ちてしまう。特進クラスなのを鼻にかける傾向があるし、人の尻馬に乗って後輩への「いじり」を際限なく行うところも、ちょっと怖い。

「ま、野郎ばっかりのこの学院じゃあしょうがねえよなあ。俺も最近は……」

「あ、そういえば！」

話題がオレの苦手なシモネタに行きそうになったので、慌てて遮る。

「神崎さんって、生徒会長と同じクラスですよね」

彼は、おざなりにモップを動かしていた手をぴたりと止めた。

「……湖城が、どうした」

低く囁くような声だった。おや、と思いながら続ける。

「い、いえ、たいしたことじゃないんですけど……。最近、うちのクラスメイトが会長から目ぇつけられたみたいで。悪い人じゃないといいなーって」

「そいつ、クソ馬鹿だな」

いきなり乱暴な言葉が飛び出した。自分が罵《ののし》られたみたいに腹が立つ。

「待ってくださいよ。べつにオレのダチが一方的に悪かったわけじゃなくて」

「学院のルール乱すとか、文句なしの馬鹿だろ。悪いこと言わねーから、おまえもそいつとつるむのよしとけよな。どうなっても知らねーぞ」

長いものには巻かれろ、というわけか。さっさと掃除を切り上げて用具入れに向かう神崎さんの背中を、オレは不愉快に思いながら睨みつけた。

それから五分後、瞬と有岡さんと一緒に帰途についた。

廊下を並んで歩いていると、トイレから人影がぬっと現れた。霧森署の室刑事だった。

「お疲れ様です」

刑事さんと会いたかったオレは、彼に敬礼してみた。若き刑事は、濡れたハンカチを持ったまま、慌てて敬礼を返してくる。

「捜査のほうはいかがですか」

「んー、捗々《はかばか》しくはないね」

初日の夜もそんなことを言っていた気がする。

「もしかして、迷宮入りっすか？」

瞬が茶化すように口を挟むと、刑事はさすがにむっとした。

「そうはならないさ。ただ最近、霧森市内では学校荒らしが頻発《ひんぱつ》していてね。捜査員をそちらに割かなくてはならないから、申し訳ないけれど、こっちの担当者は増員できないんだよ」

「まさか、打ち切りになったりしませんよね」

志儀先輩の言葉を思い出して、つい訊いてしまった。有岡さんから「雛太」と小声で咎められる。

「打ち切り？　まさか、そんなことはないと思うよ。郷田さんは実に熱心にやっているからね。ぶっちゃけ、どうしてあんなに熱心なの？　ってくらい熱心に」

「参考までに、学院内でどんな捜査をしてるのか教えてもらえませんか？」

「んー、まあ、第一発見者の君なら関係者か。話しとこう。まず、防犯カメラのチェックは徹底的にやったね。それから敷地内に不審者が侵入した痕跡がないかどうかも調べた。結果として、あの日この学院に外部からの侵入者はいなかったとわかったよ」

　つまり、園部を襲った人間は学校関係者なのだ。

「あと、問題の放課後にこの校舎に残っていた人たちを捜して、事情聴取も継続中。ただ、いかんせん人気《ひとけ》のない時間帯だったからねえ。目ぼしい目撃者はいなくて……」

「室くん！　なにをしているんだ？」

　廊下の向こうから現れた郷田刑事に呼ばれ、室刑事は「やべっ」と頭を掻く。

「じゃ、じゃあね兎川くん。園部くんにまたなにか起こらないよう、気をつけてあげてくれ」

　言い置いて、彼は上司のところまで駆け戻っていった。


　寮に帰るとすぐ夕食を食べた。

　棗が現れず、部屋にもいなかったのでみんなで「どうしたのだろう」と話していると、食堂の隅にあるコードレスフォンが鳴った。平木さんが二言三言話して、受話器を置く。彼は肩をすくめて、

「どうやら、脱走者が出たらしいな」

　聞けば今の電話は正門のところにいる守衛からで、棗が無断で校外に外出していたということだった。校地から締め出された棗は観念して呼び鈴を鳴らし、中に入れてほしいと守衛に訴えたらしい。

「愚かな少年やな」志儀先輩が爪楊枝《つまようじ》で歯をせせりながら言った。「この学院は、七時になるとすべての門が閉ざされるってわかっていたやろうに」

「彼女さんと一緒にいて、時間を忘れてたんじゃないっすか」

瞬は笑ってコメントしてから、首をかしげる。

「でも、柵なんか越えて戻ってくればいいのに」

「甘いな、元村。うちの学院のセキュリティは完璧や。敷地を囲む柵は恐ろしく高いし、仮に乗り越えられてもセンサーが感知して警備会社がすっ飛んでくる」

「ひえー、怖っ。まるで監獄っすね」

監獄――。瞬のそのたとえを聞いて、オレはずしりと胃が重くなるのを感じた。

それなりに楽しく日々を過ごしていたこの学院だが、一昨日からの一連のできごとで、ずいぶんと恐ろしい場所に思えてきた。

食後、エチカと園部は例によって動物たちの世話をするというので、ついていった。オレはせっせと餌やりや掃除をするふたりに、捜査の状況を語った。

「これっていう手がかりはまだないみたいだな。あー、くそ。じれってえ」

「声がでかい」エチカは冷ややかに言った。

「な、なんだかごめんね、僕のせいで……大ごとになっちゃって」

園部が、飼育日誌を書きながら小声で詫びた。

「いや、べつに襲われたのはおまえのせいじゃねーだろ。心当たりでもあんの」

「そ、そういう……わけじゃないけど。事件のことじゃなくて、その、会長から目をつけられてしまったことがさ……」

「園部。おまえは会長と親しいのか？」

エチカが急に問いを発した。オレは首をかしげる。なんだか唐突な質問に思えた。

「し、親しいなんて、とんでもない！　学年違うし、接点ないし、話したこともないよ」

「そうか」

なにかに納得したような、静かな声だった。オレはエチカを問いただそうとしたが、

「わあ、へっくん！　たくさん食べたねえ。おいしかったかな？　今日はここまでだよ、ごめんね。……うん、いい子だね。君は天使だ」

——という彼の甘ったるい奇声を聞くうちにどうでもよくなり、口を閉じた。

11

翌日は朝からどんよりと曇っていた。

あすなろ館の朝は、それでも穏やかなものだった。変わったことは、朝食の席で有岡さんが棗に「反省文、出せよ」と言っていたことくらいか。ゆうべの無断外出の件だ。

昨日のことがあったから、登校して教室に入るときにはわりと緊張したが、幸い

エチカの机にもロッカーにも、新たな被害は起きていなかった。

昼休みになった途端、エチカが席を立った。園部を誘って、教室を出ていこうとする。「どこ行くんだよ」と慌てて尋ねると、「生物部の部室」との答えだった。

オレはボディーガードとしてついていくことにした。――というのは建前で、実際はのけ者にされるのがシャクだっただけだが。道中、園部が説明してくれる。

「昨日、金魚の一匹が病気にかかっているのを見つけたんだ。身体に黒い斑点《はんてん》が出るやつ。水槽を綺麗にしたり、最大限の処置はしたんだけど……どうなっているか気になるから様子を見に行こうって、鷹宮くんが」

昼休みの賑やかな廊下を歩いて、新校舎へと向かう。本校舎一階の真ん中あたり――校長室のそばで、霧森署の刑事ふたりと出くわした。オレが真っ先に挨拶する。

「こんにちは、刑事さん」

「こんにちは」郷田刑事は挨拶を返してから園部に向き直る。「その後、調子はどうだね」

「お、おかげさまで、もうすっかりよくなりました」

「はは、私ら警察が手当てしたわけではないがね……」

笑ってみせてから、郷田刑事は険しい顔になった。

「不甲斐なく思うよ。君が襲撃されたのが月曜日で、今日が木曜日。事件の発生からすでに六十時間以上経過している。もう少し人的リソースを割ければ早期解決ができそうなものなんだが。いや、これは言い訳か」

やはり真面目そうな人だ、と思う。それだけに、志儀先輩が言っていた陰謀論めいた噂話が気にかかった。

「霧森署の刑事さんたちには、本当にお世話になってます。去年の事件のときも……」

こう言うと、郷田刑事の表情がさっと変わった。目つきが一気に鋭くなり、まるでオレを睨んでいるかのようだ。しかし、怒りではなく哀しみを感じさせる顔だった。

「去年の事件……か。浅香という生徒が自殺したとされる事件だね」

「そ、そうです。もしかして郷田刑事は去年、霧森署にいなかったんですか？」

「そうとも言えるし、違うとも言える。……脇へ寄ろうか」

邪魔にならないためというよりは人目を避けるかのように、郷田刑事はオレたちを廊下の隅へ誘導した。

「よければ、あとで君たちからも話を聞かせてくれないか。去年、この学院で起きた浅香という生徒の自殺について。私は、その件についても再捜査したいと思っていてね」

意外な話だった。志儀先輩が言っていたこととは正反対ではないか。

オレと園部が顔を見合わせていると、エチカが「なぜです？」と問うた。これに乗ってきたのは、意外にも室刑事だった。

「僕も気になりますよ、郷田さん。昨日は教員から話を聞きましたけど、去年の事件についても質問をしていましたよね」

　郷田刑事は白髪の交じった髪をぽりぽりと掻いて、小さく頷いた。

「そうだな、室くんにも話しておいたほうがよかったな。この春から霧森署に来た君も、去年の事件については知らないわけだから」

　声のボリュームをやや落として、彼は語り出す。

「……去年の九月、あの事件が起きたとき、私は出張で県を出ていたんだ。昔、霧森で事件を起こした強盗殺人犯が秋田で見つかったという情報が入り、そちらの捜査に駆り出されていてね。霧森署管内で起きた自殺の知らせは受けたものの、強殺犯の身柄を捕らえて諸々の手続きをしているうちに、自殺事件のほうは収束してしまった」

　刑事は遠い目になって、顎を撫でた。

「だが霧森署に戻ってきた私には、その事件にどこか裏があるように思えてならなかった。気になって同僚にいろいろ尋ねてみたのだが、関与した捜査員が揃って口を閉ざすのだよ。もしかして、捜査は煮え切らない形で幕を下ろしたのではないかと思われて、ずっと心の隅にひっかかっていてね。私は、この事件に託《かこつ》けて、浅香事件の真相も暴けないかと目論《もくろ》んでいるのだよ。いや、もちろん園部くんの事件を優先してはいるよ。そこは信じてくれ」

「あ、あの！　オレもなにか力になれませんか！　なんでも質問してくださいっ」

　そう名乗りを上げたものの、郷田刑事は渋い顔になった。

「ああ、是非そうさせてもらいたいのだが……。少々、厄介な状況でね。ここの校長は、我々が捜査することを歓迎していないんだ。園部くん襲撃の動機を探るためにも、あすなろ館の住人の話を聞きたいと申しこんだのだが、『生徒に不要なプレッシャーを与えないでください』とくる。なかなか学院内で自由に捜査をさせてもらえない。そのうえ、『金曜日までに解決を見なかったら、もう引き取ってもらいたい』とはっきり言われた」

めまいがしそうだった。志儀先輩から聞いたとおりじゃないか。

「郷田刑事！　校長の言うこととか、どうでもいいっすから！　あすなろ館に来てくださいよ。そこで、みんなから話を聞いてください」

オレも、あの事件には納得がいっていなかった。この刑事さんを信じれば、あるいは。

「ありがとう、兎川くん。……それでは、私たちはここらへんで」

部下を従えて歩きだした郷田刑事は、思い直したようにぴたりと止まった。

「……気をつけたまえよ、三人とも。これは単なる直感なんだがね、どうもまたなにかが起こってしまいそうな気がするのだよ」

特別教室が並ぶ真新しい新校舎は、本校舎とは対照的に静まり返っていた。

園部が職員室から借りてきた鍵を戸に差しこむ。そこで、あれ、と首を捻った。

「鍵が、開いてる……？」

不吉な予感に襲われた。園部をせっついて、戸を開かせる。だが、室内に踏みこんで電気をつけても、目立った異変はなかった。

「単なる締め忘れじゃねーの？」

「たしかに、昨日はちゃんと締めたんだけど」

園部は首をかしげながら、部屋の奥へと進んでいく。暗幕が下ろされた窓のそばに、大きな水槽があった。あれが金魚の水槽か。オレもどれどれ、と見物しに行く。

そのとき、突然園部がひっくり返ったような声を上げた。

「い、いない！」

エチカが駆け寄る。オレも横から水槽を覗きこんだ。水草や小石があるばかりで、水槽の中は空――に、見えた。しかし。

「いる」

震える声で、エチカが言った。背の高い彼が、真っ先に発見したのだ――水面に浮かんでいる、金魚たちの亡骸《なきがら》を。

「そんな……」

思わず呟きを落とした。金魚を数えたら、七匹もいる。全滅だ。園部は金魚が病気だと言っていたが、こんなにすぐに命を落とすものだろうか。

エチカはきつく目を閉じて、深呼吸した。まだ震えている声で、彼は言った。

「園部。財津先生を呼んできてくれないか」

言われるがまま園部が駆け出すと、エチカはきびきびと室内を歩き回り始めた。

動物たちのケージをひとつひとつ覗きこんでいく。

「な、なにしてんだよエチカ」

「他にも被害がないか調べているんだ」

「被害って……、あいつら、病死じゃないのか」

「昨日、黒斑が出ていたのは一匹だけだ。みんな死ぬのはおかしい。何者かによって殺された可能性が高い」

殺された、という強い言葉に鳥肌が立った。

部屋をぐるりと見て回ったエチカは、ふーっと長いため息をついた。

「……他の子たちは無事だった。金魚だけが狙われたらしい。可哀想に」

エチカが合掌した。オレも慌てて倣《なら》う。

黙禱《もくとう》を終えて目を開けると、すでにエチカは次の行動を開始していた。上半身を屈《かが》めて、水槽が置かれていたスチールラックを凝視しているのだ。

「どうしたんだよ？」

「ヒナ、見てみろ」

エチカの指先を目で追う。ラックの一部分を指していた。わずかに穴が開いている。錐《きり》で開けたようなくっきりとした形ではなく、そう、まるで溶けたような……。

「まさか、塩酸？」

鉄を溶かす薬品といえば、それしか思いつかなかった。エチカは重苦しい表情で頷く。

「この金魚たち、昨日から今日にかけて死亡したにしては、身体の損傷が激しすぎる。塩酸を浴びた可能性はある。おそらく、犯人はそれをラックに零したんだろう」

「ひっでえ……」

園部が財津を連れてきた。生物部顧問は、水槽を覗きこんで顔をしかめる。エチカがたったいまオレに語ったばかりの推理を繰り返すと、財津はもう一段階顔をしかめた。

「塩酸だとお？　考えすぎだろう」

「しかし、先生」

「いいか、鷹宮。おまえはことを荒立てすぎるんだ。大げさなんだよ、いちいち。おまえが警察に勝手に知らせたせいで、我々教員がどれほど迷惑しているかわからんのか」

「もしも塩酸が校内から盗み出されたものなら、理科教師の責任は免れませんよ」

びくん、と財津の手が震えた。彼はぎこちなく視線を逸らすと、廊下に向かって歩き出した。

「俺はなにも知らん。あとはおまえらで片付けておきなさい」

オレたちは、無言で事後処理をした。エチカは、水槽の水を捨てる前にビーカーに少し取り分けていた。青色のリトマス紙を浸したら、赤く反応した。理科が苦手なオレでもわかる。水は酸性になっていたのだ。

12

生物室のすぐそばの地面に、三人で金魚を埋めた。すべてが済んだときには、昼休みはもう終わってしまっていた。

午後の授業のあいだじゅう、隣の席のエチカは沈みこんだような、考えこむような表情をしていた。雨は降り始めていなかったが、外はみるみる暗くなっていく。

帰りのホームルームが終わり、オレが荷物をまとめていると、エチカに声をかけられた。

「ヒナ。これから、少し付き合ってくれないか」

「え？　オレ、部活あるんだけど」

「……そうか。ならいい。園部、ちょっといいか」

エチカは即座に、前の席の園部に声をかけた。さすがにむっとしてしまう。

「おい、待てよエチカ！　やっぱりオレも行く！」

「そうか、助かる……。園部、おまえも来てくれないか」

園部は警戒するように、ぎこちなく頷いた。

エチカに続いて校舎の階段を上っていくと、下りてくる瞬と行き会った。

「あれ、ヒナ先輩。どこ行くんすか。部活始まりますよ」

「わりい。有岡さんに、遅刻するっつっといて。大事な用なんだ」

瞬は訝《いぶか》しそうに、オレたちを見送っていた。

エチカはさらに階段を上っていく。四階に達しても廊下には出ず、さらに上の階段へ。つまり、エチカの向かった先は屋上だったのだ。

本校舎の屋上は高いフェンスで囲まれていて安全性は十分だから、生徒のために開放されている。昼休みは大いに賑わうし、放課後もたまに演劇部が発声練習をしている。今は誰もいなかった。掃除は行き届いておらず、相変わらずの汚さだ。足もとには鳩のフンや弁当の食べかす、さらに煙草の灰まで落ちていた。悪い生徒がいるものだ。

オレたちは扉から少し離れたところに、三角形を描くように立った。

「園部。もう正直に話してくれないか」

エチカは単刀直入に切り出した。園部はたじろいだように後ずさる。

「な、なにを」

「おまえは、なにかを隠しているだろう。湖城龍一郎に関するなにかを」

「そ、そんなことは……」

「グッチは怪我をしたし、金魚たちは命を落とした。こんなことになった以上、湖城を野放しにしておくことはできない」

「エチカ、それどういう意味だよ。たしかに金魚の件は、おまえにやり込められた湖城の仕返しかもしれないけど……イグアナの怪我も？　じゃあ、まさか園部を突き落としたのは」

「湖城か、もしくはその手先だろう」

切れ長の目をすっと細めて、エチカは園部を見据える。前髪で隠れた園部の瞳は、いま、どんな色をしているのだろう。

「園部、おまえは湖城とは親しくないと言っていたな。話したこともないと。だが、事件の翌日、あいつはおれが事件を通報したことに対して、こう言った。『そういうのは教職員の仕事だ。それかせめて、彼本人がすべきだ』……と。おまえを指さしながら」

「え、でもエチカ。あのとき、園部が怪我人なのは見りゃわかったんじゃないか」

「わかるか？　園部はあのとき、もう包帯をしていなかったのに」

そうだったか？　……そうだった。いま思い出した。

「つまり、湖城は負傷した『園部圭』という生徒の顔を知っていたことになる。さあ、あいつはどこでおまえの顔を知ったんだと思う？」

エチカに問われて、園部はその場にへたりこんだ。一瞬のうちに体育座りのポーズを作る。

「わかったよ。話すよ……。鷹宮くんには、迷惑かけちゃったからね。君まで、あの男に睨まれてしまった」

「そんなことはどうでもいい。おれは真実が知りたいだけだ」

園部はまず、深呼吸をした。それから、震える唇を開く。喋るたびに喉が痛むとでもいうような、小さい、掠れた声を出す。

「浅香先輩は、湖城たちにいじめられてたんだ。僕は、それを知っていた」

全身の血が、さっと冷えた気がした。

昨日の今日である。「いじめ」という単語は、おぞましいほどの生々しさをもって、オレの身体を震わせた。だが、エチカは淡々と言った。

「やはりそうだったか。……おれもヒナも、おまえを責めたりはしない。落ち着いて、ゆっくりと、全部話してはくれないか」

園部はぎこちなく頷いて、唇を何度も舐めてから話しだした。

「浅香先輩と、僕は……親しかった。同じ生物部だし、なにより数少ない『あすなろ組』の仲間だし。僕は先輩を尊敬していたし、先輩もたぶん、僕を信頼してくれていたと思う」

そんな前置きから始まった語りは、ひどく痛ましいものだった。

異変は、去年の五月ごろから見られたという。もともと口数の多くない浅香先輩が、いつにもまして黙りこみがちになった。さらに、指先や手の甲に絆創膏《ばんそうこう》を貼っていることが増えた。

夏休みに入る直前、浅香先輩は園部に打ち明け話をした。自分は、湖城龍一郎から目をつけられている——と。当時、彼はまだ生徒会長ではなかったが、副会長として全校生徒の前に立つ機会は多く、すでに有名人だった。

きっかけは些細なことだったという。古文かなにかの授業中に、湖城が考え違いをしたまま発言をして、後から当てられた浅香先輩が訂正したとか、そんなようなことだった。だが、気弱でおとなしい浅香先輩がターゲットになるには、それだけで十分だったのだ。

その手口は陰惨《いんさん》きわまるものだった。机の中に画鋲《がびょう》を仕込む。鞄の中にゴキブリの死骸を入れる。座ったときに壊れるように、椅子のネジをゆるめる。いずれも偶然の事故と見えるように、巧妙に加減されていたという。

「いじめが行われる場所は、特進クラスの教室の中だけ……。湖城と、ごく少数の仲間だけが実行犯だったみたいだ。他のみんなは、見て見ぬフリをしていた」

それを聞いて、ぎくりとした。特進クラス——ということは。

「神崎さんも、それじゃあ」

「う、うん……。浅香先輩と同室だったあの人も、黙認していたって」

「そんな——マジかよ」

ショックだった。空手部の先輩がそんなことに、暗に加担していたなんて。

「で、でも、神崎先輩はときどき申し訳なさそうな素振りをするって、浅香先輩は言ってた。それに、僕にそのことを打ち明けたとき……先輩は弱々しいけれど笑顔を見せてたんだ。ようやく夏休みに入るから、自分も解放されるだろうって。それに、頼れる人もできたからって」

そう言ってから、園部は、くしゃりと長い前髪をかきあげた。

「でも、たぶん……それって本当のことじゃなかったんだ。浅香先輩は全然大丈夫じゃなかった。夏休みが明けて一週間もするころには、先輩、幽霊みたいな顔になってた。部活にも顔を出すことが減って……。僕は、どうしたらいいのかわかんなくて。もしかしたらいじめが原因じゃないのかもとか、浅香先輩にもプライドがあるんだから、僕が勝手に他の人に相談したら駄目じゃないか、とか考えて……」

普段隠れている園部の目には、涙があふれていた。

「でも、そんなの言い訳だった。行動しないための言い訳だったんだよ。僕がそうやって逃げているうちに、浅香先輩は……死んでしまった……」

「よく話してくれたよ」

オレはなんとか、そんなふうに声をかけた。だが、下手に慰めることなどできなかった。

園部はぶんぶんと首を振って、続ける。

「聞いて。まだ終わりじゃないんだ。……僕はこのことを、ずっと誰にも言えずにきた。秋が来ても、冬が来ても……。自分の弱さのせいで浅香先輩を助けられなかったってことを、認めたくなかった。でも……でも、あの学食の事件で」

「学食？　オレが湖城に因縁つけられて、エチカが助けてくれたときか」

「うん。僕、生物部の仲間からその話を聞いたんだ。鷹宮くんに湖城がやり込められたって知って、なんだか勇気が出た。我ながら、器が小さいなって思うけど。……でも、それで一歩踏み出すことができた。僕は、浅香先輩へのいじめのことを、財津先生に相談したんだ」

なぜ、よりにもよって財津に。まあ仕方ないか。園部にとっては担任で、しかも浅香先輩も所属していた生物部の顧問だ。肩書きだけ見れば、これ以上ふさわしい相手はいない。

「だけど無意味だった。財津先生は取り合ってくれなかった。それどころか、このことを他の誰にも話さないように、って釘を刺された」

「それで、おまえはここ数日怯えていたんだな」

エチカの言葉に、園部は静かに頷いた。

「う、うん……。態度に出てしまっていたよね。怖かったんだ、すごく。この秘密を打ち明けてしまったことが。それに、湖城が学院内で力を持っていることは知っているから、財津先生から他の誰かに伝わったら、と思うと……」

「そして、起きたのがあの事件か」

エチカが意味深に言った。オレははっとする。

「え、待ってくれよ。じゃあ財津が、園部の告発を湖城にチクったってことになるのか」

「そこまで断言はできないが、園部の顔を湖城が知っていたということは、誰かが『園部圭』という生徒の存在を湖城に警告した可能性は高い」

エチカがさらりと恐ろしいことを告げた、そのとき。

オレの視界の隅でなにかが動いた。屋上に出入りするための扉がわずかに開いていて、その向こうの薄暗がりに、うっすらと人影が見えた。

「誰だ！」

叫ぶと、カチリという音がして扉が閉まった。その音は、園部とエチカの耳にも届いたらしい。ふたりは驚いた顔で扉を振り返った。

真っ先に駆け出したのはオレだ。幸い施錠はされていなかった。その場に人影はない。しかし、足音が遠ざかっていくのは聞こえた。

「誰だってば！」

オレはそいつの顔を確認しようと、手すりから階段のほうへ身を乗り出した。長い影が見えた。もう少しで姿が見える――と思ったとき。

「うわあっ！」

バランスを崩してしまった。やばい、落ちる、死ぬ――。

パニックを通り越して冷静に悟りかけたとき、むんずと腰の辺りを摑まれた。前に傾きかけていた体重が、ぐっと後ろへ引き戻される。

「おわあああっ」

オレは、後ろの床に倒れこんでいた。身体の下で、ぐぅという呻き声がする。

「重い……重い……」

エチカを下敷きにしてしまっていた。彼が助けてくれたのだ。

「わ、悪い……サンキューな」

オレとエチカが起き上がろうともがいていると、その様子を園部がぽかんと眺めていた。呆れて「追えよ！」と命じた。園部は慌てて階段を下りていく。

オレとエチカも後を追ったが、もうだいぶ時間が経ってしまっていた。四階の廊下に不審な人影は見当たらない。廊下の左側では、吹奏楽部の生徒たちが車座になって休憩している。右側は行き止まりで、多目的室の扉がある。階段のすぐそばには、男子トイレ。

「くそっ……逃げられたか」

オレが肩を落としていると、そばのトイレから五月女が出てきた。

「おお、ちょうどいいところに！　五月女、いつから便所入ってた？」

「えっ……。さ、三分くらい前……だと思います」

顔を赤らめて答えるので、なんだか申し訳なくなってしまった。

「あ、悪い。ヘンな意味じゃなくて……。トイレに駆けこんできたやつとか見なかったか」

「いいえ。ぼくが入る前から個室にこもっている人ならいますけど」

そいつは今も踏ん張っているのか。いや、んなことはどうでもいい。

「んじゃトイレに行く前、誰かが屋上に上がっていくの見なかったか？　オレたち以外で」

「えっ、先輩がた、屋上にいたんですか？　すみませんけど、誰も見ていません。パート練習の間も、気づきませんでしたね」

「パート練習って……あ、そうか。五月女、吹部入るって言ってたもんな」

廊下の向こうでたむろしている吹奏楽部員のひとりが、五月女に手を振った。五月女も振り返す。オレはそれを見て閃《ひらめ》いた。

「おまえの仲間の誰かが、見てたりしねーかな」

「えっと……ぼくらのいたところからは、階段が見えないんです」

五月女は申し訳なさそうに眉尻を下げる。

「ぼくらが練習していたあのあたりからは、階段の前って死角になるんです。この階の廊下を通ってそこの階段に入っていく人は、何人か見ました。でも、屋上に行ったのか三階に下りたのかはわかりません」

エチカは、そうだろうなというように頷く。

「三階から上ってきたとしたら、完全に見えないだろうな。……ありがとう、五月女」

そう言って、不思議そうな顔の五月女を解放した。オレたちは並んで階段を下りる。

「なあ、エチカも園部も見たよな？　あの人影」

「人影は見なかったが、音は聞いた。誰かいたのは確実だな」

「ぼ、僕も音は聞いたよ。……も、もしかして、湖城が？」

「そこまではわからないが――」

エチカが眉を曇らせながら言った。

「いずれにせよ、誰かにあの話を聞かれてしまったことは間違いないだろう」

窓の外で雨が降り出した。

第三章　東屋の惨劇

1

　風呂場には雨の音が反響していた。

　肩まで熱い湯に浸かって、ふーっと天井に向かって息を吐く。

　オレはちらりと横目でエチカを見る。いま、風呂場にはオレとエチカのふたりきりだ。

「園部の話、どう思う」

　園部と棗もさっきまで一緒だったのだが、先に上がってしまった。本人がいなくなったところで、訊いてみた。

「浅香先輩がいじめに遭っていたって話……やっぱ、それが自殺の原因なのかな」

「それは、おれたちが独力で真実を探るのは難しいな。とにかく、刑事に明日話そう」

　あの謎の人影を見失った後、エチカが「また生き物に手を出されていないか、早く見たい」と言ったため、オレたちはそれぞれの部活に向かうことになった。オレも部活には遅刻していたから、それに同意した。

部活終了後、偶然にもオレはひとりで校舎を歩いていた。有岡さんは大河原と道場で立ち話をしていて、瞬は傘を忘れて教室まで戻った。そのとき、たまたま職員室の前でエチカが財津と話している場面に出くわした。オレが近づいていくと、財津は嫌そうな顔をしてエチカとの会話を打ち切り、職員室に引っこんだのだ。エチカはこう言った。

――園部は先に帰らせて、財津を呼びだした。『園部からいじめの件を聞いたでしょう』と訊いてみたが、彼はあくまでもシラを切りとおした。聞いていない、とくるわけだ。

オレは頭に血が上って、財津を問い詰めるべく職員室の戸に手をかけた。だが、エチカに腕を摑まれた。

――やめておけ。これ以上問い詰めても無駄だろう。それより明日、警察に話せばいい。

エチカのこの言葉を聞いて、オレは了承した。郷田刑事なら、きっとオレたちの話をまともに受け止めてくれると思えたからだ。

「なんかもう、学院の先生たちにはがっくり来ちまったな。そんなに湖城龍一郎を恐れてるなんてさ」

「私立高校の教員にとって、学院の経営者というのは雇用主みたいなものだろう。

その息子相手となると、対応が変わるのはやむを得ないんじゃないか」

おとなびた、というよりは冷めた見方に思えた。オレはばしゃばしゃと湯で顔を洗う。

「あー、もどかしい！　なんとかなんねーのかな？　いっそ湖城に直接……」

オレの言葉の途中で、エチカが唐突に立ち上がった。こちらはもろにお湯を被る。

「わぶっ！　なにしやがんだ、エチカてめえ」

「猫だ……」

は？　と首をかしげるオレを放置して、エチカは湯を上がり、脱衣所へと向かう。

慌てて後を追うと、エチカが生まれたままの格好で廊下に出ようとしていた。

「おわーっ！　なに考えてんだ、バカ、変態、エチカのエッチ！」

腕を摑んで引き戻すと、彼は我に返った。素早くタオルで身体を拭くと、パンツとジャージを身に着けて脱衣所を飛び出した。ほどなく、玄関の戸が開く音がする。

この雨の中、外に出ていったようだ。なんだあいつ、と呆れつつ、オレは服を着てドライヤーをかけてから、のんびりと廊下に出た。ちょうど、エチカが玄関に戻ってきたところだった。近づいてみると、その腕の中に猫をかき抱いていた。茶色っぽい毛は、雨に濡れている。

「さっき風呂で、この子の声が聞こえたんだ」

「それで慌てて飛び出したのか」

猫は切なそうに鳴き声を上げた。腹が減っているのだろうか。

「おっと。その猫、連れこんじゃったのか」

平木さんが管理人室から出てきた。顎の無精髭を掻きながら、目を細めて猫を見る。

「よく寮の前まで来るんだよ。どうやら、学院の敷地内に棲みついているようだね。何度か餌をやったことがあるよ」

「平木さん。この子、今日だけでも寮の中に入れてあげられませんか。この雨です」

「んー。さすがに猫となると、寮の規則に触れそうだなあ」

「あなたが餌を与えたから来たのではないですか。それならあなたには責任がある」

「……ま、そうね。今夜だけ置いてやろうか」

平木さんの用意は素早かった。物置から段ボール箱を出してきて、その中に新聞紙を敷く。茶色い猫はタオルで身体を拭かれると、満足そうにその中に収まった。

「鷹宮くんの言うとおりだな。反省。餌を与えるからには、責任を持たないといけない」

平木さんは無表情のまま、猫が前足で顔を掻くのを見つめている。

「人間なんて勝手なもんだ。……や、『人間』なんて言っちゃ悪いね。勝手なのは私か」

ぶつぶつ呟きながら、食堂を出ていった。彼があんなに喋っているところは初めて見た。

エチカが猫を部屋まで連れていくと主張したので、やむなく許可した。ただし、その前におまえはもう一度風呂に入ること――という条件をつけて。雨中に飛び出したエチカは濡れそぼっていて、そのままだと風邪をひきそうだったのだ。

就寝時間になって、電気を消そうというときには、茶色い猫はすやすやと寝息を立てていた。

「ふふ、もう熟睡している。いい子だね、ちーちゃん」

すでに名前をつけていやがる。

「茶色いから『ちーちゃん』ってか」

「茶トラだから『ちーちゃん』だ」

「どっちでもいいだろ……」

オレはエチカの能天気さに呆れていたが、猫の登場に癒されてもいた。胸がひりつくようなできごとばかりが続いた日だ。これくらいの癒しがあってもいいだろう。いや、雨に打たれて決死の思いでここへ来たちーちゃん（仮称）にしてみれば「癒し」どころではないか。平木さんが言っていたみたいに、人間って勝手な生き物だな。いや、オレがか。

そんなとりとめもないことを考えつつベッドに入ると、すぐ眠りに落ちた。

2

翌日――四月十六日、金曜日。

オレは六時きっかりに目を覚まし、カーテンを開け放った。雨はやみ、空は真っ青に晴れ渡っている。ちーちゃんは光を嫌うように、もぞもぞと段ボールの中で寝相を変えた。

いつもどおりエチカを起こしてやる。彼は目を覚ますなり、すぐにちーちゃんに夢中になった。スマートフォンのカメラを向けて、かわいいかわいいと連呼していた。

離れがたそうにしているところを引っ張って、食堂に下りる。

「聞きましたよ、エッチ先輩」

瞬が朝食の席で唐突に切り出した。ちーちゃんの件かと思ったら違った。

「めちゃくちゃ勉強できるそうじゃないっすか。全国模試で一位とかなんとか」

「ああ。それがどうした」

「『それがどうした』って！　クールっすねえ、先輩。クール担当のエッチ先輩、キュート担当のヒナ先輩」

「誰がキュートだ」テーブル越しに脚を蹴飛ばしてやる。

「すごい！　本当に頭いいんですね」

五月女はきらきらした顔でエチカを見つめる。

「あの、鷹宮先輩。ぼく、数学の授業でわからなかったところがあるんですけど、今日の夕食のあと、勉強教えてくれませんか？」

この少年、シャイかと思えば意外と懐っこいんだな。だが、エチカにそんな「親切な先輩」の才能があるのか……と、横目で見ると。

「ああ。構わないが」

驚くべき返答に、オレはオレンジジュースを噴き出しそうになった。

「やった！　ありがとうございますっ」

五月女は顔にはにかんだような笑みを広げた。美少女めいた笑顔で、うむ、瞬が籠絡《ろうらく》されるわけだと納得する。

もしかして、エチカが五月女のお願いを聞いたのは……。

「顔が可愛いからか？」

部屋に戻ったあと、着替えながらエチカに訊いた。本人はジャージ姿のまま、ちーちゃんと戯《たわむ》れている。

「ん？　たしかにちーちゃんの顔は可愛いな。よちちち」

「『よちちち』じゃねーんだわ。いや別に？　オレはどうでもいいけど？　おまえ人間にそんなに興味なさそうにしてるのに、後輩に勉強教えてあげるなんて意外だなーって。やっぱ五月女が可愛いから、動物を愛《め》でるみたいなアレか」

「人間を愛でる趣味はない。なんだ、『おまえのほうが可愛いぞ』って言えばいいのか」

「ばかやろ、なんでそうなるんだよ」

「……まったく、失礼なやつだな。おれはそんなに冷たく見えるか」

そう問われると言葉に詰まる。言われてみればエチカは、初日から態度はめちゃくちゃ悪かったけど、そこまで冷たいやつではないよな。風呂に誘ったのを断られることは多かったが、それは「ハリネズミの世話を優先させる」という事情があったからで……。そういえば、学食への誘いも、一緒に外出しようという誘いも断られていない。

こいつ、誤解されやすいだけで、そんなに付き合い悪くないのか。

制服に着替えるエチカの横顔を、あらたまった気持ちで見つめてしまった。

午前中は平和に過ぎた。昨日いろいろありすぎたせいで、余計そう感じられた。

「よっし、エチカ。行くぞ」

昼休みになりオレが声をかけると、エチカはのっそりと立ち上がった。

「学食か」

「ちげーよ、刑事さんのとこだって。昨日、園部から聞いた話をしに行くんだよ」

「昼食を食べてからにしよう。五・六時間目は体育だ」

呑気すぎだろ、と呆れたが、エチカの言うことにも一理ある。体育教師の大河原は異様に厳しく、授業開始五分前には整列を完了していないと説教が始まるのだ。十分前には移動を始めなきゃいけないと思うと、先に昼食を済ませておくのが無難か。

オレとエチカは購買でパンを買った。都内のラッシュアワーもこんな感じだろうと思わせる人いきれから脱出し、教室で戦利品をかじる。ボリュームたっぷりの焼きそばパンを食べると、午後のための活力が湧いてきた。

食べ終えたオレが急《せ》かすと、エチカはクリームパンを缶コーヒーで流しこんだ。前の席で弁当を食っていた園部にも声をかける。

「刑事さんのとこ行こう、園部。昨日のことを話すんだ」

園部はなかなか勇気が出ないようでぐずぐずしていたが、オレがぐっと腕を引っ張ると、引きずられるようにしてついてきた。

三人で、学校じゅうを駆けまわって、郷田刑事を捜した。だが、なかなか見つからない。

「今日は来てねーのかな」

「いや、裏手の駐車場を見ろ。あの黒い車は郷田刑事のものだ。月曜日には警光灯を載せて停まっていたから」

「はー、相変わらずおまえって目ざといよな……。あっ、いた！」

郷田刑事と室刑事は、二年三組の教室から出てくるところだった。

「おお、君らのことを捜していたんだ。今、あすなろ館の棗くんから話を聞いたところでね」

「オレらも刑事さんのこと、捜してました！　あの、こっちの園部から話があって……」

と言ったとき、二年二組の教室からどやどやとクラスメイトたちが出てきた。その中のひとりが、こちらを見て声を投げてくる。

「兎川たちも早く着替えろよ！　ひとりでも遅れたら説教されるんだから！」

気がつけば、授業開始十分前だった。すぐに着替え始めないと間に合わない。

「次は体育なのかな？　早く行きなさい、話なら後で聞くから。私も室くんも、七時過ぎまで校舎に留まる予定だ。なにしろ、今日が校長先生から示されたタイムリミットなんでね」

「大丈夫です」と、オレは確信を込めて言った。「園部の証言があれば、きっと、これから本格的に捜査ができるようになるはずですから」


オレたち三人はなんとか、体育の授業開始五分前にはグラウンドに辿り着いた。今日の体育は、持久走だった。まだ四月とはいえ、晴れていてけっこう陽射しが強い。何周もグラウンドを走らされるのはきつかった。

オレはいつもどおり、クラスの中で五番目くらいの位置に食いこむ。体力はあるほうだと自負しているが、さすがに陸上部やサッカー部で日頃走りこんでいるやつらには敵わない。そういえば、エチカを見ないな——と思って捜すと、オレの少し前を走っていた。嘘だろ。あいつ、学力だけじゃなくて体力もすげえのか？

負けてたまるか、とダッシュして追いつく。と……どこか様子が変だ。エチカの整った顔は完全に蒼ざめ、今にも死にそうである。

「お、おまえ……まさか、周回遅れか？」

「う……うる、さい……」

「伴走《ばんそう》してやろっか」

「ほ……ほっ、とい、て、くれ」

オレは愉快な気持ちでエチカを追い抜いた。「体力がない」。エチカの貴重な弱点を頭の中にメモした。

休み時間になると、二組の生徒たちは一斉に水道へと向かう。オレも列に並んで水を飲んだ。二時間連続で体育だというのに、休み時間は十分しかない。かなりの混雑だった。飲み終えて周りを見回すと、エチカが園部と一緒に木陰で休んでいたので近づいていった。髪の乱れたエチカが恨みがましそうな顔でこちらを見てくる。だが、オレとエチカが言葉を発する前に、

「……ねえ、ふたりとも」

珍しく、園部が自分から口火を切った。

「考えたんだけど、あの話を刑事さんにする意味はあるのかな。志儀先輩が言っていたみたいに、霧森署の人たちが理事長からの圧力で捜査をやめたのなら……浅香先輩の自殺の真相を、今さら暴くなんて……」

「なに言ってんだ。おまえももう決めたんだろ。逃げないって」

「うん……、そう、だけど」

「大丈夫だよ。オレもエチカもついてるから。……な、エチカ！」

「まあな。もし園部が狙われたのが真相を知っていたせいなら、理屈の上では警察に話したほうが安全になるはずだ。すでに知られた事実を隠すために襲うなんて無

意味だし」

「……でも、復讐されるかも」

「それはそうかもな」

エチカは無責任に言ってのけた。オレは慌てて言い募る。

「それでもオレは、ちゃんと真相を明らかにしなきゃいけない、と思う。浅香先輩のためにも。真実が隠されたままじゃ、先輩も浮かばれないだろ。ことが落ち着くまで、オレがボディーガードしてやるからさ」

園部は手の甲で額の汗を拭った。そのとき覗いた瞳は、いつにも増して力強かった。

「……そう、だよね。勇気を出すよ」

3

帰りのホームルームが終わると、ふたりの刑事がオレたちの教室までやってきた。園部は生徒指導室で話を聞いてもらうことになった。オレとエチカは部活へと向かう。エチカは生き物たちの面倒を見なければならないというし、オレも二日連続で遅刻するわけにはいかなかった。道場に入ると、今日も神崎さんは休みだ、と先輩たちが話していた。特進クラスは、すでに受験勉強が本格化しているらしい。

「始業式からもう一週間以上経つ。そろそろ気が緩み始める頃合いだな」

稽古が始まるとき、有岡さんがみなに向かって話を始めた。

「今日の五時間目、俺ら三年生は学年集会があった。そこで、生徒会長がこんな話をしていた。『時間を大切にすべし』ということだ」

生徒会長――その言葉を聞いた途端、オレの背中に緊張が走った。

「こんなことも言っていた。『時間というものは人間に平等に与えられた資源であり、それをどう使うかでひとりひとりの人生は変わってくる』……。会長は自らの『タイムマネジメント術』なるものも話していたぞ。たとえば、友達と雑談をするときは、スマホのタイマーで五分をセットするんだ。五分間が過ぎたら、おしまい。他にも、相談事や会議なんかで人と話すときにも、三十分後とかにアラームをかけるそうだ。アラームが鳴ったら、話は終わり。こういうことをして、『限られた自分の時間』を守るんだそうだ」

オレは少々鼻白《はなじろ》んでしまった。なんだか、いじましくはないか。有岡さんも話しながら苦笑している。

「まあ、これは極端な例だが、時間というのはそれくらい大切なものだという話だ。おまえらも、時間の使いかたには……」

この話の途中で、廊下から走る足音が近づいてきた。道場に瞬が駆けこんでくる。

「遅いぞ瞬！　どこに行っていたんだ？」

有岡さんに叱られると、瞬は気まずそうに頭を下げた。

「すみません。道着忘れちゃって、あすなろ館に戻ってました」

「道具の管理も実力のうちだぞ。空手道二十訓にいわく、『道場のみの空手と思ふな』だ。じゃあ全員、時間を大切にして、今日も稽古に取り組むぞ！」

四時から始まった部活は、八十分ほど経ったときに一度休憩になった。

体育棟の外で水を飲んでいると、空手部の一年生たちがぞろぞろと本校舎のほうへ歩いていった。なんだなんだ。先輩として気になったので、オレは後を追った。

後輩たちが向かった先は、あすなろ館へと通じる遊歩道の近く――今は使われていない、駐輪場だった。一年坊主たちの中に、瞬の姿はなかった。

「おまえら、そんなところでなにしてんだ」

彼らは駐輪場の日除《ひよ》けの下を覗きこんでいた。ここは放置されて錆《さ》びた自転車や折れた箒《ほうき》、謎のドラム缶などが並んでいるゴミ捨て場みたいなところで、面白いものなどないはずだが。

「へへっ、先輩、見てくださいよ」

橋場《はしば》という新入生が、ひょいと猫を抱えあげてオレに見せた。ちょっと乱暴な抱きかただ。橋場はにきびの多い顔いっぱいに笑みを広げて言う。

「可愛い猫っしょ。こいつが校舎のほうに回ってくのが見えたんで、追いかけて来たんっす」

「ちーちゃんじゃねーか」

思わずそう言うと、後輩たちは顔を見合わせて笑った。

「やベー、先輩、この野良に名前つけてんの」

をした。


「しかも『ちーちゃん』とか。兎川先輩やっぱ可愛いわー」

好き勝手言いやがる。オレは頬が熱くなるのを感じながら、空中に後ろ廻《まわ》し蹴り

「……おまえら、もう戻れ」

後輩たちは恐れをなしたようで、一気に逃げだした。橋場の手から解放されたちーちゃんは、オレのふくらはぎにすり寄ってきて喉を鳴らす。そういえば、こいつは朝、エチカが屋外にリリースしていたっけ。

「自由な生き物だな、おまえは」

にゃーお、と愛らしい鳴き声を上げて、ちーちゃんは気ままに去っていった。


部活は六時半には終わった。

更衣室を出たときに、瞬がやけに身軽なことに気づいた。制服ではなくジャージ姿で、しかも鞄など一切持っていない、手ぶらである。

「おまえ荷物どうしたんだよ」

「へへ、道着取りにいったついでにあすなろ館に置いてきました」

「……ちゃっかりしてんな」

「おれは身軽なのが好きな男なのでー」

そんな他愛ない会話をしながら、有岡さんと三人で連れ立って校舎を歩く。園部はちゃんと刑事さんに話せたかな、とぼんやり考えていると、少し前を歩いていた

有岡さんがぴたりと止まった。彼はスポーツバッグの肩紐《かたひも》をぎゅっと握りしめる。

「有岡さん、どうしたん……」

オレは言いかけて、口をつぐんだ。

有岡さんが見つめていたのは、本校舎一階の隅にある休憩室だった。自販機とスツールが並んだ部屋で、ガラス張りのため薄暗い廊下からは中が見える。

そこにはひとりの生徒が座っていた。湖城龍一郎だ。

オレもその姿をみとめて、驚いた。蛍光灯に照らされた部屋の中で、じっとスマートフォンを見つめているのだ。その表情は、ひどく険しかった。

「こわっ。さっさと行きましょう」

瞬に促されて、オレたちはその場を離れた。湖城と出くわしたらなにかひとこと言ってやろうと思っていたのだが、その気が失せてしまった。あんな恐ろしい形相《ぎょうそう》を見てしまっては。

裏口から校舎を出たときふと思いついて、喫煙所の横を通過して駐車場のほうへ足を向けた。

「ヒナ先輩？　どこ行くんすか」

駐車場は、あすなろ館へ向かう遊歩道からそう遠くないところにある。オレはすぐに目当てのものを見つけた。昼間に窓から見た、郷田刑事の黒い車だ。この駐車場は職員用だが、目立たないように裏手に駐《と》めさせてもらっているということだろう。

ここに車があるということは、刑事さんたちはまだ校舎で捜査中ということか。

「雛太、なにしてんだ？　行くぞ！」

「あっ、押忍！」

有岡さんに呼ばれて、オレはふたりがいる遊歩道のほうへと走っていった。

あすなろ館への道を辿りながら、瞬がなにげなく呟く。

「林の中、めっちゃぬかるんでますね」

この林は日当たりも水はけも悪いため、前夜の雨がまだ乾ききっていないのだ。もっとも、舗装された遊歩道をちゃんと通れば問題ないため、とくに気にならないが。

そのとき、どこか遠くのほうで烏《からす》が鳴く声がした。訳もなく、落ち着かない気持ちになった。

4

部屋に戻るとエチカはいなかった。

まさかまだ生物室にいるのだろうか、と訝りながら荷物を片付ける。夕飯まであまり時間もなかったので、とっとと食堂に下りることにした。瞬も部屋から出てきて、ついてくる。「ユイが部屋にいなくってつまんねーんです」などと言っている。

食堂に入ると、驚いたことにすでにエチカがいた。隣には志儀先輩も座っている。

「ふたりしてなにやってたんですか」

「おう、兎川。優秀なおまえのルームメイトに勉強を教わっとったんや。後輩とはいえ、かの創桜大付属からの転入生やからな」

「べつに、自分の宿題を片付けるついでです」

エチカはそっけなく答えたが、志儀先輩の勉強に付き合っていたのは事実らしい。やっぱりこいつ、けっこう人がいいのか？

「鷹宮、おまえはあれか、ツンデレいうやつか？　五時から、まる二時間近く付き合うてくれてるやないか」

と、志儀先輩。どれどれ、とオレはふたりの手もとを覗きこむ。瞬も横から覗きこんで声を上げた。

「おー、これ、創桜大の過去問っすね！」

「そう。進路センターで印刷したんや。あのプリンタはボロくて印刷が粗いのが玉に瑕《きず》やが」

進路センターというのは本校舎の二階にある、参考書や過去問集が並んでいる部屋だ。生徒は自由にそれらを印刷していいことになっているが、全校生徒に酷使されてあそこのプリンタはガタがきている。志儀先輩のプリントを見ても、紙の両端に特徴的な黒っぽい線が刻まれている。あのおんぼろ印刷機を使うと必ずこうなる。

「難関私大の問題は無意味に性格が悪いな。鷹宮は余裕みたいやけど」

オレは目を見開いて、澄ましているルームメイトを見た。

「マジかよ。おまえ、後でオレにも勉強教えてくれよ」

「構わないが、わからない部分を正確に言語化してくれ。おまえは感覚的に言葉を使う」

……「人がいい」という評価は訂正しとこう。

「おうい、若人《わこうど》たち」厨房から、平木さんが声をかけてきた。「準備してくれ」

食卓の準備を調えていると、他のメンバーがぞろぞろとやってきた。オレは園部の顔を見るが、相変わらず目が髪で隠れているせいで、表情はよくわからなかった。刑事との面談はどうなったのか、食後に訊いてみるとしよう。

今日の夕食は唐揚げと切り干し大根の煮物、海藻サラダにアサリの味噌汁。いつもながら平木さんの料理は絶品だった。新館のやつらはこれを味わえないなんて、もったいない。

今夜はみんな和《なご》やかに語りながら箸を進めた。話題の中心人物はエチカだった。

「へえ、志儀が舌を巻くほど鷹宮は優秀なのか。そりゃ俺も世話になりてえくらいだな」

「いいなー、エッチ先輩は顔もよくて勉強もできちゃって。いいなー」

有岡さんが褒めて、瞬がねたむ。当のエチカは、そんな感情を向けられることには慣れていると言わんばかりで、生返事で受け流していた。

「しかし、羨ましい話や。鷹宮ほどの秀才やったら、進路なんぞ選びたい放題やろ」

「そうでもないですよ」

「ご謙遜《けんそん》を。……俺みたいな凡人は、これからの一年、血眼になって受験勉強に打ちこまなあかん。生徒会長が言っていた『タイムマネジメント術』でも実行しようかな」

と言って、志儀先輩は有岡さんに目配せした。湖城の「タイムマネジメント術」は、すっかり冗談の種になっているらしい。

和気藹々《わきあいあい》とした雰囲気のまま夕食が終わりに近づいたとき、五月女がそろりと切り出した。

「あの、鷹宮先輩。朝言っていたことですけど……この後、勉強見てもらっていいですか？」

エチカは「ん」と小さく頷いた。

その横で、食卓にはもうひとつ別の会話が生まれた。

「そうだ、棗。おまえ、ちょっとこのあと食堂に残ってくれねえか？」

有岡さんが棗に声をかけたのだ。ぎくりとしたように、棗が顔を上げる。

「なんでですか」

「水曜の無断外出の件だよ。反省文を書いてもらうって伝えたよな」

棗は「しまった」というように顔をしかめる。

「……後じゃダメですか」

「駄目だ。筆記用具持って、とっとと戻ってこい」

そういえばあったな、棗の脱走劇。湖城絡みのことで頭がいっぱいで、全然気にしていなかった。

まあ、オレには関係のないことか。ごちそうさまをして食器を片付ける。平木さんは普段どおり、厨房でラジオのニュースを聴きながら新聞を読んでいた。どちらかにすればいいのに、といつも思う。

食堂を出ながらスマホを見ると、時刻は七時二十七分。ひとりで部屋にいても退屈だし、五月女と一緒にエチカに勉強を教えてもらおうか——などと考えていると、階段のところで先を歩いていた園部を発見した。ぽんぽん、と段を駆け上がって「よう」と背中を叩いた。

「わあ！　お、驚かさないでよ。……あれ以来、ちょっと階段怖いんだ」

「あっ、悪い。ほんとごめん。無神経だった」

オレは深謝してから、そろりと切り出す。

「で、どうだった？　刑事さんに去年のこと、ちゃんと話せたか？」

「……うん。ちゃんと話した。郷田刑事は、去年の事件の再捜査もやってみるって約束してくれた」

「よくやった！」

オレはぐっと拳を突き出した。園部もはにかみながら、こつんと拳をぶつけてきた。

すっかり上機嫌で、オレは園部と一緒に二階へと戻った。彼と別れて部屋に入ろうとしたとき、後ろから「ねえ」と声をかけられた。振り返ると、立っていたのは棗だった。

「ちょっと、お願いあるんだけど」

珍しい。棗からオレに話しかけてくること自体が珍しいし、「お願い」などされるのも珍しい。

「じつは、今から会ってほしい人がいるんだ。裏門のところで」

唐突な言葉に、目が点になった。すぐには意味が摑めない。

「裏門って、このあすなろ館の裏のやつだよな。あそこ、閉めきりだろ」

「門を挟んで会う約束なんだよ……俺の彼女と。いつもどおり七時半に待ち合わせだから、もう来てるかも」

「で、なんでオレがその子に会わなきゃいけないんだよ」

「夜にひとりで女の子待たせるわけにいかないだろ。それもあんな暗くて人気《ひとけ》のない道にさ。反省文、速攻で書いてすぐ行くから。頼むよ兎川。今度、購買のパンでも飲み物でも奢《おご》るから」

正直、ひとさまの彼女とはいえ、女の子と会えるというのは心が躍る話だった。中学に上がってから、同年代女子との会話の機会は数えるほどしかなかったし。

「……しゃーねえな。まあ、武士の情けだ。礼はいらないから、早く反省文書けよ」

オレは四段飛ばしで階段を下りて、玄関へ向かった。

外へ出ると、もうすっかり暗かった。うむ、この中で女の子を待たせるのはよくない。

建物に沿って、裏手へ回っていく。月が明るい夜だったが、右手にある林の中は真っ暗だ。あすなろ館の背後には、敷地を囲う柵がそびえている。その柵の一部が「裏門」になっているのだ。

そちらへ近づいていくと、暗がりの中に人影が見えた。裏門の外側——人通りが少ない公道に、女の子が立っている。長い髪がセーラー服の肩口までかかっている。霧森女子高校の制服だ。そばに自転車を駐めているから、学校か予備校の帰りなのだろう。彼女は視線をスマホに注いでいたので、オレの接近に気づいていない。

「あのー」

声をかけると、彼女はびくっとしたように顔を上げた。自転車のハンドルを摑んで、逃げ出そうとする。

「わー、待って! 待ってくださいっ。オレ、棗から頼まれて来たんです」

「誠《せい》ちゃんから?」

棗の下の名前が「誠之助」だったことを思い出す。

「棗のやついま、のっぴきならない事情があって、オレが代わりに。女の子ひとりで待たせてると危ないからって」

「そうなんだ。なんかすみません」

彼女は柔らかく微笑んだ。警戒するようなオーラが一転して、滑らかな頰にえくぼもできている。色付きリップを塗っているらしい唇が艶《つや》っぽくてどきどきする。

「いや、べつにたいしたことじゃないです。棗来るまで一緒に待ちますよ」

オレはおずおずと自己紹介する。

「兎川雛太って言います。ここの二年生です」

「えー、二年なんだ、一緒！　年下かなって思った！」

「……はは、よく言われます。チビなので」

「あっ、ごめん！　べつに小さいとかってことじゃないから。顔かわいいなって思って」

そっちのほうが複雑な気もする。

「あたしはサナ。霧森女子高校の二年だよ」

フルネームは倉林《くらばやし》沙奈《さな》というそうだ。芸能人の名前を使って、漢字も教えてくれた。

「……それにしても誠ちゃん、いつもどおり七時半って約束してたのにな。ちょうど三十分になった、いま」

沙奈ちゃんはスマホで時間を確認して、むーっと唇を尖らせる。

「誠ちゃんが来られない『のっぴきならない事情』って聞いていいやつ？」

「ん、あいつの名誉のために黙ってたんだけど、まあいいかな。反省文書いてるんだ、なんか一昨日、夜に外出したとかで」

「あー、あたしに会いにきたやつじゃん」

なんと、瞬の読みどおり水曜日も逢瀬《おうせ》をしていたのか。羨ましい限りだ。

「毎週金曜日ね、この裏門のところで、柵越しに三十分くらい話すんだよね。あたし金曜は予備校早く終わるから」

柵越しの会話なんて映画みたいだ。まるで『ロミオとジュリエット』のような、悲劇的な運命に引き裂かれたカップル……と思っていると、沙奈ちゃんは「まるで囚人との面会だよね」と情緒のないことを言った。

「ま、そうやって会うだけじゃ物足りなくて、たまに誠ちゃんには無理言って抜け出してきてもらうんだけど」

彼女は肩にかかった髪を払いながら、おどけたように顔をしかめてみせる。

「てか、夜に出かけただけで反省文とか厳しすぎ。ウチの学校は寮とかないからよくわかんないけど、そんなにガチガチに管理しなくてもいいのにって思う。……あ、そうだ」

沙奈ちゃんが目を輝かせて、こちらに身を乗り出してきた。柵越しに、桃みたいな甘い香りが漂ってくる。

「誠ちゃんが来るまでの間、学校の話聞かせてくれない？　すっごく興味あるんだよね、男子校の生活。誠ちゃん、あんまり教えてくれないんだ」

「あー、いいよ。もちろん。なに知りたい？」

それからオレは、彼女相手に男子校の生活を語りまくった。棗がなるべく遅くまで現れませんように、と祈りながら。

夜は静かだった。あすなろ館の周りはむやみに自然豊かだから、虫の声や葉擦れの音はずっと耳に届いたが、それはほとんどBGMと言ってよかった。だから、背後でぱきっと枝を踏む音がしたときには、軽くびびってしまった。

「お待たせ、沙奈、兎川」

ようやくロミオの登場である。オレが手もとのスマホに目を落とすと、七時五十五分になっていた。二十分以上も、オレは沙奈ちゃんと話していたのか。沙奈ちゃんもスマホを手にして、憤然と棗に詰め寄る。

「おそいよ誠ちゃん！　もう五十五分だよ？」

「本当にごめん……ん？」

棗は、こちらに歩み寄ってきながら、妙な声を上げた。

「どうしたんだよ、棗」

「鍵がかかってない」

棗が指さしたのは、裏門の錠前の部分だった。見てみると、たしかに以前はかかっていた南京錠が見当たらなかった。

「うわ、不用心だな！　裏門っていま、南京錠かけてねーのか？」

「いや、先週ここで沙奈と会ったときはかかってたんだけど」

棗は首をひねりながら、ちゃっかり裏門を開けた。ほとんど開けられることのない門は、重たい音を立てて開く。沙奈ちゃんは「開くんだ、ラッキー」と呑気に言って、敷地内に入ってきた。

「もしかして、鍵が壊れたのか？」

オレは、辺りの草むらをスマホのライトで照らしてみる。すると、門のそばでなにかが光った。屈んでみると、それは南京錠だった。

「あちゃー、やっぱり壊れて……」

言いかけて、オレは言葉を止めた。

南京錠の細い掛け金部分は、根本ではなく輪の途中が壊れていたのだ。まるで、ねじ切られたみたいに。

5

この錠前は、どう見ても故意に破壊されている。オレは胸騒ぎを感じながら、それを拾って立ち上がった。

「どうしたの、兎川」

棗がオレの手もとを覗きこんで、目を見開いた。

「これ……明らかに、工具かなんかでぶっ壊されてるよね」

「え、怖。もしかして、例の学校荒らしじゃない？」

と、沙奈ちゃん。オレが「学校荒らし？」と鸚鵡《おうむ》返しすると、彼女はうんと頷いて、

「なんか霧森市内で最近出没してるらしくてさー。じつはうちの高校も入られてんの。他にも中学とかもやられてて、たしか三件くらい起きてるって」

そういえば、刑事たちもそんな話をしていたっけ。しかし……。

「男子校入ってなにか盗む変態はいないんじゃねーかな」

「うん？　学校荒らしはね、パソコンとか楽器とかスポーツ用具とか盗んで、売ってお金に換えるんだってさ。兎川くん変なこと考えた。やらしー」

「ち、ちげーから！　ともかく！　これってやべーよな。宿直の先生に知らせるか？」

棗と沙奈ちゃんは顔を見合わせた。

「でも、沙奈と一緒にいるところを見られたら困るんだけど」

「んなこと言ってる場合か！　えーと、どうしよう。そうだ、まずは平木さんに知らせてくる。だから沙奈ちゃ……倉林さんも、早く帰ったほうがいいぞ！」

オレは言い置いて、ひとりで歩きだした。

あすなろ館の横を回る途中、左手に見える林の暗さが気になった。もしも、本当に学校荒らしが侵入したのだとしたら？　そいつは、まだこの辺りに潜んでいるんじゃ……。

そんなことを考えながら角を曲がりかけたとき、向こうからぬっと人影が現れた。

「だ、誰だ!?」

空手を実戦で使う日がきたか、と身構えかけたが――。

「なんだ、ヒナ」

現れたのはエチカだった。逆光になっていて、すぐには誰だかわからなかったのだ。

「驚かすなよ、エチカ」

「それはこっちの台詞だ。おれはへっくんのマットを取り替えにきただけだが、おまえはこんなところでなにしているんだ」

エチカは手にガラスケースをぶら下げていた。なるほど、それで外に出てきたわけか。

「あ、そうだエチカ！　これ見てくれよっ」

オレは握りっぱなしだった南京錠をエチカに見せながら、外出の理由と裏門の状況を手短に説明した。

「なあ、どう思う？　マジで学校荒らしなのかな」

「さあな。だが、誰かが校地内に侵入した可能性はある……それより、素手で触っていいのか？」

「あっ、しまった！」

オレは慌てて錠前をハンカチにくるんだ。時すでに遅しという気もするが。

エチカが呆れ顔で「じゃあ、おれはマットを——」と言いかけたとき、どこかで「なぁーお」という鳴き声がした。振り向くと、遊歩道のほうから茶色い猫が現れた。

「ちーちゃんっ！」

エチカは歓喜の声を上げて、ガラスケースを地面に置いた。この切り替えの早さよ。

ちーちゃんは舗装された道を悠々と歩いてきた。甘えるような声を上げて、オレの脚にすり寄ってくる。おまけに前足でオレの靴を叩いてきた。

「こいつけっこう人懐っこいな」

「ヒナ、ずるい。マタタビでもつけてるのか」

「んなわけあるか。へへっ、まあオレの人徳ってやつ……」

ふ、と言葉を止めた。いや、止まった。

「おい、エチカ。こいつの足……」

オレの靴に奇妙な跡がついたことで気づいた。ちーちゃんの前足の裏が、赤黒く汚れているのだ。地面と接する肉球部分の汚れは薄いが、毛に付いたそれはぬらぬらと光っている。

「見せてくれ！」

エチカはちーちゃんを器用に抱き上げて、その足の裏を調べた。ちーちゃんは怒ったように猫パンチを繰り出してくる。見ると、四本の足すべてに同じ汚れが付着している。

「……血だ。でも、ちーちゃんのじゃない。怪我はしていない」

「どこで踏んだんだ？」

エチカはちーちゃんを優しく下ろすと、ちーちゃんがやってきた遊歩道のほうへ駆け出した。オレも慌てて追う。

夜の遊歩道は暗かった。外灯などない。月明かりも、覆いかぶさる木々で遮られている。ふたりでスマホのライトをつけることで、なんとか走れるほどになった。

微妙に湾曲《わんきょく》した道の先は見えない。だが、途中でちーちゃんの血の足跡が現れ、目指すものが近いことがわかった。足跡はどんどん濃くなっていく。やがて、東屋の屋根が見えてきた。同時に、聞き覚えのある音楽が耳に届く。モーツァルトの「アイネ・クライネ・ナハトムジーク」第一楽章だ。

道の先に、血だまりが見えた。東屋のほうから遊歩道へと、鮮血が流れてきている。

ライトを東屋の床へと向ける。ズボンを穿いた脚が見えた。霧森学院の制服だ。上はブレザー。その腹部は真っ赤に染まっていた。仰向けに横たわっている。音楽は、彼が倒れているあたりから聞こえてきていた。

オレがそれ以上ライトを動かせずにいると、エチカが自分のスマホでさらに上を照らした。倒れている生徒の顔が浮かび上がる。

湖城龍一郎だった。

6

エチカは湖城の傍《かたわ》らに跪《ひざまず》いて、ライトで瞳を照らした。そういえば、光を当てても瞳孔《どうこう》の大きさが変わらないのは死んでいる証拠のひとつだ、とドラマで観たことがある。

「ど、どうだ……？」

エチカは顔を上げて、ゆっくりと首を横に振った。

「うそ、だろ」

死んだのか。死んじまったのか。

だって、こいつまだ、ちゃんと謝ってないじゃん。浅香先輩にやったことも、園部にやったことも、それからたぶん、こいつが仕向けてエチカに対してやったことも。

なのになんで、死んじゃうんだよ。

「腹部を刃物で刺されているようだな」

「刃物、って。……殺人、なのか」

「凶器は落ちていないし、見たところ傷はひとつじゃない。自殺とは思えないな」

話している間も、まだモーツァルトは鳴っていた。

「エチカ、この音楽どこで鳴ってるんだ？」

「胸のあたりから聞こえてくる。内ポケットに入れているスマホのアラームかなにかだろう。止めたいが、触らないでおいたほうがいいだろうな」

オレはその言葉を聞いて、なにかを思いつきかけた。しかし、思考に集中することはできなかった。この異様な状況下で、なにをどう考えればいいというのだろう？

うろたえて湖城の死体から視線を逸らすと、異様なものが目に飛びこんできた。

東屋のすぐ横にある水道。以前から排水口が泥で詰まっていて、汚い水が溜まっている。そこに今、なにか透明のビニール製のものが突っこまれている。おまけに、それには血液が点々と付着していた。

オレの視線を追って、エチカがそれを上から覗きこむ。

「レインコートのようだな。たぶん、これを着て返り血を防いだんだ」

返り血という生々しい言葉を聞いて、胸がむかついてきた。一方、エチカは冷静だった。彼はスマホのライトを消して、画面をタップしはじめた。

「とにかく警察に電話だ」

「あっ、待ってエチカ！　まだ校内に、郷田刑事たちがいるかもしれない。部活から帰ってきたとき見たら、車が駐まってた」

「……さすがにもう帰ったんじゃないか」

「わかんないだろ！　捜してくる！」

オレが駆け出すと、エチカもついてきた。

「ひとりで動くな。まだ湖城を殺した犯人がうろついているかもしれないんだぞ」

言われて気づいた。たしかに可能性はある。怖くなったが、恐れをエチカに悟られないように走り続けた。ライトで先の地面が照らされるたびに、鼓動が速まる気がした。

林を抜けると、外灯があったから辺りはよく見えた。左手の駐車場に目を向けると、ふたりの刑事が今しも車に乗りこもうとしているところだった。

「あーっ！　刑事さん！　ちょっと待ってっ」

呼び止めると、助手席に座りかけていた郷田刑事が身を起こした。

「どうしたんだ、君たち」

「殺人事件です。生徒会長の湖城龍一郎が殺害されました」

エチカが端的に告げた。郷田刑事は、大きく目を見開く。

「なにっ……。おい、君、それは冗談ではないだろうね」

「事実です。あすなろ館へ向かう途中の東屋で、ナイフで刺し殺されたようです」

郷田刑事は一瞬だけ考えるような間を置いたが、すぐにきっと顔を引き締めた。

「室くん！　至急応援を呼んでくれっ」

部下に命じて、猛然と駆け出した。オレとエチカも後を追う。二百メートルの距離を駆けて現場に到着すると、郷田刑事はたたらを踏むようにして立ち止まった。

そして大声で叫ぶ。

「なんてこった！　彼が……湖城龍一郎だったのか！」

どういう意味だろう？

郷田刑事は、エチカが「もう死んでいますよ」と言うのも無視して、手首を摑んで脈を取る。それから、がっくりとうなだれた。

「……八時三分、被害者の死亡を確認」

やるせなさそうな呟きだった。モーツァルトは、すでに聞こえなくなっていた。

「もしかしたら、最近このあたりを荒らしまわっている学校荒らしの仕業かもしれんな」

「可能性は大いにありますね。ヒナ、ほら南京錠」

エチカに言われて思い出す。オレは懐からハンカチに包んだ錠前を出した。

「あすなろ館の裏手の門のやつです。ぶっ壊されてたのを、さっきたまたま見つけて」

オレの説明に、郷田刑事は険しい顔で頷いた。

「あの学校荒らしは金目当ての小悪党だと思っていたのだが。こうなると、校舎のほうも警戒せねばならんな」

ふと思い出したように、彼は声のトーンを変えて、

「そういえば君たちは、なぜこの遺体を発見したんだ？　この向こうの建物に住んでいるのだろう？　校舎のほうに用事があったのかい」

「いいえ。足に血を付けた猫が歩いてきたので来てみたら、これが」

エチカが、ちーちゃんの足跡をライトで照らした。「なるほどな」と郷田刑事が呟いたとき、彼の部下が駆けつけてくる。

「応援、すぐに来てくれるそうです」

「そうか。……とにかく、一刻も早く付近一帯を包囲しなくてはな。例の学校荒らしが彼と鉢合《はちあ》わせして、口封じのために凶行に及んだ可能性があるぞ」

「そ、そうですね、急がないと。でも、もう逃げてしまっているのでは？」

「見たところ、この遺体は死後一時間も経っていないし……それどころか室くん、遺体の顔を見たまえ」

嫌そうに覗きこんだ室刑事が、鋭く息を呑んだ。

「うわっ……彼だったのか」

郷田刑事と同じリアクションである。しかも、室刑事はこう付け加えた。

「としたら、凶行が行われてから、まだ三十分ほどしか経っていないということじゃないですか！」

聞き捨てならない言葉だった。

「ちょ、ちょっと刑事さん、それってどういう意味ですかっ」

「言葉どおりだよ」上司が答えた。「七時半ごろのことだ。私と室くんは遊歩道の入り口のところにいてね、この生徒がこの道へ入っていくのを見ていたんだよ」

郷田刑事は悔しそうに首を振った。さっきの叫びはそういう意味だったのか。

「兎川くんと鷹宮くんは、昨日、園部くんから聞いたそうだね――浅香事件の隠された事実を。今日の放課後、園部くんは我々にも話してくれたから、明朝、湖城龍一郎に任意同行を求める予定だったんだ。……彼の顔を知っていれば、あの入り口のところで呼び止めたというのに。悔やまれてならん」

唇を噛む上司に、室刑事がおずおずと声をかける。

「あのう、もしかして、郷田さんは犯人を見ているのではないですか。ずっと喫煙所にいたんでしょう」

「私は誰も見とらんよ。林のどこかを突っ切ったんじゃないか」

「どういうことですか」

エチカが刑事ふたりに問うた。部下のほうが答える。

「ええとね、こういうことなんだ。僕と郷田さんは、七時半ごろ、そろそろ帰ろうということで、校舎の裏口から出た。君たちも知ってのとおり、遊歩道の入り口が目の前にあるよね。で、その右側には喫煙所がある。僕と郷田さんは、そこで一服していたんだ。そのとき、この生徒が通りかかった。僕、スマホを見ていたんだが、七時二十九分だったよ。郷田さんに『もうすぐ七時半ですね』って言ったから覚えている」

オレはその話を聞いて、おや、と首をかしげる。

「七時半ごろに帰ろうとしていたのに、なんでまだいるんですか」

室刑事が口ごもった。彼の上司が、ため息まじりに注釈を加える。

「なにやら、室くんの腹に差しこみがきたらしくてね。トイレに行くというので、私は三十分間、煙草を吸いながらメールチェックしていたというわけだよ」

そういえばこの刑事さん、前にも水の飲みすぎかなにかでトイレに行きたがっていたな。……だが、待てよ？

「それなら、郷田刑事は遊歩道をずっと見張ってたってことですか！」

「見張っていたわけではないが、誰も出てきてはいないよ。あそこは見通しがいいから、誰か出てきたら、気づくはずだ。三十分間、周囲には誰も近寄っていないと保証できる」

郷田刑事は考えこむように顎に指を当てて、

「私が誰も見ていないということは、犯人は林のどこかを突っ切ったか……もしくは、人を殺してしまったことに恐れをなして引き返し……裏門から出ようとしたかだな」

その言葉を聞くうちに、走って熱くなっていた身体がすっと冷えていくような気がした。

「ヤベェ！　もしそうだったら大変です」

「ど、どうしたんだね。兎川くん」

「裏門のところ、じつはオレの友達が立ってるんです。校外の彼女とおしゃべりするために。まだあそこにいたら……」

「なんだって！」

郷田刑事が目を剝いて叫ぶ。エチカが黙って駆け出したので、オレも後を追う。

「待ちなさい君たち！　くそっ、室くん、遺体を任せたぞ！」

郷田刑事の声が追いかけてきた。またダッシュだ。息切れがやばい。だけど、足を止めるわけにはいかなかった。エチカはいの一番に走り出したくせに、ペースが落ちていた。そういやこいつは体力がなかった。頑張れ、と背中を叩いてやる。

オレたちはあすなろ館の横を通過して、裏門を目指した。すると——。

高校生カップルは、駆けつけてきたオレたちを見て目を丸くしていた。まだ沙奈ちゃんは帰っていなかったのだ。

「えっ、なに、兎川くん……。もう先生連れてきたの？」

沙奈ちゃんに「裏切り者め」という目で見られてしまった。弁解しようとするオレを押しのけて、エチカがずんとカップルに詰め寄る。

「誰も来ていないか？」

初対面の大男に詰め寄られて、沙奈ちゃんはひるんだように後ずさる。棗は、心持ちエチカを睨みながら彼女を庇《かば》った。

「さっきヒナがここを離れた後、この裏門を通った人間はいないか、と訊いている」

「来てないよ。ね、沙奈」

沙奈ちゃんが頷く。エチカはオレを指さして、

「さっき、君がこいつと落ち合ったのは何時何分だ？」

「エチカ、なにをそんなに気にしてんだよ？　……そういや倉林さん、オレと会ってすぐにスマホで時間確認してたよな」

「う、うん。スマホがちょうど、七時二十九分から三十分に変わるとこだった」

エチカは考えこむような表情になった。オレには、こいつがなにを気にしているのかわからない。郷田刑事が、辛抱たまらなくなったというように、前に出てくる。

「私は霧森署の郷田だ。君は昼間会ったね、棗くん。じつはどうやら、学校荒らしが出たようでね。事情を聴かせてもらいたい」

湖城の死は告げずに、慎重に切り出した。

「知りたいのは、賊《ぞく》がここに侵入した時間なのだよ。ええと、そこの君。倉林さん、というのか。何時から門前にいたんだね」

「えーと、七時二十五分ごろです」

「ふむ。となると賊はそれよりも前に校地内に侵入していたようだな。そして、遊歩道を通って校舎のほうへ歩いていった……」

「郷田・室両刑事は、七時二十九分に遊歩道へ入っていく湖城を見た」

　エチカが、郷田刑事の語りに割りこんだ。

「校舎側の入り口はずっと郷田刑事の視界に入っていたが、出入りは一切なかった。さらに、裏門にはずっとヒナと倉林さんがいた……。ヒナ、七時半以降の人間の出入りは？」

「誰も。南京錠がぶっ壊されてるのに気づいた後、倉林さんが入ってきただけ」

「ということは、可能性はふたつにひとつだ。湖城を殺害した犯人は——」

　棗と沙奈ちゃんは「殺害!?」と声を揃えたが、エチカは構わず続ける。

「林を通って、遊歩道の外に逃げたかもしれない。だけど、前夜の雨で林の地面はぬかるんでいるから、もしも誰かが通っていたら、足跡が残っているはずだ」

　言われてみれば、そうだ。雨上がりの林がどれほどぬかるむかはオレも知っている。今日の帰りにも確認したではないか。痕跡を残さずに遊歩道外に逃げるのは不可能だ。

「このあすなろ館は、敷地のはずれの行き止まりで、遊歩道を使わないとしたら、林を通って逃げるしかない。では、もうひとつのケースを考えよう。もし林に足跡がなかったら？」

　エチカの発問に、オレは背筋が凍るような思いがした。エチカは淡々と告げる。

「犯人が逃げこめる先は、このあすなろ館しかない」

単独行動は危険だということで、オレたちは全員であすなろ館に戻ることになった。

7

前庭をちーちゃんがうろついていたので、エチカが保護した。郷田刑事が命じる。

「その猫の足の裏も、申し訳ないが後で鑑識に調べさせるからね」

エチカは嫌そうにしていたが、しぶしぶといった様子で頷いた。なにも知らないちーちゃんは、呑気に「にゃーお」と鳴いた。

オレたちは郷田刑事の後に続いて、あすなろ館の住人ひとりひとりの部屋を訪れた。まずは一階にいる平木さん、有岡さん、志儀先輩の部屋を訪れる。有岡さんだけは不在だった。風呂だろうとわかったので、オレと郷田刑事のふたりで呼びにいく。敬愛する我らが大将も無事で、ほっとした。

続いて、二階の自室にいた園部と瞬の無事を確認した。空き部屋で楽器の練習をしていた五月女も連れて一階へ戻る。途中、エチカが黙って列を抜けるという事件があった。マット交換のため段ボール箱の仮住まいに移していたへっくんの様子を見に行ったのだ。もちろん、郷田刑事から怒られた。

かくして全員が食堂に集まった。部外者——しかも女子——の沙奈ちゃんは、隅の席で気まずそうに身を縮ませている。すでに全員が「湖城龍一郎が東屋で殺された」ということだけは知らされていた。

　郷田刑事は「犯人がこのあすなろ館に逃げこんだ可能性がある」と言って、全員の部屋を捜索する許可を求めた。拒《こば》む者はいなかった。ほどなく制服警官が現れて、食堂の前の廊下に立つ。郷田刑事は入れ違いに、現場へと戻っていった。

　時刻は八時半を過ぎていた。気づまりな沈黙が食堂に満ちている。唯一ちーちゃんだけがご機嫌で、段ボール箱の中で平木さんが作った猫まんまを食べていた。

　オレはなんとなく、園部の顔を見た。相変わらず表情がわからないやつだが、ひどい顔色をしていることだけはわかった。せっかく勇気を出して警察に告白したのにこんなことになってしまっては、気持ちを持っていく場もないだろう。オレですら、わけのわからない喪失感に押しつぶされそうなのだから。

　しばらくして、平木さんが立ち上がった。

「コーヒー、紅茶、ココアの三択だ。欲しい者は言いなさい」

　まばらに注文の声が上がる。オレはココアを所望《しょもう》した。平木さんは、もじもじしている沙奈ちゃんの前まで歩み寄って、「君は？」と問うた。

「ええと、じゃあ、紅茶……いただけますか」

　管理人は「了解」と言って厨房へ消えた。彼は事件の報を聞いたとき、いちばん冷静だった。年の功というやつか。

「……それにしても、棗先輩の彼女さん、すっげえキレーな人だなあ」

瞬がひとりごとめかして言った。沙奈ちゃんはぎこちなく笑って「どうも……？」と応じる。志儀先輩が、瞬の頭をはたく真似をした。

「アホ、お世辞のつもりか。男どもに囲まれて緊張しとる子に言うても怖がらせるだけや」

「だ、だって。ノーコメントで存在スルーされるほうが気まずくないすか？」

「そういうことを口に出すと、さらに気まずくなるやろうが」

ふたりがやいやいと盛り上がるのを、棗が遮った。

「ねえ、それより……現場の状況、もっと詳しく教えてくれない？」

オレとエチカに向けられた言葉だった。沙奈ちゃんが「誠ちゃん」と小声でたしなめる。

「だって、気になるだろ。ていうか、なんでみんな黙ってるの？　普通に気になるじゃん」

その話題を避けるのも、ここらが限界だろう。オレは言葉を選びながら語り出す。

「……そこにいる猫がさ、遊歩道のほうからあすなろ館の前庭まで歩いてきたんだよ。足に血がついてたから、オレとエチカは様子を見に行ったんだ。そしたら、あの人が死んでたんだ」

「事故とか病気の可能性はないんですか」

五月女が蒼ざめた顔で口にした。

「それはねーな。腹を刃物で刺されていたらしい。おまけに、返り血のついたレインコートが捨てられてた」

「愚かしい犯人やな。そない重要な証拠品を現場に残していくとは」

志儀先輩がせせら笑って、テーブルに身を乗り出す。

「今の科学技術は相当なもんらしいぞ。微細な皮膚片から個人が特定できるそうやないか。そのコートとやらを持ち去らんかったのは、愚かとしか言いようがないわ」

「残念ながら、水道に押しこまれていましたからね」エチカが冷ややかに言った。「痕跡は洗い流されてしまった可能性が高い」

「ていうか、持ち去れなかった可能性もあるしね」

棗の放った言葉が、部屋を凍りつかせた。

「どういう意味だ」

有岡さんの声は低く、威圧感があった。棗はひるまずに、彼の目を見返す。

「鷹宮がさっき言ってたんですよ。遊歩道の校舎側の出入り口は、湖城が入ってからずっと刑事さんが見張っていたって。で、裏門にはずっと沙奈と、俺か兎川のどっちかがいた。つまり、犯人はそのレインコートってやつを、現場に残すかあすなろ館に持ち帰るしかなかったってわけでしょ」

「お、おれらの中に犯人がいるってことですか？」

瞬が目を真ん丸に見開く。その隣で、五月女が口を押さえた。

先ほどまでよりもたちの悪い沈黙が、食堂を支配した。

平木さんが全員に飲み物を配っていく。よく各人の注文を覚えていたな、と妙なところで感心してしまった。

「どうなんすか、ヒナ先輩。なっちゃん先輩が言ってたことマジですか？」

うろたえたように叫ぶ瞬。棗の渾名って「なっちゃん先輩」だったのかよ、とどうでもいいことが気になる。いや、それよりも。オレはなっちゃんを睨みつけた。

「棗！　おまえ、なんで空気悪くするようなこと言うんだよ」

「は、なに？　兎川と鷹宮だけの秘密にしとく気だったの？　そのほうがアンフェアでしょ。俺ら全員関係者なんだから」

「棗に一票や。俺は事実を知りたいわ」

「どうも愉快な話ではなさそうだが、情報は共有してほしいな」

三年生のふたりも圧をかけてきた。エチカが、諦めたようにため息をつく。

「お話ししましょう。ただ、この件を伏せていたのは、まだ郷田刑事から許可がなかったからであって、けっして情報を占有しておこうという意図ではありませんでした」

オレは開きっぱなしのドアをちらりと見る。制服警官は食堂に背を向けて立っていて、とくにこちらの話に聞き耳を立てているようではなかった。

エチカはすべてを語った。要するに、七時半から八時までの間、遊歩道とあすなろ館は一種の密室状態だったということを。

以上です、とエチカが締めくくると、最初に口を開いたのは、志儀先輩だった。

「犯行があったのは夕食後か。惜しい話や。夕食前なら、俺と鷹宮のアリバイは完璧やったのに。五時からずーっと食堂におって、一歩も外に出てへんからな」

「私のアリバイも入れておいてくれ」

平木さんが、飄々《ひょうひょう》とした調子で口を挟んだ。

「君たちが食堂にいる間、ずっと厨房にいたからね。厨房からは食堂を通らないと外に出られない」

「そうでしたね。ただ、その時間帯のアリバイを云々しても無意味です。犯行は七時半から八時の間に行われたんですから」

エチカが、自分のアリバイすらもばっさりと切り捨てた。

「手厳しいね」平木さんは顎を撫でながら、「しかし裏門の鍵が壊されていたんだろう？　私が今朝見たとき、錠前はちゃんとかかっていた。犯人がそれを壊したのは今日の昼以降だ。なら、部外者がそこから侵入したってことじゃないのかい」

「あるいは、そう見せかけようとしたか」

冷淡なエチカに、園部が食い下がる。

「でも、外部犯の線だって消えてないじゃない。絶対に犯人があすなろ館の内部にいるとは言い切れないでしょ。林の中を抜ければ、グラウンドとか、校舎の側とかに出られるんだから。だから、きっと……」

「残念だが、その可能性はなくなったよ」

響き渡ったその声に、全員が一斉に顔を振り向けた。戸口に郷田刑事が立っていた。

「いま、二十名以上の捜査員が学院内の捜査を行っている。先ほど、あすなろ館と校舎の間の遊歩道の調査が終わった。とくに林の中、雨でぬかるんだ地面に、足跡がついていないかどうかが入念に調べられたが……」

彼は、容赦なく託宣《たくせん》を下した。

「遊歩道の外に、不審な足跡はひとつもなかった。犯人が逃げこめた場所は、このあすなろ館をおいて他にはないようだ」

さらに――と、郷田刑事は言葉を付け足す。

「この建物の全部屋の捜索が完了したよ。空き部屋や風呂やトイレ、二階にある非常口の外階段も含めてだ。結果、館内に不審人物は存在していないということが判明した」

言い換えれば、こういうことになる。

あすなろ館に逃げこんだ犯人は、この部屋の中にいる。

8

部屋が恐ろしい沈黙に支配された。最初に口を開いたのは、有岡さんだった。

「納得できませんね。裏門の鍵が壊されていたんでしょう？　俺たちの中に犯人がいるのなら、そんなことをする意味がない」

「残念ながら、あるんだよ。外部犯の仕業に見せかけようとする――という意味がね」

　そう言ってから、郷田刑事は苦々しい表情でエチカを見やる。

「まったく、君はどうして現場の状況について話してしまったのかな」

「すみません。でも、隠しておいてもいいことはないでしょう。この後、全員から事情を聴かなくてはいけないんですから」

「まあ、そうなるな。えー、鷹宮くんが言ったように、今からひとりずつ、事情聴取をさせてもらうよ。とくに、七時半以降の行動について、詳しく聴かせてほしい。申し訳ないが、その時間帯のできごとについて、これ以降の話し合いは禁止とさせてもらおう」

　郷田刑事の合図で、制服警官が室内に入ってきた。彼は、郷田刑事の指示を受けて頷く。要するに、オレらが口裏を合わせないように見張るということか。

「では、最初に……兎川くん、君からお願いしよう」

　オレは導かれるまま食堂を出た。どこが尋問部屋になるのかと思ったら、一階の空き部屋だった。室内には室刑事がいて、置かれたままになっていた机の前に座り、メモを取る構えをしている。

　事情聴取は、とてもスムーズに運んだ。オレは夕食以降のすべての行動を洗いざらい話した。郷田刑事は聞き終えると、「なるほど」と頷く。

「今の話を聞く限り、君のアリバイは完璧と捉えてよさそうだね。問題の三十分間の大半、倉林さんという子と一緒にいたのだから」

手放しには喜べなかった。こんなふうにして、あすなろ館の仲間たち全員がまな板の上に載せられるというのか。気が滅入る。

「では、他のことを聞こう。湖城龍一郎くんを殺害する動機を持っていた人間に、心当たりはないかね？」

「……ないっすけど。でも」

オレは、郷田刑事の目をじっと覗きこみながら、探りを入れてみる。

「刑事さんも園部から聞いたでしょう。湖城のいじめの話を」

「もちろん、その件も徹底的に調べるさ。こんな形で容疑者が死亡してしまったのは、痛恨の極みだがね。しかし兎川くん、あの件と今回の事件、どう関係があるというんだね？」

「関係……はわかりませんけど。なんとなく、関係ある気がしませんか」

郷田刑事は、難しい表情になった。

「まだ、なんとも言えんね」

それからいくつかの細かい質問が続いた。不審な行動を取っていた者はいないか？　現場にあったもので、なにかいじっていないか？　他に気づいた点はないか？

オレはすべてにノーと答えて、解放された。

食堂での待機時間は、地獄のように長く感じられた。みな、ずっと押し黙っていた。

オレの次にエチカが召喚されて、その次が沙奈ちゃん、それから棗。事件発生時に、重要な役割を果たした順に呼ばれているのがわかる。沙奈ちゃんは、事情聴取が終わると帰宅した。

次に平木さんが呼び出されて、あとは学年が上の者から呼ばれた。なぜか園部の後にエチカと棗が再度呼ばれるという不思議なこともあったが、それを除くと聴取は滞《とどこお》りなく進行した。最後に呼び出されたのは五月女だった。

すべてがつつがなく進行した。不穏なできごとといえば、途中でちーちゃんの足を調べに来た鑑識課員に対し、エチカが「いじめたらただではおかない」というような視線を向けていたことくらいだ。

最後に呼び出された五月女が戻ってきたとき、後ろには郷田刑事もいた。

エチカが促した。郷田刑事は、ちらりと彼を見てから告げた。

「……それで、結果は？」

「あすなろ館の住人でアリバイが成立したのは、兎川くんただひとりだったよ」

希望とも絶望ともつかない、複雑な思いが心を覆った。

オレは他の面々の顔を、ゆっくりと見ていく。

有岡さんは組み合わせた両手を額に当てて、重たいため息をついた。志儀先輩は眼鏡のブリッジを押し上げて、おどけるような表情を作ろうとしている。棗は苛立ったように眉間を掻く。園部はおどおどと身体を小さくしている。五月女はどこか傷ついたように目を伏せていて、瞬はそんな彼の肩を励ますように叩いていた。平木さんは、無言で全員の空になったカップを回収している。そしてエチカは、目を閉じて腕を組んでいた。

この八人の中に、犯人がいるのだ。

湖城龍一郎を殺した犯人が。


まもなく刑事たちはあすなろ館から引き上げたが、制服警官が一階と二階の廊下にひとりずつ残ることになった。ここの住人たちが「最重要容疑者」なのだから、見張りということだろう。

入浴を済ませていたのは有岡さんと志儀先輩だけだった。時間も遅かったので、オレたちは学年を気にせず一緒に入ることになった。と言っても、棗と園部は「翌朝シャワーを浴びる」と言ってパスしたのだが。

オレとエチカと、一年生のふたりとで風呂をもらうことになる。

「ヒナ先輩と一緒に風呂入るのって、中学の合宿のとき以来っすね」

瞬が全身泡だらけになりながら、話しかけてきた。

「そうだっけ？　でもべつに感慨深いことでもねーだろ。毎日道着に着替えるとき、おまえの裸なんか見飽きてるわ」

「きゃー、ヒナ先輩のエッチ！　セクハラだー」

「うるせえ」

オレはシャワーを瞬に向けて発射した。瞬がかわしやがったので、その向こうにいたエチカにぶっかかる。

「……元気そうでなによりだな」

ぽたぽたと髪から雫《しずく》を垂らしながら、エチカはこちらを睨みつけてきた。

「す、すまん」

四人で湯に浸かってから、瞬はしんみりした口調で切り出した。

「……なんか、ふざけちゃってすみません。ただ、現実感ないんすよ、ほんと。だっておれ、その……見てないし」

「死体？」と確かめると、瞬は頷いた。

「うっす。だから全部、劇かなんか見てるみたいで、マジのことだと思えない」

「残念ながら、『マジのこと』だ。おれもヒナも死体ははっきり見た」

「でも、寮の誰かが犯人だとしたら、バカすぎません？」

瞬は足の先を湯の中で動かしながら、そんなことを言う。

「だって、こんな狭い寮ですよ。こっそり外に出ようとしても、玄関から外に出たらバリバリばれそうですけど。誰かと鉢合わせするかもだし。現にヒナ先輩外にいたんでしょ」

「いや、瞬。この建物の出口はひとつじゃねーだろ。一階の廊下の奥には勝手口、二階だと、その勝手口の真上に非常口がある。要するに、出入り口は三か所あるんだ」

「んー、でも、勝手口とかからこっそり出入りしても、ヒナ先輩とかなっちゃん先輩の彼女さんが裏にいたんなら見つかりません?」

「ああ、おまえはここに来て日が浅いから知らねーんだな。裏門は建物の北側で、非常口は西側なんだ。つまり、裏門からは死角になる」

言いながら憂鬱になる。オレの言葉は、この寮に住む仲間が犯人という忌まわしい仮定を補強するものなのだから。

「……あの、考えたんですけど」

五月女が、白い肌にぱしゃぱしゃと湯を送りながら切り出した。

「外部犯の可能性って、本当にないんでしょうか。足跡がなかったってことですけど、犯人が木登りして逃げたとか、考えられませんか」

「おお、それありうる。木と木を伝って逃げたんだ。ユイ天才じゃん」

そんなターザンみたいな殺人犯ありかよ、と突っこみたくなったが、言わずにおく。あすなろ館に犯人がいると考えるよりも、そっちのほうがよほどありがたい真相だ。

オレは暗い気分を振り払うべく、お湯でばしゃばしゃと顔を洗ってから切り出す。

「ていうか! おまえら三人はなんでアリバイ成立しなかったんだよ? とくにエチカと五月女。ふたりとも、食堂で一緒に勉強するって言ってたじゃんか」

オレが指さしたふたりは、ちらりと目を見交わす。エチカが先に口を開いた。

「五月女に勉強を教えるのは、十分くらいで終わった。だから、そうだな。七時四十分になるかならないかのときに、おれたちは食堂を出た」

「十分だけで終わったのかよ」

「すぐにわかっちゃったんです」と、五月女。「鷹宮先輩の教えかたがすごく上手くて」

「べつに、教えかたの問題じゃないだろう。呑みこみがよかったんだ。……ともあれ、五月女の疑問が解消したから、おれはすぐ二階に上がった。いつもの時間にはまだ早かったが、へっくんの餌やりとマット交換をしておこうと思ったんだ」

「そこで園部と会ったりはしなかったのかよ」

「園部は『部室』にいなかった。おれはそこで飼育日誌をつけたり、餌をやったりしてから外に出た。おまえと会ったのが、八時になる三、四分前くらいだったな」

「その間のアリバイはなし、と」

「へっくんが証人だ。人ではないが」

真顔で言うな。

「……あれ、そうなると五月女と瞬はなんでアリバイ成立してねーわけ？　五月女、エチカに数学教わったあと、部屋に戻らなかったのか？」

「二階の空き部屋で、サックスの練習していたんです。音が出ちゃうと迷惑だと思って、運指だけですけど」

四つある二階の空き部屋は、生物部の出張部室にもなっているように、わりと自由に使っていいことになっている。去年は、志儀先輩がよく劇の練習をしていた。

いずれにせよ、五月女は七時四十分からの二十分間、空き部屋にひとりきりだったということになる。おまえは？　と瞬に目配せする。

「おれっすか？　ずっと部屋にいましたよ。だからまあ、アリバイなしっすね」

「細けえことだけど、五月女が楽器取りに部屋に戻ったときに会わなかったのか」

「ぼく、夕食の前にも同じようにして空き部屋で練習していたんです。だから、サックスはそこに置いたままになってて……」

「もう、ユイは水臭いな！　おれのことなんか気にしないで部屋で練習してくれてよかったのに。そうすれば一緒にアリバイ成立したのにさー！」

瞬は濡れた頭を、五月女の肩にぐりぐりと押しつけた。吹奏楽少年は、くすぐったそうな笑顔になる。まるであんな事件などなかったかのような微笑ましい光景だ。

……こいつらが、人を殺したりするか？　ありえないだろう。

オレが胸をざわつかせている横で、エチカはざばりと湯から上がった。

「いずれにせよ、警察の捜査を待つしかないだろう。五月女の推理の可否も、明朝にはわかるはずだ。木と木を伝って逃げたとしたら、それなりの痕跡が残るだろうからな」

まもなく、オレたち四人は風呂を出た。

二階の部屋に戻ると、オレはすぐにエチカを誘って、歯磨きをしにいった。二階の洗面所が薄暗いのはいつものことだが、今日はその暗さが、オレをひどく落ち着かない気分にさせる。

部屋に戻る途中で、棗と遭遇した。枕とタオルケットを小脇に抱えている。

「棗、なにしてんだよ」

オレが問うと、彼は苛立ったように眉根を寄せた。

「見ればわかるでしょ？　空き部屋に移るんだよ。寮長の許可はいらないよね、非常事態だし」

「だからなんで？」

「決まってるじゃん。殺人犯かもしれない人間と同じ部屋で寝られないからだよ」

絶句してしまった。心臓が急速冷凍させられたみたいな気分だった。

軽く鼻を鳴らして背を向けた棗の肩を、慌てて摑む。

「待てよ棗！　おまえ、自分がなに言ってるかわかってんのか？　園部が湖城を殺したってのかよ」

「『かもしれない』って話。べつに、あいつだけ疑ってるわけじゃないから。でも、可能性は平等にあるでしょ。せっかく廊下に見張りの人がいるんだから、別々の部屋で寝たほうが安全に決まってる」

廊下の奥で「休め」の姿勢をしている制服警官は、オレたちの口論を止めるべきか迷っている様子で、こちらを窺っている。オレは心持ち声を低めた。

「仲間のこと、信じられねーのかよ」

「信じるもなにも、この寮に犯人がいることは足跡の件で証明されたじゃん。綺麗ごとは聞きたくない。それもアリバイあるやつからさ」

オレは返す言葉もなく、空き部屋に引っこむ棗を見送ることしかできなかった。

園部がどうしているか気になって、オレはエチカを引っ張るようにして、棗・園部ルームに向かった。ノックをすると、引きずるような足音がしてから、園部が出てくる。部屋の中は真っ暗で、彼が早くも床についていたのだとわかった。

「どうしたの、ふたりとも」

「いや。今そこで棗と会ってさ。おまえがその、気にしてないならいいんだけど」

「ああ……。大丈夫、合意の上だから」

「でもよ」

「僕もひとりで寝るほうが安心できるし」

園部は口早に言って、オレの言葉を遮った。

「もういいかな、兎川くん。すごく疲れてて、もう寝たいんだ」

そして扉が閉ざされた。

9

エチカはすぐには部屋に戻らず、へっくんの様子を見にいった。

オレはベッドの下段に座って待った。戻ってきたエチカは、そんなオレをじっと見た。

「……そこはおれのベッドだが」

ぽんぽん、とマットレスを叩くと、おとなしくオレの横に腰かけた。

「なあエチカ。どうして……どうして、湖城は殺されなきゃいけなかったんだろうな」

湖城が糸を引いていたであろう悪行を、ここ数日でいくつも耳にし、目の当たりにもした。けれど、それで殺していいということにはならないだろう。

「おれに訊かれてもわからないな。おまえは、おれが湖城を殺したと思っているのか？」

「は!?　バカ言ってんじゃねーよ！　そういう意味じゃねーって」

考えてもみないことだった。本気で面食らう。顔に出ていたようで、エチカは「そんなに驚くことか」と、冷めた目を向けてきた。

「いや、だって……なんでおまえが湖城を殺すんだよ」

「おれには動機があったからな。ここ数日、湖城から嫌がらせをされていた」

「おまえは殺してねーだろ」

「どうしてわかる」

やおらエチカが、オレのほうへと身体を近寄せてきた。マットレスがかすかに軋《きし》む。髪の毛で隠れがちの瞳が、まっすぐにこちらを射ている。

「どうして、ったって……。えーと、なんか、雰囲気？　ほら、おまえってなにされてもあんまり動じない性格っていうか、殺人なんて手段に訴えるように見えないっていうか」

湖城（彼の手先？）から数々の嫌がらせを受けても、こいつは冷静だった。そのエチカが、今さらあの男を殺そうとするだろうか。

「……人の心の中のことはわからないだろ」

エチカは無表情で、ただ、瞳だけが強く存在感を放っていた。最初に会ったときと同じだ。まっすぐこちらを見据えている、揺らがない瞳。

「じゃあ、訊くけど」

緊張を悟られぬように音を殺して呼吸してから、そっと尋ねる。

「おまえ、殺したのかよ。湖城のこと」

しばしの沈黙。それから唇が動く。

「殺していない」

「じゃあ、つまらねーこと言ってんじゃねーよ」

オレはエチカの身体を押し返した。ベッドからひょいと飛び下りて、エチカと相対する。

「おまえは殺してない。オレはそれを信じる。これでオッケー、終了。電気消すか」

だが、エチカはオレに応えずに枕を小脇に抱える。

「なにしてんだ」

「……おれは別の部屋で寝たほうが、おまえも安心できるだろう」

「あのなあ、今の話の流れガン無視してんじゃねーよ！　オレとここで寝ろ」

床をびしりと指さすと、エチカは短く吐息を漏らして布団に潜りこんだ。

オレも電気を消すと、さっさとハシゴを上って自分の布団に入った。だが、目が冴えて眠れそうにもない。オレンジ色の常夜灯が、妙に眩しく感じられた。

「……エチカ、寝たか?」

「まだ一分も経ってないのに、寝られるわけないだろう」

寝てない、だけ言えよな。

「さっきの話の続き。湖城はなんで殺されなきゃならなかったんだろう」

「さあな」

しばしの間。部屋の外で、さわさわと葉擦れの音がする。

「ただ……」

エチカがためらうように、言葉を紡ぎはじめた。

「さっきからおれの頭をちらついて離れないのは……昨日の放課後のことだ。屋上で園部からいじめ事件の話を聞いていたときに、何者かがおれたちの話を盗み聞きしていた」

あっ——と、声が出そうになった。

「犯人は、あれを聞いてたのか?　だから、それで……それで?」

どうなるのだろう。

「単なる仮説のひとつだ。根拠はなにもない。ただ確実なのは、あのとき少なくともひとりの人間が湖城龍一郎の罪を知り、しかもそのことを誰にも話さずにいるということだ。浅香希をいじめて、死に追いやったという罪を」

「……え?　待てよ、じゃあ、犯人の動機は浅香先輩の復讐?」

「さあな。仮説のひとつだと言っただろう。そもそも、あのとき立ち聞きしていた誰かが、あすなろ館の住人だという保証もない」

あすなろ館に住む誰かが犯人だ、と言ったに等しい。エチカはターザン説などまったく信じていないのだ。

「復讐っつっても……、誰が？　そりゃオレも浅香先輩には世話になってたけど、湖城を殺したいとまでは思わなかったぞ。有岡さんや志儀先輩は同学年だから、まあオレよりは親しくしてたけど、でも、なんつーか……めっちゃ親友ってふうでもなかったし」

浅香先輩に、もしもそこまで心を許せる人がいたら……。そんなことを考えて、つらくなる。オレたちは同じ寮に住みながら、彼の心を救うことができなかったのだ。

「だから、仮説のひとつだと言っただろう。動機なんて、心の中のことだ。推理しようとしても、不毛なだけだ」

「じゃあ、なにか他に考えはねーのかよ」

エチカはけっこう勘働きがいい。初日にオレの部活を当てたことしかり、湖城の五百円玉を見つけたことしかり、だ。

「……考えなんて上等なものはない。ただ、気になることがひとつだけある。『アイネ・クライネ・ナハトムジーク』だ」

「ああ！　それならたぶん……」

オレは、部活のときに有岡さんから聞いた話を繰り返した。

現場であの音を聞いたとき、すぐには結びつかなかった。しかし思うにあのアラームは、湖城による「タイムマネジメント術」の一環だったのではないか。

「……なるほど、そういうことか」

ベッドの下段から、納得したような呟きが聞こえた。

「なにが『なるほど』なんだよ」

「人との会合の際にアラームをかけるのが湖城の習慣なら——彼はあの東屋で、誰かと話し合いをしていたことになるだろう。しかも、わざわざあの東屋で会ったということは……」

「その待ち合わせ相手は……あすなろ館の住人のひとりである可能性が高いってことか」

胸がぎしりと軋んだ。しばらく黙ってから、エチカはあらたまった声で続けた。

「……ここまで言っても、おれと同じ部屋で寝るのは怖くないのか」

「びびってたまるか。仮に寝込みを襲われても返り討ちにしてやるわ」

話しているうちに、緊張がほぐれてきた。もう少しで上手く眠れそうだが、一度気になりだすと常夜灯の眩しさが我慢できなくなっていた。

「なあ、エチカ」

「なんだ」

「真っ暗に、していいか」

「……好きにしろ」

常夜灯も消すと、部屋には完全な闇が訪れた。衣擦れの音や呼吸の音が、さっきまでよりもはっきりと意識に届いた。ああ、そういえば「おやすみ」って言わなかった、と遅れて気づく。

エチカの気配に耳を傾けているうちに、自然と深い呼吸ができるようになってきた。疲労が押し寄せて、身体がどろりと重たくなる。

気がつけば、オレの意識は、昨日の放課後見た人影のことに向かっていた。

オレたちのそばで息を殺して、園部の話を聞いていた人影……。

扉の向こうの暗がりに見えたその姿を、懸命に思い起こそうとする。だが、影の輪郭《りんかく》はいっこうに鮮明にはならなかった。

記憶の中の薄闇に目を凝らすうち、オレの意識はゆるやかに遠のいていった。

第四章 それぞれの物語

1

「ヒナ」

呼びかける声で、目が覚めた。

目を開けると、エチカの顔がそこにあった。床に立ったまま、ベッドの中のオレを覗きこんでいるのだ。

「六時半だ」

数秒遅れで、エチカの言葉を理解した。

「うわあああ！」

叫びながら飛び起きると、とんと額を押されてまた枕に頭が沈んだ。

「落ち着け。さっき、ちーちゃんの様子を見に下りたが、まだ食堂には有岡先輩しかきていなかったし、朝食も始まっていない」

え、なんで――と考えて、前夜のできごとを思い出した。

湖城龍一郎の死。今朝は、それから一夜明けた特殊な朝なのだ。

「な……なら六時半とかわざわざ言うなよ」

「起きるかなと思った」

策士め。オレは苦々しく思いながら身を起こし、ベッドを飛び下りる。

「それにしてもおめーでけえな。ベッドの上の段余裕で覗けるとか」

エチカの前に立ちながら、しみじみと言った。

「身長何センチ」

「先週の身体測定だと、百八十五だったな」

オレとは八と五が逆だ。まったく憎たらしい男である。

「……まあいいや。下りようぜ」

オレたちは部屋を出て、一階へと向かった。階段の前に立っていた制服警官に「おはようございます」と言うと、敬礼が返ってきた。夜通し見張りをしてくれていたのだろうか。ありがたいことだ。

一階にいた警官にも挨拶してから食堂に入ると、エチカの言葉どおり朝食は始まっていなかった。席についていたのは、有岡さんだけだ。あと、隅っこの段ボールでちーちゃんが寝ていた。

「おう、おはよう、雛太」

「おはようございます！」

「……元気だな。いや、いいことだけどよ」

そう言う有岡さんは元気がなかった。目の下にかすかに隈《くま》があって、眠れなかったのだな、と心配になる。

「まだみんな起きてきてないんですね」

「ああ……。今日ばかりは仕方ないな。あんなことがあったんだ。みんな寝つけなかっただろうし、目覚めても布団から出たくないわな。俺だって眠れたのは三時過ぎだ」

わりとすぐに入眠できたオレは、なんとなく後ろめたくなる。

そのとき、厨房のほうから平木さんが出てきた。

「おはよう、若人たち。先にコーヒーだけでも飲むか」

彼はいつもと変わらないように見えた。と言っても、常にポーカーフェイスだから、今日も胸のうちはわからないのだが。

オレたちがコーヒーを啜っていると、少しずつ他のメンバーも集まってきた。

いつもだらしない志儀先輩は、今日はいちだんと寝ぐせがひどかった。何度も寝返りを打ったせいだろう。棗はひどく不機嫌そうな顔で、おはようも言わずにスマホをずっと見ている。意外だったのはぐったりした様子の瞬を五月女が気づかわしげに支えていたことだ。華奢に見えるこの少年、内面はけっこう気丈なのかもしれない。

「……あれ、園部は？」

オレが呟くと、棗が苛立ったように顔を上げた。

「なに、俺に訊いてる？　別の部屋で寝たから知らないよ」

「ああ、そうだったな。まだ寝てんのかな」

志儀先輩がトーストにジャムを塗りながら、口を挟む。

「惨劇の一夜が明けた朝。これがミステリやったら、朝食に現れへん住人は部屋で第二の死体になっとるところやな」

「志儀!!」

これまでに聞いたことのないような怒声を上げて、有岡さんがテーブルを叩いた。不謹慎な発言をした当の本人は、ぽろりと掌からトーストを落とす。

「……すまん。どうかしとった。言い訳をすると、一睡もできてへんのや」

「いや……俺も短気すぎた」

みんなピリピリしている。当たり前か。なぜなら昨日、郷田刑事に言われてしまったのだから。犯人はこのあすなろ館に逃げこんだ——と。

「えっと、オレ、園部呼んできます！」

いたたまれなくなって、オレは脱兎のごとく食堂を飛び出した。

第二の死体になっているなよ、とわりと本気で祈りながら階段を上がりきったとき、当人と出くわした。

「わっと、びびった。おはよ、園部」

「……おはよう」

「呼びに来たんだ、行こうぜ。朝飯」

園部はぼそりと礼を呟いて、オレと並んで階段を下りはじめる。

「あの、さ……。兎川くん、昨日はごめん」

「え、昨日って？　なんのことだよ」

「寝る前に、ちょっと僕、つっけんどんでさ」

ああ、あのときか。別にそんなに気にしていなかった。

そう伝えると、園部はちょっと口ごもってから、ためらいがちに言う。

「鷹宮くんとは、一緒に寝たの」

「語弊がある気がしなくもねーけど、同じ部屋で寝たぞ。それがどうしたよ」

「……いや。兎川くんは、勇気があるんだね」

ちょうど階段を下りきったタイミングだったので、オレはぴたりと足を止めた。

「どういう意味だよ園部。おまえ、まさかエチカが湖城を殺したとでも考えてんのか？」

「そ、そういうわけじゃないけど……でも、僕ら八人の中にいるんでしょ、犯人は。その中で動機があるのは、僕と鷹宮くんだけじゃないか」

動機――湖城を殺害する動機のことか？

言われてみれば、エチカだけではなく園部も、湖城からは仕打ちを受けていた。ひょっとしたら、階段から突き落とした実行犯が湖城かもしれないのだから。

「ええと、おまえは殺してねーんだよな？」

「あ、あ、当たり前じゃない！　でも……鷹宮くんのこと、まだよくわかんないし。

転入してきたばかりだし」

　食堂のほうをちらちらと見ながら、声をひそめている。どうやら、こいつは本気でエチカのことを疑っているらしい。なんだか腹が立ってきた。

「見損なったぞ、園部！　おまえが突き落とされた事件のために、エチカがいろいろ動いたの忘れたのかよ」

「ぼ、僕だって感謝してるよ。それに生物部に入ってくれた仲間だから、信じたいよ。でも、じゃあ、他に誰が湖城を殺さなきゃいけないの。僕は、自分自身が無実だってことを知っているから……」

「それでも！」

　オレがやるせなくなって詰め寄っていると、背後で玄関の戸ががらりと開いた。

　肩越しに振り向くと、見知らぬ女性がそこに立っていた。

「喧嘩ですか？」

　おっとりした声で、彼女は問うた。

2

　背の高い人だった。悔しいがオレよりも背が高い。

　年の頃は、三十代半ばといったところか。濃紺のパンツスーツの上にグレーのスプリングコートを着ている。肩甲骨のあたりまで伸びた髪はひとつに束ねられていて、背後から吹きこむ春風に揺られている。化粧はほとんどしておらず、力強い眉毛が印象的だ。

口もとに微笑を浮かべているが、一重瞼《ひとえまぶた》の鋭い目は油断なくオレたちを見据えている。

「喧嘩じゃないです」

オレはワンテンポ遅れて応答して、園部から身を引いた。

謎の女性は微笑みながら玄関に入ってきて、平たい靴をぞんざいに脱いだ。

「それはなにより。では、上がらせていただきますね」

「え、どなたですか?」

「埼玉県警刑事部の、千々石《ちぢわ》という者です」

のんびりした口調に似合わぬ素早さで、懐から警察手帳が出てくる。千々石といえば天正遣欧《てんしょうけんおう》使節の千々石ミゲルだが、彼女のファーストネームはミゲルではなく「菫子《すみれこ》」と記されていた。

彼女が廊下の奥へ歩き出したとき、開けっ放しだった玄関の戸から郷田刑事が駆けこんできた。

「千々石さん、困るな。勝手に行かないでくださいよ」

「ああ、失礼しました、郷田警部補。つい先走るのが私の悪い癖なんです」

彼女は穏やかに詫びると、ふたたび食堂のほうへと歩き出す。頭を掻きながら弱り顔で玄関に入ってくる郷田刑事に、オレは声をかける。

「おはようございます。埼玉県警の人も来たんですか？」

「ああ、おはよう、兎川くん。……そうなんだよ。事件の凶悪性に鑑みて、本部に来てもらうことになってね」

郷田刑事は肩をすくめて、千々石という刑事の後ろ姿を見やる。

「千々石さんは、あの若さで警部になった大変優秀な人なんだがね。独断専行で強引なところがあるともっぱらの噂だよ……。いや、そんなことを話しても仕方ないな。ふたりとも食堂へ行こう。少々話があるんだ」

郷田刑事とともに、オレと園部も食堂に向かった。千々石警部が全員の前で名乗る中、オレたちは着席する。平木さんも、隅のパイプ椅子に背を丸めて腰かけていた。

「刑事さん、ちょうどよかった！　いま、こっちのユイがすごい名推理をみんなに話していたところなんすよ」

瞬がルームメイトを華々しく宣伝した。当の五月女は、くすぐったそうな顔になる。

「推理ですか」千々石警部が目を細める。「拝聴します」

五月女が語ったのは、昨日風呂で話していたターザン説だった。彼がこれを披露したのは、あすなろ館以外の人間が犯人だという可能性を示して場の空気を緩和するためだったのだろう。

聞き終えた千々石警部は、片目をつぶって思案げなポーズを作る。

「ふむ、よく考えましたね。木から木に移動することで、足跡を残さず逃走した――と。理屈のうえではありえそうですが、残念ながらこの事件には当てはまらないようです」

「なんでっすか？」瞬は不満げだ。

「郷田刑事、説明してあげてください」

千々石警部からボールを投げられて、郷田刑事は渋い顔で手帳を開いた。

「夜通し行われた現場検証の結果、犯人が木々を伝って逃走した痕跡はまったく認められなかった。地面同様に木々も湿っていたから、よじ登れば痕跡が残る。それがなかったのだよ」

さらに、と彼は続ける。

「物理的にも脱出は相当困難なようだね。まずこの建物から見て左側の林からは、脱出が不可能。左側の林を抜けても、先は鉄柵。そこを乗り越えようとした瞬間にセンサーが作動して、警備会社が飛んでくる」

郷田刑事の話が途切れたとき、有岡さんが挙手して、

「あすなろ館から見て右の林はどうでしょうか。あそこを抜けると、テニスコートとかラグビー場が並んでいて、とにかく広い土地ですよ」

「そこがまさしく『物理的に』困難なところでね。その広い土地までは、林を直線距離で五十メートル通過しなければならない。しかし、遊歩道から遠ざかるほどに、木々の間隔は大きくなる。とても飛び移れる距離じゃあない」

「飛び移るんじゃなく、ロープを使えばできたんじゃないすか」

と食い下がる瞬に、郷田刑事は眉間の皺を深くして首を横に振る。

「それこそ、痕跡が残るのだよ。ロープが擦れた跡がね――そんなものはなかった」

つまり、林を通り抜けての脱出は不可能だったということだ。

犯人は間違いなく、この部屋の中にいる。

「これから君たちにはふたたび事情聴取をするが、その前に、まずは捜査の進捗について話しておきたい。こういうことはあまり例がないのだが……」

郷田刑事が許可を求めるように、椅子に座っている千々石警部を見下ろした。彼女は「ご随意に」とでも言うように、ひらりと手を振った。

「高校の敷地内で事件が起きたことや、さらに容疑者が、あー、非常に限定されているという事態に鑑みて、君たちにも状況を多少は知っておく権利があると思う。とりあえず、聞いてもらおう。あまり愉快でない話も出るが、気分が悪くなったら耳を塞いでくれて構わない」

彼は誠実に言い添えて、手帳のページをめくる。

「湖城龍一郎くんの死亡推定時刻は、残念ながら司法解剖でも縮まりはしなかった。要するに、七時半から八時の間、という当初の見立てを覆すことはできなかった。また、彼がなぜあの東屋にいたかはわかっていない。寮の新館に住む彼の同級生の何人かにはすでに事情聴取を行ったが、彼は昨日の夕食にも現れなかったそうだ。新館では個室に風呂とトイレがあって入浴時間も決まっていないということだから、湖城くんを見かけなくても誰も気づくことはできなかったということだね」

「あ！　そうっすよ」

瞬が飛び上がって発言した。郷田刑事は心持ち眉を上げる。

「なにか思い当たることが？」

「ほら、有岡部長とヒナ先輩も一緒だったじゃないっすか。昨日……」

瞬は、休憩室で湖城がスマホを見ながら座っていたことを話した。そういえば、オレが湖城を見たのはあれが最後だ。

「ほう。……なるほど、休憩室にね。もしかしたら湖城くんは昨夕、ひとりで本校舎に留まり、なにかを待っていたのかもしれないな」

「東屋で誰かと待ち合わせていたんでしょうねえ」

千々石警部がうっすらと笑いながら言い添えた。この言葉で、室内には緊張が走る。

「えー、続けようか。湖城くんの死因は、腹部を刺されたことによる失血死。返り血はレインコートで防がれていて、ゴム手袋と、凶器のナイフとともに水道に突っこまれていたよ。コートは返り血を浴びた外側と、犯人の衣服に触れていたであろう内側がひっくり返された状態で、水洗いされていた」

つまり、自分の肌や服と触れた部分を洗い、痕跡を消したということか。狡猾な。

「ここからは、もしかしたら君たちにとっては朗報となるかもしれん」

郷田刑事の言葉に、全員が軽く身を乗り出した。

「君たちにとっては、ひとつ屋根の下に住む朋友《ほうゆう》を疑わねばならない不愉快な状況だね。そこで、その反証となるかもしれない事実をひとつだけ伝えよう。いま話題になったばかりの、レインコートのことだ」

「そのコートに、犯人の指紋でもついてたと？」

志儀先輩が冗談めかして尋ねた。

「はい、そうです」と言ったのは、千々石警部だった。「指紋がついていたんです」

この言葉には驚かされた。志儀先輩自身も目を丸くしている。

郷田刑事は、楽しげな表情の千々石警部を呆れたように見てから、咳払いをして続ける。

「あー、いま千々石警部が言ったとおりだ。手袋とナイフは、泥水で汚染されたため指紋は取れなかったが、コートは表面積もあるから、すべてが水に浸かっていたわけではない」

彼は手帳にちらりと目を落として、

「右手の第一指と第二指、それからわずかに右手の掌紋《しょうもん》が付着していた。犯人は、コートの外側はあまり入念に洗わなかったのかもしれん。返り血のついた側を洗って血が服に飛び跳ねたら、本末転倒だからね。しかしそのために、外側に指紋が残留したものと思われる。さて、君たちの指紋は昨夜、全員ぶん採取したが――」

郷田刑事は話しながら、自らも困惑したような表情だった。

「コートについていたのは、この寮に住む誰のものとも一致しない指紋だった」

混乱した。たぶん喜ぶべき事実なのだろうが、その意味するところが完全にはわからない。

「もしかして、刑事さんがうっかり触っちゃったとか」

瞬の言葉に、郷田刑事がむっとしたように反論する。

「念のため、最初に臨場した私と室くんも指紋を採ったよ。だが言うまでもなく、我々の指紋とは一致しなかった。我々は最初から手袋をしていたのだから当然だが」

刑事さんのものではない。オレたちのものでもない。

その指紋はいったい、誰のものなのだろう……？

「エチカ、どういうことだと思う？」

オレが隣に座っていたエチカに意見を求めると、その口が開く前に、千々石警部が視線を向けてきた。

「エチカ――というと、君が鷹宮絵愛くんですね。遺体の第一発見者のひとりの」

そっけなく頷くエチカを、千々石警部はすっと目を細めて見た。

「なるほど……君が、ね」

なんとなく、胸がざわついた。

それから、オレたちは昨夜同様、ひとりずつ個室に呼ばれた。今日はオレではなくて、平木さんがトップバッターとなる。彼はものの三分で食堂に戻ってきて片付けを始めた。郷田刑事が、入れ違いに有岡さんを呼び出す。

「なにを訊かれたんすか？」

興味津々の瞬に、平木さんははぐらかすような笑みを返した。

「悪いが、内緒にしておいてくれと言われているんだ。不意打ちをしたいようだね」

有岡さんの次は志儀先輩、そして園部、棗の順で呼び出された。聴取が終わった者は、それぞれの部屋に帰されるようで、誰も戻ってこなかった。

呼び出しは不思議な順番だった。学年順かと思いきや、棗の次には瞬が、その次には五月女が呼ばれた。オレとエチカだけが残された格好だ。

オレは、五月女の次に呼び出された。

密室の中で、郷田刑事と千々石警部と二対一で向き合う。ふたりとも眼光が鋭いから、威圧的ではないのに緊張してしまう。

「不愉快なものだが」という前置きを郷田刑事からされたうえで、三枚の写真を見せられた。凶器のナイフと、ゴム手袋と、レインコートがそれぞれ写っている。なるほど、不意打ちでこれを見せて、反応を確かめたかったということか。

見覚えはないかと訊かれたが、残念ながらなかった。ナイフは茶色っぽい柄《え》でありふれたものに見えた。アウトドア用品の類だろうか。ゴム手袋は薄いピンクの、これもありふれた代物。レインコートは半透明の白色で、これまた特徴がない。すべてどこにでもありそうな品だが、あそこで見たあれ、と確言できるものはなかった。

オレの返事を聞いても、刑事たちはさほど失望した様子ではなかった。

「そうですか。不愉快な写真を見せてすみません。では、最後にひとつ質問を」

千々石警部が、ぴしりと人差し指を立てた。これが本題だったのだ、とオレは悟る。

「ルームメイトである君から見て、鷹宮絵愛というのはどのような人物ですか」

この質問には、肝が冷えた。まさか――。

「まさか、エチカのこと、疑ってるんですか」

「私たちは、アリバイのない八人全員のことを疑っています」

「なら、エチカのことだけ訊くのはおかしいですよね」

千々石警部は、苦笑して眉間を掻いた。

「強情な証人ですねえ。では、言いましょうか。たしかに私たちは、鷹宮絵愛は重要参考人のひとりだと――要するに、容疑は濃いと考えています」

「おい、千々石さん」

郷田刑事が鋭くたしなめる。県警の警部は映画俳優みたいに肩をすくめてみせた。

「いいじゃないですか、郷田警部補。もう、こうなった以上隠し立ては無意味です。だって、鷹宮絵愛のみが動機を有していることは明らかなのですから」

「もしかして、園部がチクったんですか」

先ほどの彼とのやり取りを思い出して、言った。これには郷田刑事が答える。

「園部くんを責めんでやってくれ。昨日の個別聴取のときは、彼に『動機を持つ人間に心当たりはないか』と尋ねても誰の名前も挙げなかった。だが、その質問をしたときだけ明らかに動揺していたから、気になっていてね。昨日は深く追及しなかったのだが、今朝になって事情が変わった」

どこまで話したものかと迷うように、郷田刑事は空咳をした。

「あー……寮の新館で、湖城くんの同級生何人かに事情を聴いたと言ったね？　そのとき、じつは鷹宮くんの名前を挙げた人間がいたのだよ。どうやら湖城くんはこの二、三日、彼に対する復讐心を周囲の人間にちらつかせていたようでね。その台詞を引用しようか」

——二年二組の転入生、鷹宮絵愛に気をつけろ。あいつはこの学院の癌《がん》だ。

——二年の鷹宮。あいつはとんだ問題児だよ。躾《しつけ》が必要らしいから、君たちもよろしく。

なんだそれ。聞いているだけで腹が立った。

「つまり湖城は……エチカをいじめるようにけしかけていたってことですか」

「政治家ふうに言えば『犬笛を吹く』といったところですねえ」

千々石警部の比喩に納得した。　生前のあいつの振る舞いは、まさに政治家だった。

「今の捜査の結果を受けて、我々は鷹宮くんを重要参考人だと見たのです。もしも本当に鷹宮くんが湖城くんからなにか不愉快なことをされていたのなら、それは動機になりうると。だから、ついさっき園部くんを揺さぶってみましてね。そうすると、彼は鷹宮くんが嫌がらせをされていた事実があったことを話してくれましたよ。その主犯は湖城だ、と鷹宮くんが考えていることもね」

あんにゃろう、と思いはしたが、園部を責めることはできない。彼は事実しか語っていないのだから。ならば、オレも事実を語ろう。

「たしかに、エチカがここ数日、嫌がらせ——というか、いじめを受けていたのは事実です。エチカ自身にはなんの落ち度もないことでした。園部の言うとおりで、エチカはその犯人は湖城だと考えています」

ふたりの刑事は無言で頷いた。

「それでもオレは、エチカは湖城を殺していないと思います」

「ほう」千々石警部の目が光る。「その根拠は」

「そんなやつじゃないからです」

「興味深い理屈ですね。ということは、この寮の中には殺人をやりかねない『そんなやつ』が他にいるということでしょうか」

「い……いません」

千々石警部は、子供を賺《すか》すような笑みを浮かべた。

「ですが、紛れもなく犯人はこの屋根の下にいる誰かなんです。となると、君にとっても鷹宮くんだけを特別扱いする理由はないのでは？　……まあ、これ以上は引き留めません。お疲れ様——ただし、この部屋で私たちからなにを訊かれたかは、他の誰にも漏らさないように。このまま部屋に引き取ってください」

3

部屋に戻っても落ち着かず、なにも手につかなかった。

時刻はすでに七時半を回っている。普段なら、もうクラスに向かっているところだ。今日の授業はどうなるんだろう、と呑気な考えが一瞬、頭をよぎった。

エチカはなかなか部屋に戻ってこなかった。そのことから、オレは警察が本気でエチカを疑っているのだと悟った。とくにあの千々石という警部は、完全にエチカをロックオンしていた。そもそも事情聴取がトリになったのだって、エチカが彼女にとってメインディッシュだから、ということなのではないか――。

ただ待つことに耐えかねて、オレは雑念を振り払うべく筋トレを始めた。

床に寝そべって二百回ほど腕立て伏せ。それに続いて、腹筋も二百回。

ちょうど二百回目が終わったときに、エチカが部屋に戻ってきた。

「エチカっ！　おまえ、平気だったか？」

「なにがだ」

平然とした顔で、しれっと言いやがる。

「なにがって。事情聴取、おまえだけずいぶん長かったじゃねーか。トリだったし。ひでえ尋問されたんじゃねーか」

「たいしたことはない。脅されたりはしなかった。もちろん疑われてはいるみたいだが」

「もちろんって、おまえな……」

あまりにも平然としたエチカの態度に呆れる。

「怖くねーのかよ、おまえ」

「やってもいない罪で逮捕されるとは思えない」

「わかんねーだろ。世の中には冤罪《えんざい》ってやつもあるんだから」

「過度に冤罪を恐れるな。それよりも、人を信じすぎることのほうがどうかと思う」

エチカは、ぷいとオレに背を向けて、椅子に腰かけた。なんとも腹立たしい気分でその背中を見つめた。

なんだよ、人が心配してやってるのに——。

オレが言葉を発しかけたとき、扉にノックの音がした。平木さんが顔を見せる。

「さっき管理人室に電話があってね。講堂で、臨時の全校集会が行われるそうだ。もちろん、湖城くんの件だろうね……。集合時間は八時だそうだ。とりあえず準備をしなさい」

まったく気は進まなかったが、オレたちは服を着替えた。

「よし、行くぞ！」

部屋を出がけに声をかけると、エチカはうるさそうに右耳を塞いだ。

「元気すぎる……」

「元気を出そうとしてんだよ」

他のみんなは、もう部屋を出たのだろうか。誰とも出会わないまま、オレたちは寮を出た。遊歩道まで歩み出したところで前方に園部を見つけたので、オレは「園部！」と声を投げてみる。彼はびくりと肩を震わせて足を止めた。

「と、兎川くん……」

「なーにびびってんだよ。後ろめたいことでもあんのか？」

「ヒナ、よせ。そんな脅すような真似は」

エチカはぽんとオレの肩に手を置いた。

「ご、ごめんね……。僕が余計なことを言ったせいで、なんか鷹宮くん、疑われちゃったんだよね」

「気にするな。おまえは事実を話しただけだろう」

本人がそう言うなら仕方ない。オレはもどかしく思いながらも、無言のままふたりと並んで歩いた。ほどなく例の東屋に行き当たる。

オレたちは、足早に現場の前を通り過ぎた。黄色い立ち入り禁止ロープが張られていて、制服警官がふたり立っていた。もちろん遺体はすでに搬出されていたが、乾いた血だまりの痕跡はくっきりと残っていて、思わず目を逸らした。わかってはいたけれど、こんな光景を目にすると、嫌でも思い知らされてしまう。昨夜の惨劇は、現実のものだったのだ。

本校舎に辿り着いて裏口の土間で靴を履き替えていると、廊下の奥から走ってくる人が見えた。オレたちの担任である財津だ。

「お、おまえら……。無事か。なにごともないか。いやあ、よかったよかった」

オレたち三人の顔を見比べて、うんうんと頷いた。

「湖城くんがあすなろ館のほうで亡くなったと聞いて、おまえらが巻きこまれていないかと心配していたんだよ。とくに園部は先日、あんなことがあったからな。いや本当に、無事でよかった」

ひねくれて考えれば、この発言もいつものことなかれ主義の一環だろう。でもオレはなんだか、この先生が本当にオレたちを心配してくれたのだと信じたかった。

「まあ、いろいろとクラスのやつらから質問されるかもしれないが、嫌なことは答えなくていいからな。もしも困るようだったら、先生に相談しなさい、うん。じゃあ、後で講堂でな。時間もないから、教室に寄らず直接向かうといい」

足早に去っていく財津の姿を、オレはすっかり困惑して見送った。

「なんか、さっきの財津先生、妙に優しかったな」

階段のところでオレがそう言うと、園部が答えた。

「財津先生、本当は悪い人じゃないんだ」

「そういうことか」

エチカが妙なことを呟いた。

「ん？　そういうことって、どういうことだよ」

「財津先生も、湖城龍一郎の影響下にあったということだ。金魚の事件、覚えているだろう。あのとき、彼がことを荒立てるのを嫌ったのも……犯人が、湖城かその仲間だと気づいていたからだろう」

なるほど。湖城を恐れたがゆえに、事件を表面化させようとするエチカに対してきつい態度を取っていたのか。今ではその恐怖の対象が、もういない。

「なんか、哀しいよな」

思わずひとりごちると、エチカは「なにが」と訊いてくる。

「権力振りかざして、人を恐れさせて従わせてさ。そんなふうにしか使えない力なら、オレは手放したいと思うけど。湖城は、そういうやりかたしかできなかったのかな」

「他のやりかたを知らなかっただけだろう」

エチカはそっけなく言って、階段を上るペースを速めた。

「ある意味、不幸なことだ。だからといって、他の誰かを不幸にしていいわけはないが」

講堂に入ると、あちこちでざわめきが起こっていた。なにしろ全寮制高校の校内で発生した殺人事件だ。冷静でいられる生徒のほうがおかしいだろう。ＳＮＳも過熱しているのか、集会時には出してはいけないことになっているスマホをみんな堂々と見ている。

オレとエチカと園部は、クラスメイトをはじめ周囲にいたやつらから質問攻めに遭った。死体は見たか？　容疑者は絞られているのか？　外部犯なのか？　湖城はなんで東屋なんかにいたのか？　無言を貫くエチカとうろたえるばかりの園部に代わって、オレがわかる範囲で答えていった。

「あー、あー、静かに。静かに。……静かにしろと言っている！」

生徒指導担当の大河原が、必死にマイクで呼びかけた。ハウリングの嫌な音が鳴る。呼びかけは続いたが、声が完全にやむまでに二分ほどかかった。

最初に校長が登壇し、湖城の死を公表――みんな知っていたが――した。お悔やみの言葉を述べ、本日の授業は中止になることを告げた。校長がハンカチで汗を拭きながら話し終えるころには、ふたたび生徒の間のひそひそ声がオーケストラ状態になっていた。

「えー、続いて、えー、埼玉県警の刑事さんより、えー、お話があるとのことです。えー全員、心して聞くように」

ステージの袖から、校長と入れ違いに千々石警部が現れた。またざわめきが起きる。

「みなさん、おはようございます」

高まったざわめきは、警部が口を開くと波が引くように消えた。彼女の口調には、人を惹きこむ独特の抑揚がある。

「ご存じの生徒が大半でしょう。なにしろ、すでに報道もされていますからねえ。今、校長先生からお話があった湖城龍一郎くんの死は、殺人事件です」

千々石警部はマイクを持って、ステージの端から端へとゆっくり歩いていく。

「ネットではいろいろな説が囁かれているようですが、それらはすっぱり無視してください。私が今から言う説明だけを、ちゃんと聞くように。……湖城くんは、何者かにナイフで刺されて亡くなりました。場所は、本校舎から寮の旧館に向かう途中にある東屋。といっても、知っている人は少ないでしょうか。敷地の北のはずれにあります」

再度沸き起こり出したざわめきを押しのけるように、彼女は声を強める。

「いろいろな不安はあると思います。犯人がまだこの近くをうろついているんじゃないかとか、学校関係者が犯人なんじゃないかとか。でも、安心してください。すでにこの学校の敷地内には、二十名の警官が配備されています。加えて、私服の刑事も事件の捜査に当たっている。所定の場所でおとなしくしてくれていれば、君たちの身の安全は保証されます。――ここからはお願いです」

ステージ中央に戻った彼女は、穏やかな口調から一転、バンと演台を叩いた。生徒たちはびくんと背筋を伸ばす。

「私がいま話したことを含めて、事件に関する内容をSNSに書くのは禁止します。できれば、今から数日間はログアウトしておくことをお勧めします。なぜか？　情報の一部が不正確な形で流出したら、部外者が間違った解釈をするかもしれないからです。さらに、それが拡散される恐れがある。デジタルネイティヴの君たちならわかりますね？　我々の捜査を妨げるような、そういう振る舞いは――絶対にやめてもらいたい」

千々石警部は、にこりと笑って生徒たちのほうへマイクを向けた。

「わかったら、返事」

男子たちの野太い「はい」という声が、講堂に響き渡った。

「よしよし。これで私からの話は終わりです。この後、諸君には教室に戻ってもらって、指紋の採取に協力していただきます。もちろん、指紋をはじめとした個人情報はこの事件の捜査にしか使わないので、ご心配なく」

ウェブサイトの利用規約みたいだな、と思いながら聞いていた。

「では全員、クラスで待機するように」と言い置いて、千々石警部は壇上を去った。

4

二年二組の教室に戻ると、ふたたび周りのやつらから質問攻めにされた。容疑者があすなろ館の住人に限定されているという事実だけは、なんとか伏せておいた。嘘をつくのだけは嫌だから、言葉を選ぶのにずいぶんと苦労した。

いい加減クラスメイトたちも質問に飽きてきたころ、財津が青い服の鑑識課員ふたりを連れて現れた。

「あー、みんな席につくように。先ほど話があったように、みんなには警察のかたに指紋を提供してもらう。これは、学院の敷地内を捜査する際、犯人のものと君らの指紋を区別するためだ。どうか我慢してくれ」

財津が頷くと、鑑識課員が順番に指紋を採っていった。採取済みのオレとエチカ、園部はスルーされた。

採取が終わった男子どもは、「やべーな」「ドラマみたい」などと言いながら指先を拭いていた。呑気なものである。

最後のひとりのぶんも採取が終わると、鑑識の人たちは出ていった。

「よし、みんなお疲れ様。それでは、今日はもう寮に戻るように。そして、くれぐれも部屋から勝手に出歩かないこと。また、放送などで指示があったらそれに従うように」

こうして、奇妙な「学級活動」の時間は終わった。

財津がさっさと教室を出たので、みんな鞄を持って引き取ろうとする。オレもエチカと園部に「帰ろうぜ」と声をかけた。――そのとき。

「てか、鷹宮は事情聴取とかされてねーの？」

教室の端から声が飛んできた。バレー部の笹岡《ささおか》だ。たいていこいつは、みんなが言いにくいことをずばりと切りこむ役を買って出る。いま彼は、剃《そ》った薄い眉を逆立てて、エチカを睨みつけていた。

「事情聴取なら、エチカも含めてあすなろ館の全員がされたぞ。それがどうした？」

オレが受けて立つと、笹岡は舌打ちする。

「鷹宮に訊いてんだけど」

「なんでエチカのことだけ気にすんだよ」

「そりゃ、動機があるからに決まってるっしょ」

ああ、そういや思い出した。こいつ、エチカの机に花が置かれたときに目を逸らしてたひとりだった。

「動機って……エチカが一方的に嫌がらせされてただけだろ」

「それを動機って言うんじゃゃね」

「だとしても、それだけを理由に人殺し扱いはおかしいだろ。犯人がどこから来たやつかもわかんねーのに」

オレのこの発言を受けて、別のクラスメイトが「あのよぉ」と参戦してきた。水泳部のお調子者・嶋《しま》だ。

「おれ、黙っとこうと思ってたんだけどよぉ。兎川、重要なこと隠してるよな」

「な――なんだよ、それ」

「おれ今朝、棗とＬＩＮＥしててよぉ。水泳部の棗誠之助。そしたら、警察はあすなろ館の住人に容疑者を絞ってるって言ってたんだ」

くそっ、棗のやつめ。

嶋が提供した燃料で、クラスの連中は一気に沸いた。オレとエチカ、そして園部は、他のやつらから包囲される。

「唯一、兎川だけはアリバイが成立しているぞ。こいつは無罪だ」

エチカがしれっとそんなことを言う。その態度が、余計にクラスメイトたちの感情を刺激したらしい。

「んなことわかってんだよ！　誰も兎川が殺《や》ったなんて思ってねーよ」

笹岡がぴくぴくと瞼を引きつらせながら、エチカに詰め寄る。

「鷹宮、犯人おまえじゃね？　転入生でよくわかんねーやつだし」

笹岡の言葉で、クラスメイトたちの表情が変わった。全員無言で、エチカを見つめる。それぞれの目が、あからさまにエチカへの感情を語っている。不審。好奇。恐怖。嫌悪。軽蔑……。

「いい加減にしろよ、おまえら！」

オレは両の拳を握りしめて、吼《ほ》えた。

「エチカのこと、なんにも知らねーくせに！　思いこみだけで疑ってんじゃねーよ！」

全員が口を閉ざした。肩で息をするオレを、目を丸くして見ている。エチカ自身も、オレの横でぽかんとしていた。

「……行くぞ」

ぼんやりしているエチカの手を摑んで、オレはそのまま教室を走り去った。

誰も追ってこないと思っていたら、廊下を少し進んだところで足音がした。振り返ると、園部だった。

「お、置いてかないでよ」

「あ……わり」

それから三人で並んで歩いた。校舎を出るまでに、何人かの制服警官が廊下に立っているのを見かけた。さらに廊下の窓の外では、私服の刑事たちが花壇や植えこみをあちこち調べまわっている。

　遊歩道を通り、あすなろ館に引き返した。玄関に並んだ靴を見る限り、もうみんな帰ってきているらしかった。平木さんが管理人室から顔を出して「おかえりぃ」と気の抜けた声を投げてくる。相変わらず廊下には制服警官が立っていた。

　オレとエチカは部屋に戻って、制服から室内着に着替えた。といっても、Tシャツとハーフパンツに替えたオレと違って、エチカはいつも学校指定のジャージ姿なのだが。

「あー……疲れた！」

　着替え終えると力尽きて、そのままベッドに倒れこんだ。

「そこはおれのベッドだが」

「上るの、だりーんだもん」

　オレはエチカのベッドの上で寝がえりを打って、仰向けになる。実際、疲れていた。稽古が終わった後よりもだるい。たぶん、自分で思っているよりも気を張っていたのだろう。

　オレの足もとに、エチカが腰かける気配がした。

「……なんで、おれを庇った」

　そっと、彼が言葉を置いた。

「むかついたから」

「あんなの無視すればよかった。おまえが無駄に自分の立場を悪くすることはなかった」

「立場とか、そんなのどうでもいいだろ！」

がばりと身を起こす。エチカの投げやりな言葉が悔しかった。

「オレは……、オレはああいうの、許せねーんだよ。たいした根拠もないのに、人を疑って、よってたかってさ」

「おまえの正義感は、それはそれで大切にしまっておけ」

静かな声で語りながら、エチカは太ももの間で組んだ自分の両手を見つめている。

「おれのためには使わなくていい」

「なんでそんなこと言うんだよ！　オレは……おまえを信じてるのにっ」

こっちを向いたエチカの表情は、かすかな困惑を感じさせた。

「信じる……か。昨日もおまえは言ったな。おれを信じるって。だが、やはり納得がいかない。他の七人よりもおれを積極的に信頼する理由はないだろう」

「……ある。いまわかったよ」

そうだ、わかった。オレは自分を納得させるみたいに、言葉を選んでいく。

「それはおまえが、オレのことを信じてくれたからだ」

「なんの話だ」

「学食で、湖城に因縁つけられたとき。あのときおまえは、なんでオレを信じたんだ？　五百円玉が隠れる可能性があったことは、推理でわかったかもしれない。でも、オレが本当にあのとき五百円盗んでたかもしれねーじゃん」

「おまえが嘘をつけるほど複雑な性格の持ち主だと思えなかっただけだ」

「てめっ……」

思わずぽかんと殴りたくなったが、自分の拳を反対の掌にぶつけて気を落ち着ける。

「まあ、いいよ。なんでもいいけど、とにかくそれって、信じてくれたってことだろ。だからオレも、おまえを信じる。オレはオレのことを信じてくれた相手を裏切らない。裏切りたくない」

身を乗り出して、エチカの両手に自分の左手を重ねた。彼の手は、ひんやりしている。

「それに信じる根拠だってある！」

「なんのことだ」

「昨日の夜、おまえは風呂でへっくんを証人だって言っていた」人ではないが。「動物好きなおまえが動物に誓《ちか》うんなら、嘘じゃないだろ」

「論理的とは言いがたいな」

エチカは手を引っこめようとするが、オレは離してやらない。

「それに、屋上で誰かが園部の話を立ち聞きしてたあと……階段から落っこちそうになったオレを助けてくれた。一歩間違えたら、おまえも危なかったかもしれないのに。そんなやつが人を殺すとは思えない」

「そうだな。あの直後、ヒナに圧殺されかけたが」

「真面目に聞け！　……オレ、悔しいんだよ」

　エチカのロッカーに絵の具がぶち込まれたときのことを思い出す。あのとき、なんで自分があんなに腹を立てていたのか、今さらわかった。いじめの卑劣な手口にも腹が立ったが、エチカが自分の痛みにあまりにも鈍感に見えることが、同じくらい悔しかったのだ。

「おまえが悔しがらないのが、オレは悔しい。事件のことなんも知らないクラスのやつらから犯人だって決めつけられてさ。なんでそんな平然としてんだよ」

「悔しがっても意味ないだろう。人に信じられなくても、構わない。慣れっこだ」

　おかしな発言に、思わずエチカの顔を凝視してしまう。

「どういう意味だよ、慣れっこって」

「……前の学校では、よくあったことだ」

　エチカは、オレの顔から視線を外す。

「どうもおれは昔から、生きているだけで周りの癪《しゃく》に障る存在らしいな。濡れ衣を着せられるのには慣れている。殺人事件の容疑者にされたのはさすがに初めてだが」

「濡れ衣って、たとえばどんな」

「テストのとき、身に覚えのないカンニングペーパーが机に仕込まれたことは一度や二度じゃない。まあ、そのたびに真犯人を教師に突き出しているから、問題はなかったが。ただ『人の恋人を奪うな』という濡れ衣を着せられるのは困ったな。話したこともない女子が、おれを理由に別れ話を切り出してきた、と言われてもどうにもできない」

　エチカの淡々とした語りだけで、オレにはこいつがこれまでどんなふうに周りから見られてきたかがわかったような気がした。

　カンニングペーパーは、エチカに学力が及ばない生徒が彼を蹴落とすために仕込んだものだろう。人の彼女を奪うというのも、勘違いのはずだ。どう見てもこいつ、女の子に興味ないし。たぶん、女子が一方的にエチカに惚れるか、つまらない彼氏と別れる口実に顔のいいエチカを利用していただけだろう。

「だから慣れている。べつに、人間に信じられなくても困ることはない」

「だけど……！　オレは嫌だ！　エチカが疑われるのは嫌だ！」

「痛いんだが」

　つい、握る手に力をこめすぎていた。慌てて離す。

「おまえは変わったやつだな」手の甲をさすりながら、エチカが言う。「ロッカーに絵の具を注がれたときもそうだ。自分のことのように怒っていた。理解できない感情だ。おれが疑われることは、どうしてお前にとって不愉快なんだ？」

「当然だろ。友達を疑われたら」

　こいつがどう思ってても、構わない。オレはこいつを信じてやる。もはや意地になって、オレはそう決めた。

「友達……」

　案の定と言うべきか、エチカは不思議そうにその言葉を口の中で転がした。

それから、唇の端にほんのわずかに笑みを浮かべた。

「やっぱりおまえは――ちょっと変だな」

「おまえが言うな」

胸をとん、と小突いてやった。

5

「ここはやっぱり、おまえの無実を証明する必要があると思うんだ」

机の前の椅子に跨《また》がって、オレはあらためて切り出した。

ベッドに腰かけてオレと相対するエチカは、わずかに眉をひそめる。

「証明？　どうやって」

「決まってんだろ！　オレたちで力を合わせて、真犯人を明らかにするんだよ。おまえの推理力があればできるっ」

エチカは聞こえよがしなため息をついて、首を振った。

「悪いが、そういう特別な能力は、おれにはない」

「いや、おまえには探偵の才能がある！　さっき話した学食でのことといい、引っ越してきた初日にオレの部活を当てたことといい……。あの調子で、この事件の犯人も突き止められるんじゃねーか!?」

「簡単に言うな。警察が捜査していて結論に至っていないのに、素人の高校生に犯人がわかるわけないだろう」

　こいつに言われると、そうかもな、という気がしてしまう。しかし。

「だけど、諦めきれねえよ。オレらのほうが、ここに住んでる当事者っていうだけ、警察よりもアドバンテージがある気しねえか？」

　エチカはふっと口を閉じた。視線を落として、ぼうっとしている。

「おーい、どうした？　なんか言えよ」

「いや……これは言おうかどうか、迷っていたんだが」

　彼が顔を上げた。力強い瞳がオレを捉える。

「消去法で容疑者を絞る……ということは、すでに少しだけできている。つまり、犯人でないと確信している人物が、いる」

　すぐには返事ができなかった。数秒後に口から飛び出たオレの声は、自分でもわかるくらい色めきたっていた。

「ま……マジかよっ！　ど、どうして？　どうやって？」

「その前に。おまえは、この寮に住む人間が犯人だということには納得しているんだな？　『消去法』というおれの言葉に飛びついたというのは、そういうことだろう」

　つらかったが、仕方なく頷いた。さすがにオレも、不都合な現実から目をそむけ続けるほど幼くはない。現場の状況から見て、この事実は拒否できないだろう。

「そうか。なら話そう。アリバイのあるおまえを除いて、容疑者はおれたち八人だが――」

さらっと自分自身を含めてしまうところが、恐ろしい。

「現場の状況から、そのうちのふたりは犯人ではないと考えられる」

「誰と誰を、容疑者から外したってんだ」

エチカはすっと目を逸らした。

「ヒナはなにもかも、すぐ態度に出す。教えたら、絶対に意識するだろう」

しない、と言いたかったが、口ごもってしまった。うん。オレは絶対に意識する。

「まあ、そのふたりのなかに、おれ自身は含まれていないが」

となると、エチカを除くと残りは五人――ということか。

「じゃあ、これだけ教えてくれ。有岡さんと瞬は……おまえの中では容疑者から外れてるのか？」

とっさに寮の仲間に優先順位をつけてしまった自分が恥ずかしい。だが、オレにとってはやはり、部活の仲間は特別なのだ。

「……ひとりは外れてるな」

喜ぶべき事態なのだろうか。まだわからない。しかし、エチカの言葉で鼓動が高まるのを感じた。とにかく、なにかが動き出すような気がした。

「あー、もう、我慢できねえ！　調べるぞ、エチカ。寮の他のメンバーも」

「賛成できないな。だいいち、おまえはいいのか？　他のやつらを疑うなんて」

そう問われると、また迷いが生じそうになる。だけど、立ち止まりたくない。オレはじっとしているのがなによりも苦手なのだ。

それに、今ははっきりとした動機がある。エチカにかけられた不当な疑いを晴らす、という動機が。

「正直、楽しい作業じゃないと思う。でも、やろう。やるしかない」

オレがドアノブに手をかけると、エチカは立ち上がってついてきてくれた。「しかないってことはないだろ」とぼやきながら。


まず調べるべきはアリバイだ、とオレは考えていた。全員の事件当時のアリバイを聞くのだ。

もちろん、郷田刑事が事情聴取した結果、オレ以外の全員に「アリバイなし」の判定が下されたわけだから、屋上屋を架すだけだとも言えるだろう。しかし、この寮の住人であるオレが話を聞けば、なにか気づくことがあるんじゃないか。具体的になにに、とは思いつかないけれど。

という理屈を説明したら、エチカは「悪くはないな」と頷いた。

「それで、最初に誰の話を聞くんだ」

「そうだなぁ……瞬と五月女のアリバイは、きのう風呂で聞いたよな。んじゃあ、順番で二年生だろ」

そう決めて、さっそく棗と園部の部屋の扉をノックした。しばらく待つと棗が出てきた。

「なに？　ふたり揃って」

「おまえ、部屋に戻ってたんだ」

棗は、日焼けした顔を不機嫌そうにしかめる。

「俺の勝手でしょ、自分の部屋なんだから……。夜寝るときはともかく、昼間から凶行に及ぶ馬鹿もいないだろうし、誰かといてもとくに危険とは思わないけど」

「それなら話が早いな。園部がいないなら、おまえだけでいいや。ちょっと訊きたいことあんだけど、入れてくれねーか」

あからさまに嫌そうな顔をしつつも、扉を大きく開いてくれた。この態度といい口ぶりといい、本気で自分に凶刃《きょうじん》が向けられるとは信じていないようだ。

対照的なふたりが暮らしている部屋だが、あまりちぐはぐな印象はなかった。ふたりとも整頓《せいとん》は得意らしい。目を引くのは、棗のものらしい机に整髪料や制汗剤がやたら並んでいることくらいか。

「それで、ふたりはなんの用？」

おっと、台詞を用意していなかった。ストレートに「昨日のアリバイを聞かせてくれ」と言っても反感を招きそうだから――。

「倉林さん大丈夫かなーって。ほら、昨日運悪く事件に巻き込まれちゃったからさ」

結局、そんな質問が口から出てきた。実際、ちょっと気になってはいる。

「はあ？　なんで兎川が沙奈のこと気にするわけ」

じろりとひと睨みされた。もしかしたら、アリバイを訊く以上に機嫌を損ねたかもしれない。

「お、おまえに頼まれて裏門まで会いに行ったんだぞ！　気にしてもいいだろうがっ」

「……その件はありがとう。沙奈なら、大丈夫だよってＬＩＮＥきた。まあ、昨日は警察に引き留められて帰りが遅れたから、親をごまかすのが大変だったらしいけど」

「いつまでもごまかせるもんか？　正直に言やいいのに」

「男子校で男子と会ってたなんて、親に言えるわけないでしょ。兎川、女の子のこと知らなすぎ」

「ななっ、なにを！　オレだって……オレだって、姉貴がふたりもいる！」

棗は無言でオレを見返してくる。だからなんだ、とその目が言っていた。

「だっ、だいたいおまえさー！　昨日、なんであんなに倉林さん待たせてたんだよ！　反省文書くのにそんなに時間かかったのか？」

「ああ……。それは十分くらいで書けたんだけど、部屋で捜し物してたら、さらに余計に十分くらいロスしちゃったんだよ」

「捜し物？」

「沙奈にあげようと思ってたネックレスだよ。じつは次の月曜が沙奈の誕生日でさ。当日は会えないから、先にプレゼントしようと思って。そしたら見つからなくて焦ったよ」

この片付いた部屋で、大切なプレゼントを見失うだろうか？

オレが怪しんできょろきょろしていると、棗はその視線の意味を悟ったらしい。

「勘違いしてたんだよ、俺。机にしまったって思いこんでたんだけど、外出用のバッグに入れっぱなしでさ。それ買ったの、水曜の夜に無断外出したときなんだけど、帰ってくるなり有岡先輩が玄関で待ってて説教されちゃったから、出すの忘れてて」

「なるほどな。で、そのネックレスを捜すのでタイムロスしたってわけね」

「そう。まあ、結局あの後渡したら、機嫌直してくれたけど」

今の話を聞いていると、なんだか棗が犯人とは思えなくなってきた。もしも彼がやったなら、犯行の流れはこうだ。反省文を書いて、部屋からプレゼントを持ってきて、それから東屋で人を殺して、恋人のもとへ向かう……。殺人のパートがどう考えても浮いている。

「そのとき、園部とは会わなかったのか」

ずっと黙っていたエチカが尋ねた。

「部屋にいたのなら、お互いにアリバイを証明しあえただろうに」

棗はエチカをちらりと見上げて、肩をすくめた。

「なぜかいなかったんだよね、園部。おおかたペットの世話でもしてたんじゃない」

「いや。おれは生物部の出張部室にずっといたが、園部は来なかった」

「へーえ、怪しい。犯人、あいつじゃないの」

「おまえなあ……」

オレが呆れてたしなめようとすると、きっと睨みつけてきた。

「なに？　アリバイのないやつを疑ってなにが悪いの。いいよね、兎川だけは無実が証明されててさ」

しかもアリバイ証人が自分の彼女とあっては、棗としても気分が悪いだろう。

これ以上感情を害さないうちに撤退したほうがよさそうだ。オレは礼を言って部屋を出た。本当に質問だけして退散したオレたちを、棗は不審そうに見送っていた。

「さて——と。次は園部だな」

「ああ。たぶん今は、部室にいるだろう」

オレは何度か入ったことのある「生物部出張部室」に、ノックなしで入った。

案の定、園部は中にいた。熱帯魚の水槽を覗きこんでいた彼は、オレたちの闖《ちん》入《にゅう》に驚いたように椅子から飛び上がった。

「わあっ！　……びっくりした」

「わり。部屋にいなかったからさ、ここかと思って」

「……どうしたの。なんの用事？」

オレは、マットレスが撤去されて骨組みだけになっているベッドに腰かけた。エチカは椅子を移動させて、へっくんが暮らすケースの前に腰を落ち着ける。

「事件があったときのこと、聞かせてもらいにきたんだ」

棗よりはとっつきやすいだろうと踏んで、オレは単刀直入に切り出してみた。

「え……なんで」

「エチカの無実を証明するためだ。そのために真実が知りたい」

エチカの動機を証言した負い目があったのか、園部は小さく息を呑んで頷いた。

「わ、わかったよ。協力はするよ。……けど、事件があったときって言われても。僕、ずっと寮にいたから。なにも見てないし聞いてない」

「でもさ、たとえば二階の非常口から他の誰かが出てく音を聞いたとか……そういう、ちょっとしたなにかを覚えてるんじゃねーかなって」

「なにも覚えてないよ」

「じゃあ、おまえどこにいたんだよ」

口調を強めてみると、園部はきょとんと口を半開きにした。

「棗が七時四十分ごろ部屋に入ったら、おまえいなかったって言ってたぞ。それも、棗は十分くらい部屋にいたけど、おまえは戻ってこなかったって」

「この部屋にも来なかったよな」

エチカがへっくんを眺めながら口を挟んだ。園部は少しだけためらってから、

「刑事さんにはもう話したけど。じつはトイレに行ってて……」

「いつからいつまで?」

「夕食が終わって……五分くらいは部屋にひとりでいたんだけど、急にその、お腹の具合が悪くなっちゃってさ。七時三十五分ごろから……たぶん、二十分くらい。ちなみに、その間、誰もトイレのドアをノックしなかったよ。ねえ、もういい? 他に説明のしようもないでしょ」

まあ、二十分間トイレにこもるという状況は普通にありうるか。

園部は七時三十五分ごろから、約二十分間トイレに入っていた。棗が自室に来たのが七時四十分ごろ。そして棗がオレと沙奈ちゃんの前に姿を見せたのが七時五十五分のことだった。なるほど、計算は合う。

「じゃ、便所の話題はもういいから。廊下で誰かと会わなかったか？」

「誰とも会ってないよ」

「そういえば、おれがへっくんのマットを替えに外へ出る直前、トイレの水を流す音は聞いた」

エチカの言葉に、園部は救われたように顔を上げたが、

「……だが、入るときの音は聞いた記憶がない。せいぜいドアの音くらいしかないだろうからな」

と続いた言葉にうなだれた。

「うーん。もしも園部が便所に入ってる間に二階の便所を使おうとしたやつがいたなら、アリバイが成立したんだけどな」

逆に誰かがトイレのドアをノックしたとしたら、園部は嘘をついていることになる——と、心の中で付け加える。

「おれはその間、トイレには近寄っていない」とエチカ。「そして、二階のトイレを使うのは他には棗、五月女、元村の三人だが……警察がことさら園部を疑っていないということは、要するに、誰もその時間帯にトイレのドアをノックしたとは証言していないということだ。おれも昨夜の二度目の事情聴取で、トイレを使ったか

どうか確認された」

「あっ、そういやそんなこともあったな。おまえと棗だけ二度呼ばれたんだよな」

あれは、園部のアリバイ検証だったのか。もしもエチカ、棗、そしてその後に事情聴取された一年生ズのうちの誰かが「トイレを使おうとした」と言っていたなら、その時点で園部は疑われただろう。要するに誰かがトイレの前に来た事実は、存在しなかったのだ。

「ん、待てよ？　なら、そのとき誰もノックしてないって知ってる園部は無実なんじゃねーのか」

園部がふたたび顔を上げたが、エチカが「いや」と水を差す。

「自室には棗が、この部屋にはおれがいたんだ。おれがへっくんのマット交換の話をした後にアリバイ調べが行われたわけだから、園部が『いた』と証言できた場所はトイレくらいしかないだろう。つまり、偽証して賭けに勝った可能性もある」

目の前でアリバイを否定された園部は「勘弁してよ」と頭を抱えている。ちょっとかわいそうだ。オレは慌てて他の話題を探した。

そうして思い出したのは、昨日の夜、エチカが言っていたことだった。

「じゃあ、ちょっと聞きづらいこと、聞いてもいいか」

これを切り出すには、やはり勇気がいる。でも、その勇気を出さないと。真相に辿り着くためには。

「浅香先輩のことなんだけど」

園部が鋭く息を呑んだ。勢いよくこちらを振り向いた彼の前髪が揺れて、驚きに見開かれた目が見えた。

「あ――浅香先輩が、なに」

「園部は浅香先輩と親しかったんだよな」

無言の頷きが返ってきた。

「他に誰が浅香先輩と特別に仲良かったか、覚えてるか？」

「ど、どうしてそんなことを？」

「その……浅香先輩と親しかった人なら、湖城を憎んでも仕方ないよな、と思って」

あっ、と園部が口を開いた。

「一昨日、僕が屋上で話したこと……？　誰かが立ち聞きしてたんだよね。もしかして、あれを聞いたせいで、その人が……浅香先輩の復讐を……」

園部が蒼ざめて、オレとエチカの顔をきょろきょろと見比べる。ああ、オレの馬鹿。このことを悟らせたくはなかったのに。もしもあの立ち聞きで動機が生まれたと確定したら、園部は湖城の死に責任を感じてしまうかもしれない。

「落ち着いてくれ、園部。べつにおまえはなにも悪くねーから。ただ、可能性のひとつとして、湖城の罪を罰しようとしたのが動機だったって説はあるだろ」

「う、うん……。だから、この寮の中で誰が浅香先輩と仲良かったかが大事なんだね」

なかなか理解が早い。オレは大きく頷いた。

「ええと、去年いなかった一年のふたりと鷹宮くん、それに平木さんは関係ないとして……。棗くんはべつに仲良くなかったよね」

「ああ。あのふたりが話してるとこ、一度も見たことねーな」

「うん、だからやっぱり、三年生のふたりが多少は仲がよかったと思うよ。有岡先輩は誰にでも優しい人だし……、ああ、志儀先輩とも、けっこう仲良かったかも」

「えっ、浅香先輩が？」

まったく気づかなかった。浅香先輩はあまり積極的に人と話さないタイプだったし、志儀先輩は志儀先輩で、フランクなわりに特定の誰かとつるまない印象がある。

「あの、僕が浅香先輩の部屋に用事があってお邪魔したときに、志儀先輩が浅香先輩と話してたことがあるんだよね。それも一度だけじゃなかったような」

「へえー。意外な話だな」

志儀先輩と浅香先輩。学年が同じとはいえ、全然想定していなかった組み合わせだ。

ふと、何日か前の朝食の席でのことが思い出される。志儀先輩は、浅香先輩の捜査が不当に打ち切られたと考えて、霧森警察署の刑事たちへの不信感を表明していた……。

オレの考えごとを遮るように、扉にノックの音がした。

「話し声が聞こえると思ったら、お揃いだな」

有岡さんだった。あまり顔色が冴えない。彼はどこか無理しているような笑顔で、廊下のほうへ親指を突き出した。

「そろそろ十二時半だから、昼飯にしよう。食欲あったら下りてこい」

6

食欲がないという棗以外、全員が食堂に集まった。

まあ、パスしてもさほど惜しくない昼食ではあったかもしれない。メニューはレトルトカレーだった。種類は甘口と辛口のみ。オレはじつは辛いものは苦手なのだが、年下のふたりが辛口を選んだので、見栄《みえ》でそれに倣った。

「事件のショックで食事も作れなくなった、というわけではないからご安心を。単に、昼食のための材料がなかっただけだ」

平木さんが説明しながら、温めたパウチからカレーを絞り出していく。

「そういえば、ちーちゃんはどうしました？」

エチカが尋ねると、平木さんは肩をすくめて、

「猫のこと？　外に出したよ。必死に窓の外を見て、出たがっていたからね」

呑気なものである。捜査中の警察官から邪険にされなければいいが。

全員が無言で食べた。スプーンと皿がぶつかる音がときどき鳴るだけの、静かな食卓だった。

事件の翌日とは思えない穏やかな食卓……だったが、ひとつ問題があった。

　みんな平気で食べていたが、オレは辛口のカレーをなかなか食べきれなかった。次々に完食して帰るのに――エチカが真っ先に帰りやがった――食べ終わらない。瞬と五月女が待ってくれようとしたが「味わってるだけだからいい」と言い張って追い払った。結局ひとりで食堂に残る。まるで給食を食べ終わらない小学生だ。

「大丈夫か？」

　厨房のほうから平木さんがやってきた。コップに入れた牛乳をオレに差し出してくれる。

「はひ、はひ、どもっす……」

「若人たち、昼はいつも出払っているから、同じ時間帯に食事するのは新鮮だな」

　平木さんは自分の分のカレーを持ってきて、オレの斜め向かいの席で食事を始めた。牛乳を呷ってから、話しかけてみる。

「はふぅ……。あの、平木さん、なんでいつもオレらと別々に食事するんですか」

「んー？　そりゃあ別々にしますとも。高校生の男子同士、おっさんに聞かれたくない話もあるだろうし」

「おっさんて。平木さん、まだ全然そんな歳じゃないでしょう」

「おっと、もしかして若く見られているかな。私はもう四十を超えてるんだが」

　意外だった。年齢不詳の見た目ではあるが、どちらかと言えば若いほうに勘違いしていた。

「そういえば、平木さんって昨日事件が起きたころ、なにしていましたか」

カレーの辛さで短気になっていたのか、雑な切り出しかたをしてしまった。平木さんのスプーンを持つ手が止まる。

「アリバイ調べかい」

「やー、もしも外に出てたら、なにか見たんじゃないかな、と思いまして」

こき、こき、と首を鳴らして、平木さんは苦笑してみせた。

「ところが残念ながら、私は昨日の夜、外には出ていないんだ。みんなが食器を片付けたあとは、管理人室に戻ったから。そうだな——刑事さんにも話したが、たぶん七時三十五分から騒ぎになるまでは、ずっと部屋にいた」

「じゃあ、不審な物音とかも聞いてないんすね」

「なんにも」

つまり、手がかりはなし——である。

事件に関して訊くことはそれ以上思いつかなかったので、オレは純粋な世間話に移行する。

「平木さんって、ここの管理人になる前はなにしてらしたんですか」

「んー。なんだと思う？」

なんとなく、答えたくなさそうに見えた。

「電気屋さん、とか？　平木さん、器用ですし」

彼はいわゆる「便利屋」的なスキルが高いのだ。日曜大工も簡単な電気の配線もお手の物である。しばしば校長から、本校舎のちょっとした修理を頼まれているようだ。

「ははぁ、電気屋か、いいな。……まあ、いろいろとフラフラしていたのさ。見習っちゃいけないタイプの大人だな。どうでもいいが、直近の前職は、植木屋だ」

「ああ、剪定《せんてい》とかも得意っすもんね。どうして、この旧館の管理人に？」

「前の人が辞めたんだろ、去年の事件で。そこで、ちょうど求職中だった私を、この校長が拾ってくれたんだよ。以前から知り合いだったんでね。まあ、霧森に住むお袋の体調が思わしくないこともあって、この町に住めるのは便利でありがたかったし」

彼のプライベートな部分を知ったのは初めてだ。

「そうなんですか……。なんつーか、人生って、いろいろっすね」

平木さんは、くくっと喉の奥で笑って目を細めた。

「そうだな。いろいろだ」

次は志儀先輩に話を聞こうと思っていたが、まずは部屋に戻ってエチカに声をかけた。後半の世間話は省略して、平木さんのアリバイについてのみ報告する。エチカはベッドに腰かけて文庫本を読みながら、無反応で聞いていた。

「とにかく、次は志儀先輩だ！　行くぞエチカ」

「昼休憩にしたらどうだ」

「なに呑気に構えてんだよ。おまえが疑われてるってのに」

いや、待てよ、と思い直す。

オレが志儀先輩から探り出そうとしているのは、アリバイだけではない。動機――浅香先輩に関わる話もまた、引き出すことを目論んでいる。となると、エチカを連れていくのは得策ではない気もする。去年この寮にいなかったやつがひとり増えるだけで、語りにくいことも出てくるだろう。

「よっし。志儀先輩の話は、オレひとりで聞いてくる。あとでおまえに全部情報提供するから、ちゃんと推理しろよ。ちなみに」

声をひそめて尋ねる。

「さっき、棗と園部から聞いた話と、オレがいま聞きこんだ平木さんのアリバイ……これで、容疑者は絞れたか？」

けっこう期待していたのだが、名探偵は首を横に振った。

「全然、材料にはならない。容疑者は五人――おれを入れて六人のままだな」

「そうか。……よし！　特ダネを志儀先輩から摑んできてやるからな」

「気をつけろよ、ヒナ」

エチカは文庫本を閉じて、真剣な眼差しでオレを見た。

「志儀先輩に、というわけじゃない。ただ、慎重に、目立ちすぎずにことを運べ。誰が犯人かはまだわからないが――少なくとも、余計な詮索をしているおまえやおれを、すでに目障りに思っている可能性がある」

冷徹な口調が、オレの背筋を震わせた。言われて気づく。もしかしたらオレは、知らぬ間に殺人犯と会話しているかもしれないのだ。

――けれど、それでも。エチカのために、オレは歩みを止めるわけにはいかない。

「大丈夫だよ。オレはこう見えて、けっこう鍛えてるからな」

にっと笑ってみせてから、部屋を出た。


「ミステリやったら、俺は殺《や》られてるところやな」

志儀先輩は、オレを招じ入れながら軽い調子で言った。

「第二の凶行に及ぶ犯人は今のおまえよろしく、こう言うんや。『話したいことがあります』とな。そうして部屋に入りこむ」

「そこはご安心を。オレにはアリバイがあるので」

朝、有岡さんに叱られたというのにこの人は懲りていない。不謹慎な冗談にげんなりしたが、部屋にあげてもらう身なのでなんとか愛想よくする。

「ミステリやとアリバイのある人間をこそ疑うべき、というのが定石やけど……まあ、ここはおまえを信じといたるわ」

志儀先輩は、部屋の隅にあった丸椅子からCDプレイヤーを下ろして、オレに勧めてくれた。床に積まれた雑誌を避けて、オレは自分の座るポジションを探る。全体的に、雑多な印象の部屋だった。本棚には漫画や参考書が溢《あふ》れ、壁には演劇部のポスターがびっちり貼られている。

「さ、それでなんの用や。はよ話さんかい」

「アリバイ調べに参りました」

相手が飄々としているから、こちらも取り繕わなくていいだろう、と判断した。

「こら参ったな。まさか兎川が名探偵やとは」

「オレはどちらかといえば、ワトスンですけど」

「ほんなら、ホームズは鷹宮か。まあ、妥当な役割分担やな。……ええと、これは真面目に答えなアカンやつか？」

「アカンことはありませんが、真面目にお尋ねしています」

志儀先輩は、指先で額を掻いてから語り出す。

「七時半から八時までのアリバイやろう？　答えはシンプルや。夕食が終わってからすぐに支度をして、風呂に浸かっとった。たしか、八時になる少し前に風呂を出たんやったかな。浴室でも廊下でも誰とも会わんかった。以上や」

なるほど、すがすがしいほどシンプルだ。

「でもオレ、志儀先輩の言葉は信じられると思いますよ。だって事情聴取のとき、オレたちの間で話し合うことは刑事さんから禁じられてたでしょ。としたら、『風呂に入ってた』って嘘ついたら、有岡さんが風呂に入ってた場合バレるじゃないですか」

「ピュアやなあ、兎川は。あえて自分に不利になることを言うとな、俺と有岡はいつも違う時間に入浴するんや。べつに互いに避けとるわけではなく、単なる習慣な。昨日も、有岡はおまえと刑事さんが呼びに行ったとき風呂に入っとったやろ」

「あっ、そういえば……」

それなら、入浴時間が違うことに賭けることもできる。いや、考えてみれば、犯行後に部屋に戻って、有岡さんがいつ入浴するかを見ていればいくらでも嘘はつけるか。入浴時間は学年ごとに決まっているのだから。

「ああー……。なんでうちの寮の人たち、こんなにマイペースなんだろう」

「まっとうな人間は、去年のあの事件で出ていってもうたからな。おおむね変人ばかりが残ったということや」

オレが水を向けるまでもなく、相手からその話題を持ち出してくれるとは。

「園部から聞いたんですけど、志儀先輩は浅香先輩と親しかった……んですよね？」

答えが返ってくるまでに、わずかな間があった。

「親しかったつもりではある。ただ、そのことを認めると苦しくもあるな。その親しい相手の出しとったサインに気づけへんかったのか。相手をこの世に繋ぎ留めておくほどの存在にはなれへんかったのか。そう思うと、自分を嗤《わら》いたなるわ」

そんなことありませんよ、なんて言えなかった。言える資格が、誰にあるってんだ。

「けど、今回の事件と浅香のこと、どう関係あるっちゅうんや」

「や、関係があるとかではなくて。身近な人が……それも、オレらみたいな高校生が亡くなるなんて、非日常的なことでしょう。どうしても連想しちゃうんですよ」

「ふうん。……兎川、おまえ、嘘がド下手くそな自覚はあるか？」

ぎくりとした。園部のためにも、まだ湖城のいじめの件は伏せなくてはと思っていたのに。

「なんか知らんが、浅香の自殺と湖城の事件をおまえは結びつけているみたいやな。いまあらたまってそんな話を持ちだされたら、さすがに悟るわ。なんか、とっておきの情報があるんか?」

志儀先輩は、拳をマイクの形にしてオレのほうへと向けた。どう答えたものかすっかりまごついていると、志儀先輩はやがて手を引っこめた。

「……言えへん事情があるっちゅうことか。おまえがどないな物語を思い描いとるか知らんが、まあ、話しても減るもんやないから、昔話をしようか」

「あ、あざっす!」

「その代わり、おまえや鷹宮が俺の話からなんらかの結論を導き出した場合、すぐに教えるように。それくらいは当然の権利やろう」

オレがそれに同意すると、志儀先輩は勉強机の前の椅子から立ち上がり、もので溢れた部屋を器用に歩き回りだした。

「まず断っとくと、俺は一年のときから浅香と仲良うしとったわけやない。おまえは憶えてへんかもしらんが、俺は高等部の二年からあすなろ館に入寮したんや」

「えっ……そうだったんですか」

初耳だった。いや、聞いたことはあるかもしれない。志儀先輩が言うように、オレは忘れてしまっていたのだろう。

「俺が一年生やった冬に、親父が大阪でやってる会社が少々トラブってもうたみたいでな。学費を出してもろてる息子の俺としては、せめて少しでも生活費を安く上げよう思て、このあすなろ館に移ることにしたんや」

人は、本当に見ただけではわからないものだ。オレは黙って話に聞き入る。

「ま、俺の身の上話はええとして。そんなわけやから、俺と浅香の付き合いの長さはおまえと大差ないんや。なにしろクラスが違《ちご》うたからな。あいつと親しくなったんは、去年の六月――学園祭のための実行委員が動き出したころからや。俺も浅香も委員やった」

語り手は窓のそばに立ち止まって、こちらを見やる。

「うちはいちおう進学校やから、三年の引退が早いやろ。俺と浅香は、文化部の新部長ということで委員になったんや。言葉を交わすようになって、気のいいやつやな、とすぐに思うた。家族のことなんかも、聞かせてくれたな」

「浅香先輩の、家族」

そうだ。彼にも家族がいたはずだ。オレはあの人の生い立ちについて、なにも知らなかった。

「浅香は東京の生まれやと言うてた。あいつの家もいろいろあってな。当時、実家がごたついとった俺としては、勝手に共感させてもろてた。まだ浅香が十歳になるかならんかのうちに、両親が離婚したそうや。浅香は母親に、弟は父親に引き取られたらしい」

「弟がいたんですか」

「ああ。ずいぶんかわいがっとったようやな、あの口ぶりやと。年が近いとも言うてたし。浅香は霧森学院には高等部からの入学組やけど、このあすなろ館に住むようになってからも、まめに文通しとるって言うてたな」

「……その弟さんも、浅香先輩のことを好きだったんでしょうね」

「そうやろうな、どんな子かは知らんが。なにしろ、その弟も浅香の父親も、告別式に現れんかったからな。浅香と同じ学年の生徒は全員出席したんやけど、身内席には浅香のオカンだけやった。あれはずいぶんきつい光景やったわ」

志儀先輩は、窓の外へと目をやった。瞳の色がとても切ない。オレも胸が締めつけられるような気持ちだった。この寮では人と深く関わらなかった浅香先輩にも、大切に思い、思ってくれる相手がいたのだ。

「でも今のお話を聞いた限り、浅香先輩のお父さんはなんか影が薄いですね。どんな人だったんですか」

「浅香いわく、飲食店かなにかをやっとる男やという話やったけど、浅香はほとんど父親の話はせんかったな。俺の直感やと、あまり父親とは良好な関係ではなかったとみえる。まあ、その話はもうええやろ。ともかく、浅香はそないなことも話してくれてたから、俺としては信頼関係が築けとると思うてた。それだけに……こたえた。あいつの自殺は」

志儀先輩は窓のほうを向いたままだった。どんな表情かはわからない。

「なんで相談してくれんかったんや、とあいつを責めても詮無い。気づけなかった己を責めるしかない。……俺には見当もつかなかったんや。あいつがいったい、なにに思い悩んでいたのか。学業か、恋愛か、はたまた家族のことか」

ゆるゆると首を振る先輩に、かけるべき言葉は見つけられなかった。オレは、そっと立ち上がる。

「その……。ヘンなお願いして、すみませんでした。聞かせてくれて、ありがとうございます」

部屋を辞去する直前に、志儀先輩が「あ」と呟いた。

「どうしました？」

「いやな。急に思い出したんや。浅香と話していたときに、あいつが意味深なことを言うてたなあ、と」

「えっ……！　意味深って、どんな」

「俺が『なんで霧森学院を選んだんや』と尋ねたときのことや。浅香は母親と一緒に東京に住んどったということやから、都内の高校に通うてもよさそうなものやのに。俺の質問に、浅香はなんや複雑な表情をして、こう答えたんや」

志儀先輩は、一音一音をゆっくりと発音する。

「『この町にいると、会える気がして』とな。……うっかり呟いてしもうた、みたいな感じやった。すぐに『誰にや』と尋ねたんやけど、はぐらかされた。もしかしたら、転校してしもうた想い人でも暮らしていたんやろか。まあ、あいつの死と関係あることかどうかは、わからへんけどな」

7

次は有岡さんから話を聞くつもりだったが、その前に食堂に寄ることにした。志儀先輩との会話で緊張したせいか、ひどく喉が渇いていたのだ。

平木さんはもういなかった。厨房を覗いても無人だったから、きっともう管理人室に戻ったのだな、と察する。

共用の冷蔵庫からミネラルウォーターを取り出して（へっくんの餌のミルワームが気になって仕方ない）、コップに注いだ。ひと息に呷っていると、廊下から人が近づいてくる気配を感じた。振り向くと、有岡さんが立っていた。

「おう、雛太。俺も一杯もらっていいか」

「もちろんです！　へへっ、お注ぎしますよ」

有岡さんはコップを受け取って、まずはちびりと口をつけた。

「なんだか、悪い夢を見ているみたいだ」

彼の口から呟きがこぼれる。

「どこかでなにかが間違っているんじゃないか……、そんな気がするんだよ。じつは犯人は柵を越えて逃げて、警備会社のセンサーとやらは、たまたま故障していたんじゃねえか。あるいは、犯人がうまいことぬかるみを避けて歩いて、足跡を残さずに林から逃げたんじゃねえか。そんな考えが頭の中をぐるぐる回ってる。本当に、この寮に人を殺すような悪人がいると思うか？」

最後の言葉は、問いかけではなく反語だったと思う。有岡さんは、信じていないんだ。このあすなろ館に殺人犯がいるなんて。

「オレも、信じられません」

「だよな。……まったく、雛太にアリバイが成立していたのは不幸中の幸いだ。たとえアリバイがなかろうがおまえを疑っちゃいなかったろうが、事実が保証してくれるのはありがたい」

大将のお言葉に感激して泣きそうになったが、この機会を逃すわけにはいかなかった。さりげなくアリバイを聞きださなくては。

「警察はなんで有岡さんにアリバイありって認めてくれないんですか？　だって、食堂で棗に反省文書かせてたじゃないですか」

「それは十分くらいで終わったんだ。だから七時四十分から八時ごろまでは、俺は自室にいた。そのあと風呂に入ったが、たぶん志儀と入れ違いになっちまったんだな」

彼の証言を疑う理由はなにもなかった。有岡さんが犯人なわけはない。それだけに、証明できないのが悔しい。

浅香先輩の件を切り出そうかどうか……と迷っていると、食堂に棗が入ってきた。

「兎川、また探偵活動？」

半ば呆れ、半ば面白がるような口調だった。

「探偵活動？」と有岡さんが鸚鵡返しする。オレは慌てて口の前に人差し指を立てるが、棗はこちらを向いていなかった。まっすぐ冷蔵庫のほうへ向かっていく。

「昼食の前に兎川と鷹宮が部屋に来て、他愛ない話をして帰ったので妙だと思ったんですけどね。さっき話したら、園部もアリバイがどうとか質問されたようです」

「こ、こら！　余計なことをっ」

「雛太。おまえ、そんなことしてるのか？」

有岡さんの表情が険しくなる。オレはさっきとは違う意味で泣きたくなった。

「ち、違うんですよ」

なにも違わないが、そう言うしかなかった。余計なことを口走りやがった棗は、そしらぬ顔で自分用のコーラを持って出ていった。

「……寮の仲間を疑っているのか。そんな、お互いの心を傷つけあうような真似をどうしてする」

「それは——早く事件が解決したほうが、きっとオレら、傷が少なく済むからです」

「誰かを罪人だと疑うことが、どれほど重たいことかわかるか？　簡単に人を疑うな」

有岡さんは、本当にまっすぐな人だ。物事を悪意に解釈することを徹底的に避けようとする。でも、やっぱりそれって、危ういんじゃないか。

「とにかく、そんなことはすぐにやめろ。警察に任せ——」

「おや、お呼びでしょうか」

オレと有岡さんはともにぎくりとした。振り向くと、食堂の入り口に千々石警部が立っている。

彼女はにこにこしながら、こちらへ歩み寄ってくる。

「兎川くん。どうも私は、君が諍《いさか》いをしている場面によく遭遇するようですね」

諍いではない、と言いたかったが、ついうつむいてしまう。喧嘩っ早い性格だということは自覚している。

「警部さん。足音消して近づいてこないでくださいよ」

有岡さんは、いささかむっとした様子である。

「失敬、これは癖でね。刑事なんてやっていると、悟られないようにして人の後ろを歩く機会も多いものですから」

彼女はにこりとして、ストッキングに包まれた指先を軽やかに鳴らした。

「で、警部さん、なにしに来たんですか？　ま、まさかエチカの逮捕状が出たとかっ」

オレが慌てて叫ぶと、有岡さんが「鷹宮の？」と言ってこちらを向いた。やべっ。有岡さんには、まだエチカの容疑が濃いということは伝わっていなかったというのに。

千々石警部は、オレの焦りを知ってか知らずか、鷹揚《おうよう》な調子で言う。

「安心してください。逮捕状というのはですね、そう簡単に出せるものではないので。まあ、任意同行くらいは求めるかもしれませんが」

彼女はここで、こほんとひとつ咳払いを挟んだ。

「じつは、兎川くんに頼みがあって参りました」

「オレにですか？」

「はい。ちなみに、そちらは空手部部長の有岡くんでしたね。君もいたほうがいい。ふたりとも、本校舎までご足労願えませんか」

オレと有岡さんは顔を見合わせた。

「よく話が呑みこめませんね。俺と雛太が、なぜ本校舎まで？」

「それはですね、例の指紋の主が見つかったからです」

千々石警部は、にっこりと笑って両手を広げてみせた。

「レインコートに触れていた、謎の人物のことです。さっそくその人物を取り調べにかかったのですが、黙秘してしまいまして。彼はこう言うんです——空手部の兎川雛太を呼んでくれ、それまで話さない、とね」

第五章　最後のピース

1

　千々石警部は、もったいぶって「指紋の主」を教えてくれなかった。オレは有岡さんと並んで、黙って彼女についていく。

　オレたちが呼ばれたということはたぶん、その「誰か」は空手部関係者なのだろうが。

「警部さん」

　遊歩道を歩きながら、有岡さんが声を投げた。

「気になっていたんですが、あすなろ館にしか犯人が逃げこめなかったというのは本当に間違いないんですか？　ぬかるみを避けて林を通ったとか、防犯センサーが壊れていたとか……」

「そこは警察の捜査を信頼してほしいですね。いま君が言ったようなことは、なかった」

きっぱりと断言されて、有岡さんの広い肩が落ちる。オレは見ていられなくて、視線を逸らした。すると、例の東屋が目に入る。見ると、規制線の内側で防護服のようなものを着た人たちが作業していた。オレの視線に気づいた千々石警部が解説してくれる。

「もう現場検証は済みましたから、保全は終了です。それで、学院が特殊清掃業者を入れていいか、と許可を求めてきましてね。ショッキングな現場を放置しておいて、うっかり生徒に見せてしまうわけにはいかないということで」

オレはその「ショッキングな現場」をすでに見てしまった。命を失ったばかりの湖城の遺体まではっきりと。意識してしまうと、昨日見た現場の光景が否応なく思い出された。飛び散った血に、湖城の遺体に、流れているモーツァルト……。

ふと、あることに思い至った。

「あの、千々石警部。ちょっといいっすか。湖城のスマホのことなんですけど」

「スマホがどうしました」

「音楽が鳴っていたと思うんですけど。あのアラームなりタイマーなりがセットされた時間から、湖城が殺された時間がわかるんじゃないっすか」

「ああ……。アラームが八時にセットされていましたね。ただタイマーと違って、アラームではそれがセットされた時間を逆算することはできない」

彼女は立ち止まり、思案げに顎を撫でる。

「君と鷹宮くんが遺体を見つけたとき、アラームは鳴っていたのでしょう？」

「うっす。それが、だいたい八時ジャストのことです」

湖城が「タイムマネジメント術」とやらでアラームをセットしたとしても、それをいつしたのかわからない限り、手がかりにはならないか。

オレが落胆していると、千々石警部が小さく呟くのが聞こえた。

「そうか……、やはり知られているのですねえ」

ん？　どういう意味だろう。

オレが発言の意味を質《ただ》そうとしたとき、彼女がくるりと振り向いた。

「そうそう、別件ですけどね。今の君の話で思い出しました。じつは現場の状況に関して一点だけ謎があるのです。そのことについては、ぜひ兎川くん――君の意見が聞きたいところですねえ。ま、それは後で話します」


オレと有岡さんは、「生徒指導室」まで連れていかれた。

千々石警部が扉を開けて「さあ」と促す。息を呑んで、足を踏み入れた。

手前には、郷田刑事と室刑事が座っている。そしてその向かいにいるのは――空手部の一年生、橋場だった。

「ああっ！　兎川先輩っ！」

橋場は飛び上がって、にきびの多い顔を涙でぐしょぐしょにしながらオレに抱き着いてきた。

「うおっ、なんだなんだ」

「来てもらってすまないね、兎川くん。……おや、有岡くんも一緒かね。まあ、この椅子に座りなさい」

　郷田刑事がソファの脇のパイプ椅子を手で示すが、橋場がひっついてくるのでそれどころではない。

「驚きましたか？」と、千々石警部が笑う。「全校生徒の指紋を採り照合した結果……指紋の主は彼だったのです。ところがここに呼び出して聴取を始めた途端、パニックを起こして泣き出してしまってね。なんとかなだめようとしたのですが『兎川先輩を呼んでください』の一点張り。それで、ご足労願ったわけです」

　オレは大きくため息をついて、橋場の硬い髪を撫でる。

「橋場、おまえなあ。なんでオレを呼んだんだ？」

「うっ、ぐしゅっ……、だ、だって、ひくっ、兎川先輩が、おれの、おれの証言、ひっく、証明してくれるから……」

「オレが証明？」

「そ、それにおれ……警察って怖くて、ガチで怖くて無理っす……無理なんすっ、だから頼もしい兎川先輩に傍にいてほしくて……」

　うっ。ちょっときゅんときてしまった。後輩に頼られるっていいものだ。舎弟《しやてい》ができたみたいじゃねーか。

「よーしよし、橋場。もう怖くねえ。だからめそめそすんな。オレがついてる」

　橋場はオレの胸元でずずっと洟《はな》をすすり、

「兎川先輩……お母さんみたいっすね……」

「あ？」

橋場をソファに放り投げる。兄貴と見なされているかと思えば、母性を感じられていたとは。オレはパイプ椅子を有岡さんに譲って、橋場の横に腰かけた。情けない後輩の肩を摑んで、活を入れてやる。

「だいたい、いくらなんでもビビりすぎなんだよおまえは」

「だ、だって……おれ、取り調べとかそういうの、トラウマなんすよぉ。中学んとき、コンビニで万引きしたら店長に捕まっちゃって、そのあと警察の人からめちゃくちゃ怒られて」

「ばかもの。それはおめーが百パー悪いわ」

「ううっ、だから『性根を叩き直せ』って父ちゃんに言われて、空手始めたんす」

「いい選択だな。『空手は義のたすけ』だ……これからもしっかり稽古に励め」

有岡さんが「空手道二十訓」を引いたところで、郷田刑事が咳払いをした。

「さあ、それではそろそろ話してくれるかね？　一年二組の橋場尚明《なおあき》くん。どうしてこのレインコートに、君の指紋が付着していたのかを」

刑事はテーブルに載せた写真を指で叩く。オレも見せられたレインコートの写真だ。湖城の返り血がべっとり付着した状態で撮影されている。これでは橋場もビビるわけだ。

深呼吸をしてから、橋場はゆっくりと話しだした。

「そ、それは……昨日の五時半ごろのことなんっす。稽古の途中で休憩になったとき、体育棟の近くで猫を見つけて……それでおれ、友達と一緒に追いかけて」

　ちーちゃんのことか。

「で……今は使われてない駐輪場に逃げこんだんす。そこには、なんか段ボール箱とか放置された自転車とか、ゴミみたいなものがいろいろ積まれてて。猫がその山の中にもぞもぞと潜りこんだんすよ。そこでおれ、そのレインコートにも触った覚えがあるっす」

「間違いなく、このレインコートだったかね？」

「断言はできないっすけど、そういう半透明のやつでした。丸めてあって、隠すように段ボールの間に突っこんであって」

　書記を務めていた室刑事が、そろりと口を挟む。

「捨てられていたレインコートを失敬して、犯行に使ったということでしょうか」

「違うでしょうねえ」

　と否定したのは、ドアにもたれて立っていた千々石警部。

「くだんのレインコートは新品同然でした。犯人が事前に購入し、犯行に使うまでそこに隠しておいたと見るのが道理でしょう」

　あのとき、あそこにあったレインコートを犯人が……。

　背筋を冷たいものが走るのを感じた。

　オレが証言を裏付けると橋場は解放された。有岡さんも彼に付き添って去る。なぜか、オレだけはその場に引き留められた。

「さて。結局、レインコートの指紋はたいした手がかりにはならなかった、と」

千々石警部が淡々と言う。あすなろ館に犯人がいるという仮説に対する反証は、これで消えてしまったのだ。

「そうなると、他の手がかりを検討する必要がありますねえ。我々も意味を摑みかねている事実がいくつかある。それらについて、ぜひ事件関係者である君の知恵をお借りしたい」

「あのことを話すのかね、千々石さん」

「構わないでしょう、郷田警部補。彼はアリバイが成立していて、事件関係者でありながらも信頼できる証人です。もしかしたら、意外な事実を教えてくれるかもしれない」

「……まあ、あの件だけなら、そう差し支えはないでしょうな」

「それでは聞いてくださいね、兎川くん……。じつは湖城龍一郎の着衣には、奇妙な痕跡があったのです」

「痕跡？」

「ズボンやブレザーのあちこちに、血のついた手袋で触れた跡がありました。とくにポケットの付近にその跡は集中していた。つまり……」

「犯人は湖城を殺した後に、あの人の持ち物のなにかを奪おうとした？」

「ご明察です。それはなんだと思います？」

そう訊かれても、オレにはエチカのような推理力はない。だが、なにか答えなくては。

「そうですね……ありがちなのは財布とか」

「財布は盗られていませんでした。ただ、それはブレザーの右のポケットに入っていたのですが、中身を探った跡があった。紙幣にも手袋で触れた跡がありましたね」

それはそれで奇妙な話だが、ともかく中身は無事だったということか。

「うーん。じゃあ、スマホっすかね」

「スマホにも触れた跡がありましたよ。やはり血痕が付着していた。しかしご存じのように盗られてはいませんでした――アラームが鳴っているのは聞いたでしょう？」

「となると、うーん。なんだろう。あっ、生徒手帳かな？　それを持ち去ってどうする気だったかはわかんないですけど」

「残念。生徒手帳も無事でした。これも血のついた指で表紙をめくった跡がある」

「むむ……。とりあえず、ここまでの情報を整理すると」

オレは指を折りながら、これまでにわかった「条件」を洗い出す。

「それはたぶん、財布に収まるサイズのものです。財布を漁ってたんすから。そして、残っていると犯人にとって不都合なもの」

「ふむふむ。それはつまり？」

「ＳＤカードとか？」

いい線だと思ったのだが、千々石警部は首を横に振った。

「それには反証があります。被害者のスマホが壊されていないことです。もしも始末したかったのがなんらかの不都合なデータだったならば、それが入っている可能性のあるスマホだけでも壊していたのではないでしょうか？　犯人は現に、スマホに触れていることですし」

「あ、そっか。うーん。降参っす。わかんねーです」

千々石警部はさほど残念でもなさそうに「そうですか」と言った。

「ところで昨日から今日にかけて、鷹宮くんが今の条件に該当するものを所持していませんでしたか？」

オレは思わず「なっ」と叫んでいた。そうか、千々石警部はこれが聞きたかったのか。

「あの、千々石警部。動機があるってだけの理由でエチカを疑うの、やめてもらえませんか」

オレが机を叩くと、彼女は困ったような笑みを浮かべた。

「申し訳ありませんね。これも捜査なので……、あなたの友達思いなところは、素敵だと思いますよ。それで、質問の答えは？」

「そんなものありません」

彼女は「そうですか」とふたたび言うと、掌をドアのほうへと差し向けた。

「では——お疲れ様でした」

2

　というわけで、オレはお役御免となった。

　千々石警部は本校舎の捜査に残るということで、郷田刑事が裏口からあすなろ館まで送ってくれることになる。

　隣を歩く彼の顔は、昨日よりもいくらかやつれて見えた。スーツも昨日と同じものだし、徹夜で捜査に取り組んでいたのだろう。

「……あの、なんか、お疲れさまっす」

　オレの言葉に、刑事はワンテンポ遅れて反応する。

「いや、なに。仕事だからね。むしろ、君たち霧森学院の生徒には本当に申し訳が立たんと思うよ」

　ちょうど遊歩道の手前だった。郷田刑事は喫煙所を指さす。

「私は昨日、ここに立っていた。現場の目と鼻の先だ。二百メートルの距離があっては、むろんよほどの大きな音でないと聞こえなかっただろうが……それでも悔しい。最初から現場にいたにも拘《かか》わらず、なにもできなかったというのはね。こんなに近くにいて、事件を防げなかった」

　まったく考えてもみなかったが、言われて初めてその無念さが胸に迫った。たしかに、警察官としては忸怩《じくじ》たる思いだろう。

「とにかく、我々の手で必ず犯人を捕まえなくてはならない。必ずね」

「あの……、やっぱり刑事さんたちは、エチカを疑ってんですか」

この機会に、とばかりに尋ねてみた。ためらうような間があってから、答えが返ってくる。

「千々石さんをはじめ、捜査員の何人かは、そのようだね。犯行の機会があった八人のうち、明確な動機を持つのは鷹宮くんだけだから」

「エチカだけ、すか？　園部は」

「彼の容疑は薄いというのが、我々の共通の見解だ。湖城くんがいじめを行っていたことと、彼に襲撃された可能性がある、と本人が我々に話していたことは事実だよ。ただし、それこそが彼の無実を証明している。事前に警察に相談しておいて、その後で湖城くんとわざわざ対峙して殺害するなど、道理に合わない」

言われてみればそうか。

「で……、鷹宮くんについてだったね。これは千々石さんたちには正面切って主張しづらいことだが、彼はなんとなく、犯人ではないような気がしているよ」

オレにとっては朗報である。思わず「なんでですかっ」と食い気味で訊いてしまう。

「彼の態度が、とても殺人者のそれとは思えなくてね。そもそも、園部くんの襲撃事件があったときに、みずから警察を呼んだこともそうだ――いや、湖城くんからの嫌がらせがそのあとに発生したことは承知しているよ。しかし、ね……」

郷田刑事の言いたいことはわかる。オレと同じで、言葉にできない理由からエチカの無実を信じているのだろう。

「あの、後学《こうがく》のために聞いておきたいんですけど……、郷田刑事は、殺人を犯したことがある人を見たことってあるんですか」

「あるとも」

「なんか、その……、オレが気になるのは、人を殺す人間って、いったいどんななんだろうっていうことで。オレまだ信じられないんですよ、あすなろ館の仲間が犯人だなんて」

郷田刑事は、気の毒がるような目をオレに向けた。そのとき、ちょうど問題の東屋の横を通りかかった。特殊清掃業者はすでに去っており、しかも見張りの警官らいなくなっていた。オレは、おや？　と思う。

「もうここに警官は置かないよ。他の場所を見張ってもらっているんだ。この敷地はさんざん調べてわかったとおり、外部から侵入するのは困難だからね。生徒をちゃんと寮に足止めしておけば、ここに近づく者はいない。ならば寮の見張りに人手を回すほうが効率的だということさ」

説明しながら、郷田刑事は東屋に入り、オレを手招く。

「座ろうか」

東屋から血痕は拭い去られていた。昨夜の悲劇も、一夜の悪い夢だったらよいのだが。

「さて、それでは君の質問に答えよう。殺人者とはどんな人間か、ということだったね。その答えはこうだ――『普通の人』」

「普通の、ひと」

「ああ。あまり観ないが、映画やドラマでは、特異な人格の持ち主が犯罪者として描かれることが多いようだね。冷酷に笑いながら、何人も手にかけるような」

そこまで偏っていることもないだろうが、そういう例は多い。オレは頷いた。

「実際、世間を震撼《しんかん》させる凶悪犯罪者などには、そういう人物もいるね。だが、ほとんどの犯罪者というのは、そうではない。普通に言葉を交わしている限り、一般市民と変わらないのだよ。殺人、という罪に限定してもそうだ。ではどうやって犯罪者を見極めるかというと、彼らはみずからの罪を糊塗《こと》するために、必要以上に一生懸命になる傾向がある」

「一生懸命、すか」先ほどから間抜けに鸚鵡返しするばかりだ。

「そうだ。些細な質問をひとつしただけで、やけに言葉を重ねたりする。尋ねないうちから、先回りするように詳細な情報を出してくる。普段よりも饒舌《じょうぜつ》になる。そういう細かい変化を見極めて、刑事は『におう』とジャッジするわけだ」

どうだろう。そういうやつがあすなろ館にいただろうか――。

「まあ、一般論にすぎんがね。ああ、そうだ、忘れるところだった。君に伝えておかねばならないことがあるんだ」

「えっ。なんですか」

郷田刑事は懐から煙草を取り出して、はっとしたようにしまった。オレが「べつにいいっすよ」と言うと、刑事は「すまないね」と笑って煙草をくわえる。

「じつは、先ほどまで財津教諭を取り調べていたんだよ」

「ざ、財津先生を？」

「うむ」郷田刑事は煙草に火をつけて、「ことの起こりは、つい二時間ほど前のことだ。湖城くんのロッカーを捜索したところ、じつに恐ろしい薬品が出てきてね」

その言葉を聞いて脳裏によみがえったのは、おととい見た金魚たちの亡骸だった。

「もしかして――塩酸ですか」

「そのとおり。鷹宮くんへの嫌がらせのことを知っていた我々は、その件を湖城くんの仕業だと断定したよ。だが、そんな劇薬を一介の高校生が入手できるルートは限られている――理科室をおいて他にはないね」

そういえばエチカも、校内で盗まれた可能性を示唆していた。

「とはいえ、そういった危険な薬品は厳重に管理されているはずだ。我々は即座に理科主任である財津教諭を呼び出したよ」

郷田刑事は淡々と語った。

財津は湖城龍一郎に脅されていたのだ。湖城は三か月ほど前の夜、財津が校舎の裏手で缶ビールを飲んでいるのを発見した。仕事と親の介護のストレスからアルコール依存症になりかけていた財津は、しばしば授業終了後に他の教員の目を盗んで校地内で飲酒していた。そのうえ問題は、彼が自動車通勤をしているということだ。

「勤務中の飲酒に加えて飲酒運転。これが学院理事長の耳に入れば、馘首《くび》は必至だろうね。無論、自業自得ではあるのだが、湖城くんは告発という正しい選択をしなかった。学院内での支配力を高めるために、財津教諭を手駒にすることにしたのだ」

財津は湖城に様々な融通をするようになった。

たとえば「化学準備室の鍵を貸してほしい」と言われれば、素直に貸した。湖城がそこでなにをしているのかは考えないようにした。そのあとで、危険な薬品がいくらか減っていることに気づいても、騒ぎ立てることはしなかった。

「そっか……。それで、湖城は第三生物室に入ることができたんだ」

いまや、金魚殺しの実行犯が湖城であることに疑いはなかった。鍵を自由に使えたことはもちろん、塩酸の発見は決定的証拠と言えるだろう。

「うむ。ちなみに、園部くんを襲ったのも湖城くんと見て間違いなかろうね。財津教諭はこうも証言していたよ——『あの日、湖城くんは生物部の今日の予定を訊いてきた。嫌な予感はしていたんです』とね」

だから財津は、あの事件が表沙汰になることに異様に反発していたのか。湖城の罪が発覚すれば、自分も道連れにされるだろうと察して。

いずれにせよ、状況証拠は完全に出揃った。机に置かれた花とロッカーに注がれた絵の具はともかく、金魚殺しと園部襲撃の実行犯は、確実に湖城だ。

「はぁ……。なんか、ショックです」

気づけば、オレは郷田刑事を相手に心情を吐露していた。

「今朝、財津先生、すげー親切だったんですよ。オレとエチカと園部が登校したとき、事件に巻きこまれたんじゃないかって心配して、気づかってくれて。正直、見直しかけたんです。なのに、今の話聞いて……がっかりしちまいました」

郷田刑事は携帯灰皿に煙草の灰を落とした。紫煙とともに言葉が出てくる。

「人がある一面を見せていても、それがその人のすべてとは限らんよ。良くも悪くもだ」

「はい……」

刑事はゆっくりと立ち上がって、遊歩道へと歩み出した。

「さあ、あすなろ館へ戻りたまえ。玄関の前までは送っていこう」

言葉どおりオレをあすなろ館に送ってくれた郷田刑事は、去り際に心配そうな目でオレを見た。

「警戒しすぎることはないが、気をつけて過ごしなさい。こういう言いかたはどうかとも思うが……一度大きな罪を犯してしまった人間というのは、二度目をためらわないものだからね」

3

幸い、部屋に戻るまで誰にも会わなかった。もしも誰かと出会って「どこに行っていたのか」と訊かれたら面倒だ。

「エチカっ！」

オレが部屋に飛びこむと、文庫本を読んでいたエチカは顔をしかめてこちらを見た。

「ノックをしろ。おまえだけの部屋じゃないんだ」

「なんだよ、見られたらまずいような本でも読んでたのか」

「そんなんじゃない」

エチカは持っていた本の表紙を見せた。図書室のつるつるのカバーがかかっているその本は、『ニコマコス倫理学』というタイトルだった。

「楽しそうなタイトルだな」

「で、なんだ」

「なんだもなにも、情報収集してきたんだよ。話すことは山ほどあるからな。心して聞けよ」

オレは椅子に跨って座って、ベッドの上のエチカと相対する。

隣室や廊下に聞こえないように、意識して声を抑えながら話す。

志儀先輩のアリバイ。そして、彼から聞いた浅香先輩の過去。有岡さんのアリバイ。さらに、橋場とレインコートの件については、とくに注意して細かい点まで聞かせた。遺体に残った奇妙な痕跡のことも話し、最後に財津に関する顚末《てんまつ》で締めた。

「……なるほどな」

それがエチカの第一声だった。

「やはり、金魚を殺害したのは湖城だったか」

その表情は曇っていた。顔をしかめて、窓の外を向いてしまう。

「で、どうだよエチカ。なにか事件についてわかったことはあるか？」

「正直、推理したいという気持ちは湧かないな」

思わず「えっ」という声が漏れた。エチカはこちらに涼やかな目を向ける。

「今のおまえの話で、湖城龍一郎の卑劣さを再認識した。彼を殺害した人間の正体に、おれは興味を持てない」

気持ちは、わからなくもなかった。でも、こんなにはっきり言われると、ちょっとひるむ。

「湖城がどうこうじゃなくてさ。さっきも言ったじゃんか。おまえのためなんだって！　警察は、やっぱりおまえを第一容疑者だと思ってる。郷田刑事だけは別みたいだけど……だからやっぱり、犯人を突き止めないと！」

じっと目を見据えると、エチカは困惑したように視線を下げた。

「そこまで言うなら、考えるだけ考えてはみる。しかし、おれに推理を求めているわりに、おまえの情報提供は少なすぎる。肝心なことを話していないだろう」

「へ？　なんだよ、肝心なことって」

「事件当日の夕方のことだ。橋場という生徒がレインコートに触れた経緯はわかった。だが、その前後の描写が少ない――とりわけ、空手部の有岡先輩と元村について」

なぜそれが大事なのかわからなかったが、オレはとにかくその話をした。瞬が道着を寮に忘れたことなども伝えた。

「……なるほどな」

エチカは軽く鼻を鳴らした。なにが「なるほど」なんだろう。

「で、エチカ、あの件はわかったか？　つまり、千々石警部からの謎かけだけど」

「湖城の衣服に触れた痕跡のことか。彼の所持品の中から、犯人が持ち去ったもの――または持ち去ろうとして見つからなかったものはなにか。いくつかの仮説は浮かぶが、断定はできないな」

「ふーん。じゃあ、まだ推理は先に進まないってことか」

オレがそう言うと、エチカは冷ややかな目で見返してきた。

「なに言っているんだ。もう、だいぶ容疑者は絞れてきたぞ」

この言葉に、オレは色めき立った。「マジかよ！」と叫ばずにはいられなかった。が――やっぱり直截《ちょくせつ》的に尋ねる勇気は出なかった。

「いま、おまえの容疑者リストには……何人が載ってるわけ」

エチカは、ためらわずに答える。

「三人だ」

ごくん、と唾を呑みこんだ。オレは、恐る恐る尋ねてみる。

「だ、誰……どの三人……」

「言えないな。さっきも言ったが、おまえはすぐ顔に出る」

「うぐ……お、おまえ、そんなこと言って、本当はわかってないんじゃねーの」

こんな煽りに乗せられるエチカではなかった。目をさらに冷ややかにして、

「そんな虚勢を張るほど複雑な推理じゃない。とても簡単なことだ。レインコートの指紋の件を踏まえても、まだわからないか？」

正直、わからなかった。だって、第三者である橋場の指紋しかついていないんだから、この寮の住人の誰かと結びつくってことはないだろう。

「ちなみに『鷹宮絵愛』の名前は、まだそのリストに載ってるわけ」

エチカは無言のまま、オレの顔を見つめてきた。

「それも内緒かよ」

「じゃあ、仮に――おれの容疑が晴れたら、おまえはもうこんなことをやめるか」

「こんなことってなんだよ」

「探偵活動めいたことだ」

エチカの眼差しは真剣だった。その目があまりにまっすぐで、オレはひるむ。

「え？　そりゃ、まあ、エチカの容疑を晴らすってことが最初の目標だったわけだし……いや、でも」

ここまできたら最後まで行きたい、という気持ちが起こってしまっている。

もしも犯人がこのあすなろ館の中にいるとしたら、オレはその誰かを追い詰めるのは、正直嫌だ。そんな真似がしたいわけではない。

だけど――。棗や園部の態度を思い出すと、このままでいいとも思えない。疑心暗鬼が高まれば、いつかはこの寮の中で、誰かが暴発してしまうかもしれない。それは悲しい。

最初は、エチカの無実さえ証明できればいいと思っていた。でも、今は。

「オレは……真実が知りたいよ。エチカ、おまえなら、きっとそれに辿り着ける」

「買いかぶりすぎだろう」

エチカはため息をついて、手を組み替えた。それから、ほんのわずかに笑みを浮かべて、オレを見上げた。

「まあ、いい。おまえがそう言うなら、もう少しだけ付き合ってやる」

「よっし！」

オレが叫んでガッツポーズを取ると、エチカが「声がでかい」とすかさず言った。

「えー、こほん。じゃあ、可能な限りの検討ってやつを進めるか」

「といっても、もう手持ちの物証は出尽くしたんじゃないか」

「まだできるアプローチはあるじゃねーか。動機についてはなにか考えてることねーの？」

「動機、か」

エチカは途端に心もとなさそうに眉を曇らせた。

「それについて考えるのは不毛に思える。昨日寝る前におれが言った仮説は、やはりあくまでも仮説にすぎない。浅香事件が絡んでいると断言するのは不可能だ。

……それこそ、この寮に住む誰かが財津のように、湖城に脅されていた可能性だってある」

動機から考えるのは不毛、か。まあたしかに、論理的にひとつに特定できるというものではない。

「……ただ」

エチカは言いかけて、やめた。

「ただ、なんだよ」

「いや。印象論にすぎないから、口に出すのはやめよう」

「なんだよ言えよ、このこのっ。言いかけて黙るのはかまってちゃんだとみなすぞ」

「じゃあ、言う」

そんなにかまってちゃんだと思われたくないのか？

エチカはしゃっしゃっとスマホを操作して、画面を見せてきた。そこに表示されていたのは、浅香先輩の写真だった。

「さっきおまえが部屋を出ていってから、おれはその浅香という先輩の顔を知らなかったな、とふと気づいたんだ。だから事件のことを調べて、この画像を見つけた」

「……それが、なんなんだよ」

オレが救えなかった人――痛みに気づけなかった人の顔を直視するのは、正直きつかった。実際、あの事件以来、彼の写真を見るとそれとなく目を逸らすようになってしまっていた。

「誰かに似ている、と思ったんだ」

「え――」

「誰かははっきりしない。ただ、そう思った」

オレは意を決して、写真を直視した。

優しく垂れた目。穏やかそうな印象だ。それでいて目鼻立ちは濃くはっきりとしていて、こうしてみるとなかなかの美形だ。野暮ったい黒縁眼鏡をかけていないほうがよかったんじゃないかな、という気もする。

「たしかに、誰かに似てる……気がする」

悔しいが、オレもエチカ同様、誰に似ているとは言えなかった。でも、たしかに、見知った誰かの顔と近い面差しに思えるのだ。

エチカは、ふっと短くため息をついた。

「勘違いかもしれないし、なんの意味もないことかもしれない。繰り返すが、印象論だ」

「それで、浅香先輩と誰かの顔が似てたら、つまり……どういうことになるんだ?」

「この寮に住んでいる誰かと似ていたら、大きな意味を持つことになるかもしれないな」

言われて、はっとした。もしかして、エチカが言おうとしているのは――。

オレが想像を巡らせかけたところで、彼はちらりとこちらを見た。

「おまえには、この先のプランがなにかあるのか」

「なにもねえ」

エチカが、ふうと息を吐く。だろうな、という感じだ。

「まあ、慎重にいこう。警察が先に真実に辿り着くなら、それはまったく望ましいことだ。あまり無理に動かないほうがいい——相手はすでに、ひとり殺しているんだから」

郷田刑事と同じようなことを言う。そのときかすかにオレの心には不安が走ったが、それはすぐに消えてしまった。

4

洗面所で顔を洗おうと廊下へ出たら、斜《はす》向かいの部屋から瞬が出てくるところだった。

「ヒナ先輩！」

陽気に名前を呼んで、オレを手招きした。先輩を呼びつけるなよな、と思いつつも寄っていく。

「聞きましたよ。寮のみんなのアリバイ調べしてるらしいじゃないっすか」

「げ。どっから漏れた」

「なっちゃん先輩からっす。さっきトイレですれ違ったとき『おまえも兎川たちの取り調べ受けたの？』って訊いてきたんす」

棗のやつ、根に持ってやがるな。

「おまえと五月女のアリバイはいいんだよ。昨日、風呂で聞いたから」

「まあまあ、そう言わずに。おれたちの取り調べもしていってくださいよ」

なぜか腕を摑まれて、そのまま瞬・五月女ルームに引きこまれる。自分から捜査してくれとねだる容疑者とは、また斬新だな。

五月女は勉強机の前でぼうっとしていた。オレと目が合うと、ぺこりと一礼する。

一年生ふたりの部屋は清潔で、石鹼《せっけん》みたいな爽やかな香りがした。棗・園部ルームは制汗剤や整髪料の匂いが強く、志儀先輩の部屋にはコーヒーの匂いが染みついていたのを思い出す。

「ささ、ベッドに座ってください、ヒナ先輩。おれは下で寝てるんで」

腰かけながら、部屋をぐるりと見回す。なかなか綺麗に片付いている。共用の本棚の三つの棚は、上から順番に小説、漫画、教科書で埋まっていた。どれがどちらの所持品なのか判然としない。偶然同室になったというのに、このふたり、ずいぶん相性がよさそうに思えてきた。

「さあヒナ先輩！　事情聴取をどうぞっ。あ、おれが代表して答えるので、ユイをいじめないでくださいね」

勝手に引きこんでおいて「いじめないでください」ときたか。べつに訊くことなんかない――と言いかけて、ひとつ思い出した。橋場の話を聞いて、ちらりとそのことが気になっていたのだ。

「そういえば瞬。おまえ、昨日の稽古の途中の休憩時間、どこ行ってたんだよ？　一年連中が群れて猫を囲ってる中に、おまえいなかったけど」

「トイレ行ってたんすよ。もー、そんなこと訊くなんて、ヒナ先輩のエッチ」

「う、うぜえ……」

そういえば、屋上で謎の人影を目撃した後、五月女にも便所にいつから入っていたのかと訊いてしまったっけ。彼のリアクションが気になり、ちらと視線をやる。

五月女は椅子をこちらに向けて、じっとオレと瞬の話に耳を傾けていた。

「あー、ごめんな、五月女。うるさくして」

「いえ、全然。勉強しようと思っていたんですけど、なんだか手につかなくて……」

「ま、そうだよな。なに勉強してんの？　オレ、国語だけは得意だから見てやれるぜ」

五月女の机を覗きこむ。彼が広げていたのは、日本史のテスト問題のようだった。プリントの両端に、特徴的な黒っぽい線が刻まれている。ああ、進路センターのおんぼろ印刷機でプリントしたのか。一年生のうちからあの部屋を使いこなすとは、感心感心。

……いや、そんなことよりも。

「え、これって共通テストじゃねーか？」

「はい。正確に言えば、まだセンター試験って呼ばれてたころの過去問ですけど」

「お、おまえ、もう受験勉強始めてんの？」

「文系の科目だったら、けっこういまの知識だけでなんとかなっちゃいますから」

「いやいやいや。おまえ、まだ高校一年の四月だろ。早すぎねーか？」

受験勉強なんて、二年のオレですら始めてねーのに……とは言えなかった。

「ぼく、臆病なので。親からは大学に行ってもいいって言われているんですけど、うちはそんなにお金ないので、ぜったい国立に行きたいんです。浪人なんてもちろんできませんから、必ず三年の冬にはいい大学に受からなきゃ、って思って」

「はあー……すごいねおまえは。瞬も見習えよ」

「わかってますよ。おれ、ユイのこと普通に尊敬してますし。ヒナ先輩こそちゃんと進路センター使ってますかー？」

「あったりめーだ」

正確に言えば、友達の授業ノートをコピーさせてもらうときなどに使っている。この学校内で生徒が自由に使っていい印刷機は、あそこにしかないのだ。

「ま、うちっていちおう進学校っすもんね」

この学校の生徒は、なぜかみんな「進学校」の前に「いちおう」をつける。

「三年生の先輩とかほんと忙しそうで、おれも二年後はああなるのかーって思うと憂鬱っす。ザッキー先輩とか、最近ぜんぜん部活出てきませんもんね」

神崎さんのことか。そういえば、特進クラス内でいじめが行われていたと園部から聞いた後、オレは一度も顔を合わせていない。

「そうだヒナ先輩。なんでもいいから情報が欲しいとかだったら、ザッキー先輩から話聞いてみたらどうっすか？」

「な、なんでだよ」

まさか浅香先輩に対するいじめの件を嗅ぎつけたのか――と、身構えてしまう。

「だって、昨日、ふたりで話してるところ見たんで」

「ふたりって、神崎さんと誰」

「生徒会長っす」

「湖城と？　まあ、クラスメイトだから、話くらいするだろ」

「それが、なんか深刻そうな雰囲気だったんすよね」

瞬は腕を組んで、軽く首をかしげる。

「五時間目と六時間目の間のことっす。おれのクラス、化学室で授業だったんで、二階の廊下を突っ切って移動しようとしてて。トイレ寄ってて遅れそうだったから、ユイには先に行ってもらってましたけど」

「で、三年生の教室の前を通ったってことか」

「うっす。んで、特進クラスの中を戸口から何気なく見たら、生徒会長がなんか、ザッキー先輩に怒鳴ってたんっすよ。目が合うのが怖くて、さっさと通り過ぎましたけど」

「そ、それ刑事さんに話したか!?」

大声で尋ねると、瞬は目を丸くした。

「いや、話してないっすけど……。ザッキー先輩もうここの住人じゃないから、わざわざ言うほどでもないかなあって思って。えっ、そんなに大事なことでした？」

「めっちゃ大事。……いや、ともかくありがとな、瞬。おまえに事情聴取してよかった！」

「はあ。お役に立てたならよかったっすけど……」

不思議そうに顔を見合わせる一年生ふたりを後目《しりめ》に、オレは部屋を飛び出した。扉を開けた瞬間、棗と激突しそうになった。

「ちょっと、なに。急に飛び出さないでよ」

彼は一階から上がってきて、部屋に戻る途中のようだった。

「わ、わり。急いでてさ。それじゃ！」

オレはすぐに自室のほうへ駆けて、扉を開けた。

「ノック」

エチカの声が飛んできた。今度はベッドに寝そべった体勢で本を読んでいた。

「悪い、忘れた！　なあエチカ、今から寮の新館に行ってくる！」

「なぜだ」

「重要な手がかりが掴めるかもしれないんだ。なにかわかったら、すぐ知らせっから！」

「おい。そんな大声を出すと……」

エチカがなにか言いかけていたが、気が急くあまり耳に入らなかった。ドアを閉めて、ふたたび廊下を駆ける。すると、すぐ左側のドアが開いて、激突してしまった。

「あだっ」

「ご、ごめん、兎川くん」

生物部出張部室から、園部が出てきたのだ。

「ってて……いや、平気。オレが走ってたせいだから」

「なんで急いでるの」

「へへ、じつは重要な手がかりが手に入るかもしれなくて……。まだ内緒な！」

それだけ言って、オレは額をさすりながら階段を駆け下りた。

「えらい騒々しいな。なんなんや」

食堂から志儀先輩が顔を出したので、オレは振り向いて叫ぶ。

「ちょっと出かけてきます！」

「勝手にうろつくなって刑事から言われとるやろう」

「超がつく重要な用事なんです！」

「ふうん。……やそうですよ、平木さん」

志儀先輩が食堂の中に呼びかけていた。平木さんと一緒に午後のお茶をしていた、というところか。だが、オレはお茶どころではなかった。逸《はや》る気持ちを必死で抑えながら、玄関から飛び出した。

走り出しながら、どうやって神崎さんとコンタクトを取ろう、と考える。ＬＩＮ

Eの個別チャットで「話があります」とでも言って呼び出すか。しかし、相手に考える時間を与えず、一気に情報をもぎ取りたかった。ただでさえ、神崎さんは浅香先輩のいじめを黙認していた人だ。湖城との会話も後ろめたいことだったら、揺さぶりをかけない限り話してはくれまい。

とにかく、寮の新館に潜りこんで奇襲をかけよう——と思っていると、東屋のあたりで、前方からやってきた有岡さんと行き会った。

「おおっと、どうした雛太。忘れ物か？」

「えーと……。そうです！　大事な忘れ物です！　ていうか有岡さん、今までなにしてたんですか？」

「橋場を寮の新館まで送ってから、ちょっと話に付き合ってやったんだよ。あれっぽっちの取り調べでも、あいつ、わりとメンタルにきてたみたいだからな」

「さすが有岡さん、優しいっすね。……ん？　寮の新館って、入れたんすか」

「ああ、二階の連絡通路から入った。警官が立っていたけど、事情を説明したら通してくれたぞ」

「なるほど！　……おっと、オレ、もう行かなきゃです！　すぐ戻りますんで！」

有岡さんは、不思議そうな顔をしてオレを見送った。

5

寮の新館へ行くには、本校舎を突っ切っていくのがもっとも早い。

本校舎へ入るのは容易だった。裏口の前にもひとり制服警官が立っていたが、事件関係者で、しかも先ほど郷田刑事に付き添われて歩いていたオレは、いわば顔パスの状態だった。「ああ、君か」というような顔で、通してくれた。

とりあえず手近なトイレに入って、窓の鍵を開けておく。二階の連絡通路から寮新館に入る予定だが、そこにはたぶん警官が立っている。寮新館に潜りこむことはできても、もう一度連絡通路を通るのは難しそうだ。帰りは新館の窓から外に出て、こっちの校舎に戻らねばならなくなるだろう。

トイレから廊下に引き返し、校舎の二階まで上がる。長い廊下を駆けていっても、誰ともすれ違わなかった。警官は敷地内に二十人配備されていると聞いたが、たぶん屋外を固めているのだろう。

寮の新館に通じる連絡通路を渡ると、入り口には案の定警官がひとり配備されていた。

「君！　なにを勝手に出歩いているんだ？　どこから抜け出したっ」

叱られてしまったが、新館の住人だと勘違いされたのは僥倖《ぎょうこう》である。オレは「すんません、自販機で飲み物買ってて」と言い訳して、通り過ぎた。入り口の敷居をまたいでから飲み物なんか持っていなかったことに気づいたが、警官も気づいていなかったので問題なし。

さて——と、辺りを見回す。

この寮は一階がでかい食堂になっていて、二階に三年生、三階に二年生、四階に一年生が住んでいる。友達の部屋に誘われて何度か入ったことがあるから、だいたいの造りはわかる。

神崎さんは三年生だから、当然このフロアに住んでいるということになる。オレは足早に廊下を進み、扉の表札を素早く確認していく。

長い廊下はやけに白いＬＥＤライトで照らされていて、無機質な印象だ。校外模試のとき、大宮《おおみや》にある大手予備校に入ったことがあるが、そのときに受けた印象と似ている。

神崎さんの部屋は、建物の奥のほうにあった。あすなろ館同様、三年生だけはひとり部屋である。みんな自室待機の命令を遵守《じゅんしゅ》しているためか、誰ともすれ違わなかった。そういえば新館は風呂と便所が各部屋についているから、部屋を出る用事もないのか。

大きく一度、深呼吸。それから、扉をノックした。

扉が薄く開いて、丸刈りのいかめしい顔が覗いた。神崎さんはオレをみとめると、わずかに目を見開いた。

「どうしたよ、兎川」

「大事な話があるんです。入れていただけますか」

「お断りだね」

断られることは想定外だった。オレは「大事な話なんです」と繰り返す。

「ここで話せよ。おまえを中に入れるのは御免だ。どうせ湖城を殺《や》ったやつは旧館に住んでる誰かなんだろ？　あんな場所で死体が見つかったってことは」

「オレ、警察からアリバイ認められてるんですけど」

「知るかよ。それができまかせじゃないって保証もねえし」

なんでこんなにナーバスになっているのだろう。やはり、後ろ暗いところがあるからではないか。などと思っていると、彼は意外なことを言う。

「おまえ、湖城から睨まれてた鷹宮ってやつとつるんでるそうじゃねえか。怪しいもんだな。あいつが湖城を殺した犯人で、おまえもグルだった可能性がある」

「なっ……」

うちのクラスのやつらのみならず、他学年の神崎さんまでもがエチカを怪しんでいるというのか。いや、待てよ。

「神崎さん、どこでエチカの名前を……？」

たしかに、エチカへのいじめが行われた日、神崎さんに「湖城から目をつけられたクラスメイト」の話はした。だが、鷹宮という名前は出さなかった。どうして彼が知っているのだ。

「どうでもいいだろうが。とにかく、鷹宮と近いおまえは信用できねえ」

「仮にオレに襲われても、神崎さんなら余裕で返り討ちにできるでしょ」

「おだてても無駄だ。早く話せ」

そちらがその気なら――こちらも、切りたくないカードを切るしかない。なるべく静かに、感情を込めずに告げる。

「じゃあ、話します。浅香先輩への、いじめのことです」

神崎さんの顔から、表情が消えた。

「入れ」

低い声で命じられるままに、敷居をまたいだ。背後で扉が閉まりかけた次の瞬間、オレはその扉に強く背中を打ちつけることになった。神崎さんが両手でオレの胸倉を摑み、身体を押しつけてきたのだ。

「ぐぅっ……」

「兎川、てめえ……どこからその話を聞きつけた？」

腹の底から響いてくるような、威圧的な声だった。

あー、こりゃ園部の名前なんか出せないな、しばかれたらかわいそうだし。

そんなことを冷静に考える余裕があったのは、怖くなかったからかもしれない。オレよりも、神崎さんのほうが何倍も怖がっている。オレのシャツを摑む手の震えも、怒りなんかじゃなくて恐れからだろう。暴力をふるうのってたぶん、恐れの裏返しなんだ。

「浅香先輩には、逃げ場がなかった。特進クラスっていうブラックボックスの中で行われるいじめで、」

「俺の質問に答えろ」

「しかも主犯は理事長の息子だ」

「誰から聞いたって言ってんだ！」

「おまけに同室の神崎さんも助けてくれないんじゃ、もう、誰にも相談できないじゃないですか」

「黙れ！」

　拳が飛んできた。オレは前腕を回して、その突きを受けた。

「空手に先手なし、ですよ」

「正義漢ぶって、過去ほじくってよ、なんなんだよおまえ。くそが。湖城は浅香の敵討ちで殺されたとでもいうのか？」

「可能性はありますね。そうしたら、いじめに加担した全員がターゲットになる可能性も考えられる」

　意地悪で言ってみたら、効果は覿面《てきめん》だった。神崎さんは不格好な足取りで後ずさって、背後の棚にぶつかった。そのまま、ずるずると床に崩れ落ちる。

「なんでですか、神崎さん。どうして浅香先輩を、助けようとしなかったんですか」

　彼は顔を覆って、獣のような唸り声を上げた。

「俺に！　俺になにができたっていうんだよ！　俺になにがっ」

「浅香先輩が、どれほど苦しかったか。せめて、せめて同室の神崎さんが――」

「俺もそう思ったよぉっ」

　がばりと掌を外した神崎さんの目からは、大粒の涙が零れていた。ぐしゃぐしゃに顔を歪めながら、そばに落ちていたダンベルをこちらに投げてくる。重たい凶器は、へなちょこな軌道を描いて床に落ちた。

「あれから毎晩夢に見たよ。目ん玉飛び出して小便漏らしてた浅香の首吊り死体を！　夢ん中であいつ、俺を責めてくるんだよ。『どうして助けてくれなかったんだ』『どうして』って！　まだ見るよ、最近だって、まだ。あいつは……生きてるときには一度も俺を責めようとしなかったのに……」

　床にぬかずくようにして、神崎さんは呻き続ける。

「だって、俺、生きてるときにちゃんと謝ったんだよ、あいつに。寮の部屋で、同じ部屋で、寝る前に『わりいな』って！　そうしたら『平気だよ』って、そう答えるから！　ああ平気なんだなって、そう思うだろ！　なのになんで……なんで死ぬんだよ」

「だったらどうして、浅香先輩が亡くなった後、誰にもそのことを言わなかったんですか！　せめて真相を警察に話していたら……」

　がばりと顔を上げて、神崎さんはこちらを睨んだ。

「じゃあおまえは抗えるのかよ！　おまえなら湖城に逆らえたか？　俺、俺、特進クラスに入ったのに、勉強に全然ついてけなくなっちまってよ、プライドずたぼろになって、それで一年から二年に進級するとき、クラス分けのテストでカンニングして……湖城は名前の順で真後ろの席だからバレちまったんだ。それで脅されて、言うこと聞くしかなくて……俺には逆らえなかった。浅香が死んだ後だって、告げ口なんかしたら……俺も巻き添えで破滅だ」


涙と鼻水でむせるような音がした。オレは次第にいたたまれなくなってくる。これ以上この人を責めても意味はないと悟った。揺さぶりは、効きすぎるほどに効いてしまった。

「もうけっこうです。カンニングのことなんか、今さらどうこうしようと思いません。オレは湖城を殺した犯人を知りたいんです。だから、昨日彼となにを話していたのかを教えてください」

ひいひいとしゃくり上げながら、神崎さんは顔を上げた。

「昨日……？　や、やっぱり、あれは湖城を呼び出して殺すための罠だったのか？」

これには驚かされた。なにげなく垂らした釣り糸にクジラがかかった気分だ。しかし、内心の高揚を悟られないようにする。

「ぜんぶ話してください」

「……昨日、三年生は学年集会があったんだ。受験に関するなんちゃらってやつが。それで、五時間目に講堂に集まって……。それから帰ってきたときのことだ」

神崎さんは洟をかみながら、そのできごとについて語った。

集会のあと、教室に帰ってきてからのこと。集会は五時間目の終了時刻どおりに終わったので、三年生特進クラスの生徒たちはそれぞれの席について、六時間目の通常授業の準備をしていた。神崎さんの席は湖城の席と隣り合っているので、なんとなく動きが視界に入っていた。

湖城は一冊の本を取り出して、不審そうな顔をした。その本には、紙が挟まっていたのだ。

「こう……折りたたまれて、栞みたいにページの上からはみ出していてな。湖城はその紙を取り出して読んで、仰天していたよ」

「なんて書かれていたんですか」

「全部は読めなかったが……。『浅香』とか『破滅』とか、そんなことが書いてあった。とにかく俺は『浅香』の二文字に気を取られて、思わずその名前を呟いちまった。……そうしたら、湖城がキッと振り向いて怒鳴ってきたんだよ。『勝手に覗くな！』ってな」

恐らく、瞬はその場面を目撃したのだろう。

「そうか……湖城はその手紙で東屋に呼び出されたのか」

「や、やっぱり浅香の復讐なのか？　俺も殺されるのか？」

神崎さんがまた泣きだしそうな顔になりながら、ズボンにしがみついてくる。今日はよく抱き着かれる日だな。

「落ち着いてください。……ちなみに、挟まってた紙だけじゃなくて、本自体が何者かが勝手に置いたものだった可能性はありませんか？」

浅香先輩もけっこうな読書家だったから、書籍自体がメッセージとなっているのかも、と思ったのだ。だが、神崎さんはかぶりを振る。

「それは違う。昼休みの終わり五分前に講堂への移動を始めたんだが、湖城が直前までその本を読んでたのを覚えてるよ」

「ちなみになんの本です？」

「ええと、マキアヴェッリの『君主論』だ。『図書室で借りた、おまえも読むがいい』と昼休みに勧められた」

　エチカといい湖城といい、小難しそうな本を読みやがる。

「で、その紙、湖城はどうしたんです？」

「ブレザーのポケットに突っこんでいたような……」

　もしかして、犯人が湖城の身体に触って捜していたものはそれか？　そして見つからないということは、犯人が持ち去ったということなのか。

「と、兎川！　俺は殺されるのか？　浅香の復讐をしようとしている犯人に……」

　神崎さんが鼻水を垂らしながら、腹のあたりに顔をうずめてくる。オレは膝を突き出して彼を振りほどいた。

「部屋でおとなしくしていれば大丈夫でしょう。なにをそんなに怖がってるんですか」

「だ、だって、あまりにもタイミングがよすぎるんだ。もしも復讐なら……きっと、犯人は聞いていたんだ、俺たちの会話、あの会話を……」

「会話？　いつ、どこで、誰とした会話です」

神崎さんは、顔をティッシュで拭いながら、たどたどしく答える。

「一昨日だ……。一昨日の放課後」

つまり、事件の前日。何者かが、屋上で園部とオレたちの話を立ち聞きしていた日か。

「俺、あの日も部活出てなかっただろ。特進クラスの教室に残って、何人かで勉強してたんだよ。それで部活の終了時刻になって、寮に戻ろうっていう、六時半ごろだ……湖城と、俺と、浅香のいじめに加担していた五人くらいが、たまたま残ったんだ。そこで、浅香の話が出た」

「どんな話をしたんですか」

神崎さんは少々口ごもって、震えながら答える。

「鷹宮って二年が、生意気だって湖城が言い出したんだ。『躾が必要だ』って」

例の犬笛か。となると、浅香先輩へのいじめに加担していた連中が警察にエチカを売ったということになる。呆れるしかない。ともあれ、この話を聞いていたから神崎さんはエチカの名を知っていたというわけか。

「そ、それで……浅香の件も話題に出てさ。湖城は『またあのときみたいにやれば屈する』って言って……。お、俺も愛想笑いで同調したりしちまって。そ、そしたら！　そのとき、廊下のほうで人影が動いた気がしてよ。俺は『誰だ！』って叫んで、慌てて廊下を見た」

「誰かが立ち聞きしていたってことですか」

「わ、わからない。ただ、階段のほうから足音はした。うちのクラスは階段に近いからよ」

屋上のときと状況が酷似している。もしかして、そいつは屋上の盗聴者と同一人物なのではあるまいか。

偶然にしてはできすぎているようにも思う。だが屋上であの会話を聞いたからこそ、そいつは湖城を問い詰めるべく三年特進クラスを目指したのではあるまいか。そこで、たまたま問題の会話を耳にした――じゅうぶんあり得ることだ。

「神崎さんの言うとおりですね。そいつが復讐を企てた可能性はあります」

そう言うと、神崎さんは巨体をさらに震わせた。空手部の猛者《もさ》も形無しだ。

「た、頼む。そばにいてくれ、兎川」

オレはため息をついて、ドアのほうへ向かう。

「意地悪言ってすみませんでした。たぶん、あなたは大丈夫ですよ。あなたひとりを狙う理由が犯人にはないでしょうから。でも……どうしても不安なら、刑事さんに話してみたらどうですか。去年のこともちゃんと全部話すんです」

うなだれて座りこんでしまった神崎さんに、それ以上かける言葉もなかった。オレはそっと部屋を出て、扉を閉めた。

6

寮の新館を一階まで下りて、窓から出た。連絡通路を通れば警官に見咎められるだろうし、昇降口も同様だ。上履きのまま敷地を突っ切る。

もうすでに時刻は六時近く、外は真っ赤な夕焼けに染まっていた。

鍵を開けておいた本校舎のトイレに入る。それから、辺りを確認して廊下に出た。靴を履き替えてあすなろ館に戻ろう――と行きかけたところで、ぴたりと歩みを止める。

気になったのは、湖城に宛てて送られた呼び出し状（たぶん）のことだった。

犯人は本当に「それ」を見つけたのだろうか？

もしも、もしも湖城がどこかに「それ」を捨てていたら、手がかりになるんじゃないのか。昨日の今日だ。ゴミの回収日ではないから、ゴミ箱に捨てられたとしたらまだ残っているはず。犯人が現場で湖城の服を探っていたということは、犯行の時点ではまだ回収できていなかったということで……。本校舎か寮新館のどこかに捨てられたのなら、犯人はそれを回収できていない公算が大きい。

よし。あすなろ館に戻る前にひとつ、その捜索をしてやろうではないか。

生きている湖城を最後に見た場所――例の休憩室に向かう。ガラスの扉を押し開けて、誰もいないのを確認してから入って、奥のソファに座る。

スマホで電話をかけると、意外にもエチカはすぐに応答してくれた。

「よう、エチカ」

『どうした、ヒナ。今どこにいる？』

「本校舎の休憩室。もしかしたら大事かもしれない情報を摑んだんだ。心して聞けよ」

オレは自販機のほうを向きながら、神崎さんから聞いた話をすべて、正確に伝えた。

「……ってわけで、どうやら屋上での盗み聞きのあとに、特進クラスの前でも誰かが神崎さんたちの話を立ち聞きしてたらしい。それって、やっぱ犯人かな？」

『それはなんとも言えない。廊下の人影は勘違いで、立ち聞きという事実がなかった可能性もある。それより気になるのは、本に挟まっていたという手紙だ』

「おまえはどう思う？　犯人はその呼び出し状、回収できたと思うか？」

『いや。できていないんじゃないか』

「おっと。その心は」

『神崎という先輩の話によれば、湖城はブレザーのポケットにその紙を突っこんでいたんだろう？　だが、それならばすぐに見つかるはずだ。財布を開けたり、生徒手帳のページに指を挟んだりしなくてもよかった』

「たしかにな。んじゃあ、湖城が東屋に行くまでの間に、どこかに捨てたか、しまったんだな。教室か、ロッカーか……寮の自室だったら厄介だな」

『そのいずれかだったら、すでに警察が発見しているだろうな。湖城の所属とは関係ない教室のどこかに捨てられているんじゃないか』

「としたら、この休憩室か？」

　見回してみたが、紙ゴミを捨てるゴミ箱はなかった。自販機とセットになっている、缶とペットボトル用のものだけだ。

『あるいは、図書室か』

「図書室？　なんでだよ」

『その点、おれはおまえが持っていない情報を持っている。昨日の放課後、生物部の生き物たちの面倒を見たあと、寮に戻る前に図書室に寄ったんだ。「ニコマコス倫理学」を借りるときに、同じ岩波《いわなみ》文庫の「君主論」が棚にあったのを覚えている』

「なーるほど。学校の図書室に同じ蔵書が二冊以上あるってレアだよな。つまり湖城は昨日の放課後、エチカが来る前に図書室に立ち寄って、その本を返却した可能性が高い……」

　言いかけて言葉を止めた。背後で、ガラスの扉がきいと軋んだ気がしたからだ。だが、振り向くと誰も立っていなかった。

　廊下は薄暗く、ガラスの反射でよく見えない。ただ、誰もいないように見えた。少なくとも、休憩室に入ってきた者はいない。

『どうした、ヒナ』

「ああ、いや。いま近くに誰かいたような気がしたんだけど、気のせいだった」

オレがそう言うと、エチカは黙った。やがて、ためらいがちな声が聞こえる。

『ヒナ。もうあすなろ館に戻ってこい』

「は？　なんでだよ！　ここまで来て、手がかり捜さずに帰れるかってんだ」

『やめろ。これ以上ひとりで動くのは危険だ』

「そう急かすなよ。図書室だけ捜してから帰る。……大丈夫、郷田刑事か誰か捜して、一緒に来てもらうからさ」

エチカがまだなにか言おうとしている気配があったが、オレは通話を終了させて廊下に出た。


生徒指導室の扉は半開きで、中を覗くと無人だった。

郷田刑事や千々石警部は、どこにいるのだろう？　警察の人たちが集まっている場が、どこかにあると思うのだが。

「……捜してる時間も、もったいねーな」

とにかく、今は一刻も早く図書室に行かなくては。やばそうな気配を感じたら引き返せばいい。

昇降口の前を通り過ぎる。警官たちは外に立っていて、当然屋外側を見張っているので、忍び足のオレの存在には気づかなかった。

オレは廊下の角で立ち止まり、顔だけ少し出す。この廊下のいちばん奥には図書室がある。その手前には、被服実習室だの書道室だのが並んでいるだけで、人の気配はまったくない。

図書室の戸には、鍵がかかっていなかった。

暗幕が下りているせいか、すでに室内は真っ暗だった。電気をつける。オレはあまり本を読まないが、図書室の匂いは好きだ。木の匂いって感じ。心地よい匂いを嗅ぎながら無人の図書室を横切り、奥へ奥へと入っていく。

「誰も、いねーよな……」

少し警戒しすぎていたかもしれない。空気はしんと冷えていて、誰もいないことは明らかだ。オレは肩の力を抜いた。

岩波文庫の棚は、このあたりか。その後ろには閲覧用のデスクが並んでいて、さらに後ろの部屋の隅に——あった。ゴミ箱だ。

褒められたことではないが、オレはゴミ箱をひっくり返した。生まれて初めてのゴミ漁りだ。できれば人生最後にもしたい。汚れたティッシュに丸められたプリントに、なにかの紙を切った切れ端……。手は後で洗えばいい、と言い聞かせながら、大胆にゴミをより分けていく。

「あっ……」

それを見つけた瞬間、思わず声が出た。他のゴミに比べ少々異質だったのだ。くしゃくしゃに丸められてはいるが、ちょっと光沢のある厚紙だったし、妙に小さなサイズだった。

震えそうになる手で広げてみると、ひと目でわかった。目的の証拠物件である。

真っ白い紙に、ただ文字だけが印刷されていた。汚れのないてらてらした紙に躍るゴシック体は、ひどく薄気味が悪かった。

「湖城龍一郎へ。本日午後七時半に、あすなろ館に通じる遊歩道の東屋にて待て。浅香希の死に関して、貴君の身を破滅させるに足る証拠を握っている。とある画像とだけ言っておく。SNSに流出することと比べたら、そう高くない値がつくであろう画像だ。これに加え、貴君が昨日の放課後友人たちと交わした愉快な会話も録音させていただいた。ひとりで来られたし。同行者の姿が確認できたら、ただちに取引を中止し、貴君の〈雄姿〉が白日の下に晒されることとなるであろう。誰にも相談しないことを推奨する。賢明な貴君はお気付きだろうが、愚鈍な友人たちは恐れをなして警察に相談する可能性がある。貴君の賢明な判断に期待する」

やっぱり、湖城は手紙で呼び出されていたんだ！　しかもこの文面からして、どうやら事件前日に特進クラスの前で立ち聞きしていたのも、犯人と見てよさそうだ。

オレはとりあえず、この写真を撮ってエチカに送ることにした。早くあいつに自慢してやりたい。大きなシャッター音を立てて警察官に見つかってもつまらないと思い、スピーカーを指で塞いで撮影する。

「よし。これでＯＫ」

さあて、画像を送るぞ――と意気込んだ、そのとき。

視界が闇に包まれたのだ。図書室の電気が消えたのだ。

「えっ……？」

とっさに顔を上げて、あたりを見回す。なにも見えない。ひどく暗い。スマホを手に持っていたことを思い出して、ライトをオンにする。

「誰かいるんすか？」

入り口のほうを照らしてみるが、書架が並んでいて死角になっている。

まさか——犯人が？

「そこにいるのは誰だ？」

声をきつくして呼びかけてみる。だが、返事はない。

オレは唾を呑んで、証拠物件をスマホと同じ左手に持ちかえる。右手は軽く顔の前にかざして、いつでも突きを繰り出せる構えにしておく。そのまま、じりじりと入り口へ歩いていく。

書架の間から顔を出すと、カウンターのあたりにうっすらと灯りが見えた。

「そこか……」

相手の居場所はわかった。さあ、誰だ。なんのつもりで電気を消した……？

書架の群れに背を向けて、オレは足音を殺してそちらへと歩いていった。しばらく歩を進めたとき、カウンターの上がはっきりと見えた。懐中電灯が置かれていて、その上に雑誌が開いた状態で被せてあるのだ。

「え……？」

一瞬遅れて気づいた。これは、罠だ。

全身を緊張させたときには、もう遅かった。首の後ろに、強い衝撃を受けた。声にならない叫びが口から漏れる。

床にスマホが落ちる。つるつるの床を滑って、あらぬ方向へ飛んでいった。

倒れこんで、床に強く額をぶつける。呻き声が漏れた。目の前の床に、さっきまで握っていた紙片が落ちていた。オレはそれに手を伸ばしたが、何者かの指先が一瞬先にそれを拾い上げた。闇の中のことで、その指の肌の色すら判然としなかった。

「ま……て……」

足音を殺した何者かの気配が、どこかへ遠ざかる。オレの身体は、まったく動かない。

意識はそこで途切れた。

7

「ヒナ……ヒナ！　おい、ヒナ！」

目を開くと、そこには切羽詰まったエチカの顔があった。

「えち……か？」

「ヒナ」

ほっとしたように、エチカの表情が緩んだ。へえ、こいつ、こんな顔するんだ。

オレは無様《ぶざま》に床に横たわったまま、屈みこんでいるエチカを見上げる。あー、床、つめてえな。

「なにがあった？　誰にやられた？」

問われて、ぼうっと考える。ここは図書室。電気がついている。そうだ、オレは――。

「オレ、例の呼び出し状見つけて……、それで、そのあと電気消えて……罠にひっかかって背後をとられちまって、頭の後ろ、殴りつけられた。顔は、見てねえ。わりぃ」

「謝るところが違う」

エチカは顔を歪めて、首を振った。

「刑事と一緒に来るって言ってたのはどうした？」

「……ごめん」

そのとき、廊下のほうから足音が近づいてきた。

「どうしたんだね？　大きな声を出して」

現れたのは郷田刑事だった。

「ヒナが、何者かに殴られたんです」

「殴られただと？　おい兎川くん、大丈夫なのか」

「たいしたことないです……。そんなに痛まないですし……」

起き上がろうとすると、後頭部が鋭く痛んだ。「いてっ」と叫んでそこを押さえる。

「ああ、意識ははっきりしているようだね。だが、とにかく救急車だ」

「そんな……大げさです」

オレは抗議したが、郷田刑事はきっぱりと首を振る。

「頭をやられたんだろう、その様子だと。頭の怪我というのは、舐めちゃいかん。内出血でもしていたら命に関わるぞ。なるべくじっとしていなさい」

どうやら、病院に連行されることになりそうだ。園部の二の舞である。

さらに廊下のほうから、いくつかの足音が近づいてきた。千々石警部と室刑事も駆けつけたのだ。エチカが淡々と事情を説明した。

「……不覚ですねえ。見張りを大勢配置しておいてこの体たらくとは」

「千々石警部、すぐにあすなろ館の住人の所在を確認してください」

エチカが鋭く命じた。命令された警部は「言われなくても」と答えて、無線を取り出した。

「て、エチカおまえ……。寮出る前に、そのこと確認しなかったのかよ」

「できるわけないだろ。おまえが単独行動を取る気がして、すぐに飛び出したんだから。……残念ながら、寮を出るまでに、誰とも会わなかった」

「救急車は呼んだぞ」

郷田刑事がスマートフォンをしまいながら、オレを見下ろしてくる。

「……なにがあったか、話してくれるかね。無理のない範囲でいいから」

どこから話したものか、と考えて、とりあえず瞬の話から始める。

湖城と神崎さんが揉めているのを、瞬が目撃した。したがって、神崎さんはなにか知っている可能性が出てきた。というわけで話を聞きに行ったら、呼び出し状の目撃情報が得られた。エチカの助言も踏まえて、図書室にそれが捨てられている可能性が高いと見て、調べに来た……。

「で、その紙が持ち去られたと」

無線での連絡を終えた千々石警部がオレの前に跪きながら言った。

「犯人の顔は見ていないのですか」

「まったく見えませんでした……すみません」

「単独で行動したことをこそ詫びてほしいですねえ」

エチカと同じ説教をされた。「すみません」と繰り返す。

「ちなみに、君たちふたりを除くあすなろ館の住人は、今のところ全員あすなろ館にいるようです。……ただ、君が襲われてから、どれくらい時間が経ったかわからないのでね。五分もあれば、あちらに駆け戻ることはできたでしょう」

「そ、そんな……。ふたり部屋のやつらは、互いのアリバイを証明できるんじゃないですか」

「園部くんは生物部出張部室とやらにひとりきりだったそうです。一年生ペアについては、元村くんが脱走をしていたことが確認されています」

「え！　瞬のやつ、なにをやらかしたんすか」

「身体を動かしていないと落ち着かない、と言って、グラウンドまで走りに行っていたと報告を受けました。部活が休みで元気がありあまっていたのでしょうか。後でお説教ですねえ」

あのバカ。とにかく全員が単独行動を取っていて、アリバイは証明できなかったということか。くそっ、悔しい。これじゃあ、無駄にしてやられただけじゃないか。

「まったく、ふがいない」

郷田刑事が、白髪交じりの髪を乱暴に掻きまわした。

「あすなろ館の見張りを、一階の廊下にひとり配置するだけにしていたのが運の尽きだ。それでは二階の住人は非常口から抜け出せるし、一階の住人は自室の窓から出られるじゃないか。見張りの意図は脱走ではなく住人同士のトラブルを防ぐことだったから、仕方ない面はあるのだが……」

千々石警部が肩をすくめて言う。

「悔やんでも仕方ないですよ。今からどう捜査していくかを考えましょう」

そう言いながら、彼女はエチカを鋭く睨んだ。

「君は、ずいぶんと駆けつけるのが早いですね」

「ええ。すぐに駆けつけました――ヒナのことが、心配だったので」

エチカは警部の目をまっすぐに見据えて答えた。おいやめろ、オレが照れるだろ。

「これが、兎川くんを罠にかけた懐中電灯かあ」

室刑事が、カウンターの上に放置されたそれらを、手袋をした手で取る。

「霧森学院図書室、と書いてあります。備え付けのものらしいですね」

「つまり、手がかりにはならないな」

郷田刑事が総括したそのとき、警官の先導で救急隊が駆けつけてきた。オレは担架に乗せられる。あらぬ方向へ吹き飛んでいたスマートフォンを、室刑事が拾ってきてくれた。オレは、例の呼び出し状の写真を撮っていたことを思い出したが、いま言い出すと救急隊の人にも迷惑だろうと思い、とりあえずスマホを胸ポケットにおさめた。

「では室くん、兎川くんに付き添ってくれるかね？　私と千々石さんは、兎川くん襲撃事件の情報を共有するとともに、捜査にあたる」

「承知しました」

「おれも、ヒナと一緒に行きます」

エチカが付き添いを申し出た。正直、意外であった。千々石警部が、室刑事になにごとか囁く。重要参考人から目を離すな、とでもいったところか。

オレは救急車に乗せられ、救急病院へと搬送される。エチカにスマホの画像のことを話したかったが、そばに室刑事がいるので言い出しにくい。まあ、後で言えばいいか。

エチカの表情は深刻で、なにも言わずに、ただオレを見つめていた。

幸いオレはたらい回しにされることなく、すぐに最寄りの救急病院で診てもらえた。ものものしく救急車で運ばれたものの、普通に医師の問診を受けたあと、頭に異常がないかどうかを検査してもらった。ＣＴというのかＭＲＩというのか、とにかく横たわって撮影される例のやつである。

　後頭部の怪我は単なる打撲止まりで、とくに入院の必要はないということがわかった。申し訳程度に包帯を巻かれたところまで含めて、園部とまったく同じ処置だった。オレもあいつも、運がいいのか悪いのか。

　検査が済むと、室刑事が呼んでくれたタクシーで霧森学院に戻ることになった。室刑事が助手席、オレとエチカは後部座席に座る。

　霧森の町は商業施設も少なく、道は暗い。時折現れる対向車のヘッドライトのみが、オレたちを照らす。

「……エチカ」

　オレはいよいよ切り出すことにした。室刑事には聞こえないように、耳に顔を近づけて囁く。

「なんだ。こそばゆい」

「いいから黙って聞け。じつは例の呼び出し状、奪われる前に撮影してたんだ」

　エチカはわずかに眉を上げた。オレはスマホを見せてやる。彼は黙って、差し出されたスマホの画像に見入っていた。しばらくしてから口を開く。

「なるほど。湖城を恐喝するフリをして呼び出したということだな」

「フリなのか？　もしかして、本当に金を脅し取るのが動機だったんじゃ」

「それはない。凶器に加えて、レインコートとゴム手袋まで用意していたんだ。計画殺人だったのは間違いない。しかし単に呼び出すのでは怪しまれるから、あえて後ろ暗い目的を匂わせたのは道理だな。これならば、湖城は指示どおり連れを呼ばなかっただろう」

「なるほどな。『友人たちと交わした愉快な会話』って、やっぱり神崎さんが言ってたやつだよな」

「ああ、恐らく。本当に録音していたかは定かではないが——浅香先輩へのいじめに関する会話を事件前日に交わしていたという事実があったからこそ、湖城はこの呼び出し状がはったりでないことを確信し、本当に東屋に現れたということになる」

これで、湖城がどうやって呼び出されたかはわかった。しかし——。

「無記名だし、ぜんぜん犯人を特定する手がかりにはならねーよなあ。ま、そもそも犯人がご丁寧にお名前を書くわけないけど」

「なら、犯人は」エチカは視線を画面に向けたまま、静かに言う。「どうしてこの呼び出し状を回収しようとしたんだろうな。おまえを殴り倒してまで」

言われて気づいた。たしかに、おかしい。

「……なんでだろうな？　見当つくかエチカ」

「さあな。……ただ、この文面は興味深い。とにかく少し考えさせてくれ。この画像、おれのスマホに転送してくれないか」

「おう。もちろん」

画像を転送すると、エチカは自分のスマホで再び問題の呼び出し状を凝視しはじめた。オレも倣うが、閃きはひとつも訪れない。

霧森学院の前でタクシーを降りて、室刑事の付き添いであすなろ館まで戻る。エチカはスマホこそしまったものの、歩きながらもずっと無言で考えこんでいた。

暗い林に挟まれた、夜の遊歩道を歩く。時刻は七時半を過ぎていて、湖城龍一郎が死んでからだいたい二十四時間経つ。東屋の横を通るときは、うすら寒さを感じた。それだけに、明かりのついたあすなろ館を見たときはほっとした。

「兎川くんの身の安全が保証されるまで付き添うよ」

と言って、室刑事も中までついてくる。空手ができるから平気ですと言いたかったが、不覚にも殴り倒されたばかりの身なので、おとなしく護衛をお願いした。

玄関で靴を脱いでいると、食堂のほうから瞬と有岡さんが飛び出してきた。

「ヒナ先輩！　襲われたってマジですか？」

「大丈夫なのか、雛太」

心配されて嬉しくなりつつも、少々照れ臭かった。オレはもう大丈夫だと言ってふたりを安心させる。話していると、食堂からのっそりと平木さんが現れた。

「大変だったみたいだな。夕食は取っておいてあるが……食べるかい」

「あ、じゃあいただきます。荷物だけ置いて」

オレはぼんやりしているエチカの手を引っ張って、二階へ向かった。室刑事を部屋の外で待たせて、扉を閉じる。自分たちの部屋に戻ってくると、緊張がふっと抜けた。

「さて、と。そろそろ話してくれよ、エチカ。湖城への呼び出し状を見て、なんか気づいたことあるんだろ？」

エチカはベッドに座って、オレを見上げた。それから、「ああ」と頷いた。

「この文面には重要な情報が含まれている」

そう言われて、オレは自分のスマホを取り出して、問題の画像を呼び出す。さっき車の中でちょっとだけひっかかっていた箇所を指摘してみよう。

「もしかして『七時半に待て』ってところか？　夕食が終わったのが七時半ちょい前だから……。犯人は七時半に近い、早い時間帯にアリバイのない人間。そういうことか？」

いい線の推理だと思ったが、エチカはかぶりを振った。

「いや。七時半に呼び出したからって、その時間きっかりに湖城のもとに現れたとは限らないだろう。なぜなら『七時半に集合』ではなく『七時半に待て』だからだ。ぴったりに来るとは言っていない。七時半ジャストのアリバイは問題にならないな」

「あっ、待てよ！　いま気づいた」

犯人がこの呼び出し状を回収しようとした理由を、不意に閃いた。

「この手紙、事件前日の立ち聞きのことが書いてあるよな。つまり、呼び出し状を書いたやつは立ち聞きしてた。そんで、呼び出し状を書いたやつイコール殺人犯だろ。犯人は放課後に特進クラスの前で立ち聞きしていたことを知られたくなかったんだ。なぜなら、その時間帯にアリバイがないから」

「しかし神崎という先輩によれば、問題の会話は部活終了時刻の直後にされたんだろう。逆にその時間帯、アリバイのある人間はいるか。空手部だって単独行動していただろう」

　そういえば、あの日は有岡さんも瞬も、別行動をしていた。オレはひとりで歩いているときに、エチカと財津が話しているところにでくわしたのだ。つまり――。

「あの日、あすなろ館のメンバーは、全員立ち聞きできた可能性があるってことか」

「そうだ。少なくとも、それは犯人が呼び出し状を奪おうとした理由ではないはずだし、手がかりにもならない」

「んじゃ、だめじゃねーか！　なんも意味ねーじゃん、この呼び出し状が見つかったって」

「そんなことはない。言っただろう、重要な情報が含まれていると」

　エチカは芯のある声で付け足した。

「ヒナ。今、おれの容疑者リストには、ひとつの名前だけが残っている」

　思わず息を呑んだ。それって、つまり。

「犯人がわかった……ってことか!?」

　しっかりとした頷きが返ってきた。

「ああ、わかった。……これから食堂で、その人物を名指しする」

　エチカの瞳は、激しい色に燃えていた。オレの思いこみでなければ、怒りの色に。

「おれはこの犯人を、絶対に許さない。湖城のことは関係ない。無関係のヒナを巻きこんで平然としているのが、許せない」

「な、なんだよ。べつにおまえが怒ることないじゃん」

「怒るだろ」真剣な眼差しが、オレの瞳を射貫いた。「友人を傷つけられたんだから」

えっ、と声が漏れた。突然向けられた「友人」という言葉に、オレは戸惑う。エチカは変わらず、オレを見据えていた。

「な、なんだよ急に」

「……おまえは、おれのことを信じると言ってくれた」

彼の長い睫毛の先が、震える。

「おれの無実を証明するためと言って、おまえは捜査に乗り出した。その結果……犯人に襲われた。なんの罪もないおまえが」

エチカの手が伸びてきて、オレの頭の包帯を撫でた。

「だから、おれはおまえのために謎を解く」

「……そりゃ、どうも」

やばい。なんだかひどく照れ臭い。

顔を逸らして咳払いをしてから、問うてみる。

「あ、あー、あのさエチカ。誰が犯人か……もう教えてくれねーか？」

「まだだ。おまえは顔に出る。今みたいに」

「んなっ！　出てねーよ！　なにひとつ出てねーよっ」

両手で頬を挟むオレを見て、エチカはふっと唇を緩めた。

「まずは夕食を食べよう。それから、関係者みんなを集めて確認を取りながら、おれの推理を話したい」

彼はそして、わずかに瞳を曇らせた。

「……あまり、気持ちのいい仕事ではなさそうだけどな」

第六章　食堂の謎解き

1

　時刻は、夜の九時ちょうど。エチカの招集により、食堂にはあすなろ館の全員が集合していた。寮生たちは思い思いの席についていて、平木さんは部屋の隅に丸椅子を置いて座っていた。

「ねえ、いつまでこうしていなきゃいけないわけ？」

　五分ほど経ったとき、棗がテーブルを指で叩きながら言った。

「俺、沙奈と通話する約束だったんだけど」

「ちょっと、なっちゃん先輩。今日くらいは我慢してくださいよ」

　瞬がむっとした顔で諫《いさ》めた。

「ヒナ先輩まで襲われたんすから」

「うん、兎川には同情してるよ。でも、もったいぶる理由にはならないでしょ。早く用件を片付けてよ」

食堂で唯一起立しているエチカが、ゆっくりと口を開いた。

「もう少々、待ってほしい。そろそろ刑事さんが来る」

有岡さんが眉を上げて「刑事さんも」と呟いた。

「名探偵、みなを集めてさてと言い——やな」

志儀先輩がおどけた調子で言った。園部がおずおずと問いかける。

「ま、まさか鷹宮くん……犯人がわかったの？」

「ああ」

エチカが平然と言うと、みながざわついた。

「だ、誰が——いったい、誰が犯人なんですか」

蒼ざめた顔で五月女が言ったとき、玄関のほうから足音が近づいてきた。三人の刑事が入ってくる。

「お揃いのようですねえ」

千々石警部が笑みを浮かべながら挨拶した。彼女は「名探偵」をじろりと睨む。

「鷹宮くん、どういうつもりなんでしょう？　室刑事に『犯人がわかった』などと言伝《ことづて》をして……。わかったのなら、ぜひとも誰なのかを言ってほしいですね。遊びではないのですよ」

「まあまあ千々石さん」郷田刑事がなだめる。「まずは話を聞こうじゃないか」

「おいでくださり、ありがとうございます。千々石警部も郷田刑事も座ってくださ い。犯人についてはこれから申し上げます……。ああ、あなたはドアのところに立ったままで」

着席しかけた室刑事は、不服そうに戸口まで戻った。

全員が位置についたところで、エチカがそれぞれの顔を見回した。オレも彼に倣う。

お誕生日席の有岡さんは、訝しげにエチカとオレを見比べる。志儀先輩は面白がるような表情だ。園部はきょときょとと首を動かしている。五月女は不安そうにエチカを見つめていて、瞬はそんな五月女に気づかわしげな視線を送っていた。うんざりしたようにスマホをいじり始めた棗の隣には郷田刑事が陣取り、その横に千々石警部が座る。離れて座っている平木さんは腕を組んで目を閉じていた。

「まあ、本当はこんなに大げさなことはしたくなかったのですが――」

エチカは歩き回りながら、ゆっくりと語り出した。

「個人的に、この犯人には腹が立ってきたので、こういう場を設けました。東屋で起きた湖城龍一郎殺害事件――それ自体に、おれ個人として強い怒りの感情はありません。殺人はおすすめできることではないですが、生物が他の個体の命を奪うのは自然界では日常茶飯事です。人間は自分たちの生活のために、動物たちの命を刈り取り続けており――」

「前置き長すぎ」

棗が口を挟んだ。明らかに苛立っている。

「ああ、すまない。とにかく、そんなわけでおれは正義漢ぶって謎解きに乗り出すなんてしたいとも思わなかったわけですが――今日の夕方起きた事件で、気が変わりました。犯人は、自分にとって不利になる証拠を隠滅するために、ヒナを襲撃しました」

全員の視線がこちらに集まった。オレはなんとなく、頭に巻かれた包帯を掻く。

「明らかに度が過ぎている。ヒナはちょっと口が悪くて気が短くて乱暴なだけで、このようなとばっちりを受ける筋合いはない。というわけで、おれはこの危険な犯人を捕らえる必要を感じました」

「さりげなくオレをディスるな」

「さて、最初に確認したいのは、事件が発生する数日前――月曜日に発生した事件の真相です。本校舎において、イグアナの水槽を運んでいた園部が階段から突き落とされました」

園部は、居心地悪そうにうつむいた。

「そ、それも今回の事件の犯人の仕業なんですか……？」

五月女が律儀に手を挙げながら質問した。エチカはゆっくりとかぶりを振る。

「違う。その件は、別の人間の犯行だった。具体的に言えば、湖城龍一郎の仕業だ」

「湖城が！」有岡さんが叫んだ。「あいつが、まさか」

「そのまさかなんですよ、残念ながらね。なぜ湖城龍一郎が園部を襲撃したか？加害者が死亡しているので、その理由はあくまでも推測にしかなりませんが……」

エチカは、昨年浅香先輩に対して行われていたいじめの実態を語った。湖城龍一郎が主犯だったこと。特進クラスというブラックボックスの中で執拗に行われたこと——そして同室の神崎さんも湖城の影響下にあったため、浅香先輩には逃げ場がなかったこと。

「そんな……ことが」

　有岡さんが呻くような声を出した。その表情があまりにも悲愴で、オレは目を逸らした。志儀先輩も顔色をなくして、「アホな」と呟いた。

「神崎先輩はすでに自白しています。当時から寮に住んでいた人たちにとっては、つらいことだと思います。気づけなかった自分を責めたくなる気持ちもわかります。ただ、申し訳ないが今は、現在進行形の事件に注目してほしい」

「つまり、ソノ先輩が突き落とされた件も、その浅香さんの自殺と関係してるってことですか」

　瞬の問いに、エチカは軽く頷く。

「そう。園部は浅香先輩と同じ生物部所属で、生前の彼から相談を持ちかけられたことがあった。自殺の後も園部は恐怖から口をつぐんでいたが、新学年になって、ことを公にする決意を固めた。そして——」

　生物部の顧問への相談。顧問の冷淡な対応。湖城への情報の流出。そんな一連の事情を、エチカはコンパクトに語った。

「湖城にとって、離れて建つあすなろ館は自分の影響力を及ぼしにくい場所だ。信頼できる手駒である神崎先輩も、新館に引っ越している。そこで、丸めこみにくい

「そこがどうも、飛躍しすぎているように思えてひっかかっていたのだがね」

口を挟んだのは郷田刑事だった。

「いま君が語ったいじめの件は、のちに我々もしっかり捜査して、真相を明らかにすると約束しよう。だが話を聴く限り、主犯の湖城くんは学院内での地位が高く、図太そうな男じゃないか。状況から見て彼が園部くんを突き落としたことは間違いなさそうだが、殺人という手段に訴えたのはどうも不可解だ」

「おそらく殺すつもりはなかったのでしょう。階段から踊り場に突き落とすだけでは、命に関わる傷は負わせにくい。脅しのつもりだったと思われます。ただ、ガラスケースを抱えていて受け身を取りにくく、かつガラスの破片で大怪我に繋がる状況を選んでいた。きわめて悪質です。さらに、なんの罪もないイグアナのグッチまで巻きこんでいる。これはじつに許しがたい暴挙で……」

エチカが感情的になりかけたので、オレはシャツの裾《すそ》を引っ張ってなだめる。

「ともあれ、園部を突き落とした犯人は湖城です。彼が警察に通報したおれに嫌がらせをしてくるようになったことからも明らかです。そして、塩酸の件もあります」

「ああ……湖城くんのロッカーから見つかったあれは、君への嫌がらせに使われたものだったね。うむ、その過激さを考え合わせると、園部くんへの脅しが行き過ぎていたことにも納得がいくな」

郷田刑事が認めたので、エチカは話を先に進める。

「一方、園部は勇気を出しておれとヒナに昨年の真相を語ってくれました——本校舎の屋上でね。問題はこのときに起きたことです。ヒナ」

話を振られたオレは、謎の盗聴者について語った。聴衆の表情が引き締まる。

「なんやサスペンスドラマじみてきたやないか」

まぜっかえすように言いながらも、志儀先輩の瞳は怖いほど真剣だった。

「ええ。そしてサスペンスドラマ同様に、事態は殺人事件に発展してしまいました。その犯人は——この部屋の中にいる」

エチカが言葉を切ると、耐えがたい静寂が部屋を支配した。

オレは周りのみんなの顔を見るのがつらかった。信じたくない。けれど、信じるしかない。事実は変えられないのだ。

「すでに昨夜、そのことは確認済みです。おさらいしましょうか。遊歩道は一本道で、ぬかるんだ林の中に足跡はない。本校舎に抜ける側には郷田刑事が立っていて、湖城が横を通ってから死体が見つかるまで、ずっと入り口が視界に入っていた。裏口から公道へ通じる門のそばには、犯行可能だった三十分間ずっと、ヒナ、倉林沙奈さん、棗のうち二名以上が立っていた。これらのことから、犯人はあすなろ館の住人のうちの誰かであると結論されます」

「その容疑者リストからは、さらにひとりの名前が消せますよね」

千々石警部が感情の読めない口調で言った。

「ええ、そのとおりです。これもまた確認済みのことですが、唯一ヒナにはアリバイがあります。なので、リストに残った名前は八つです」

オレは目を閉じて、その名前を心の中で復唱する。

鷹宮絵愛。有岡優介。志儀稔。園部圭。棗誠之助。元村瞬。五月女唯哉。平木康臣。

誰であってほしくもない。でも、この中の誰かなのだ。

「それで？　鷹宮はすでに犯人の名前に辿り着いているのか」

いつになく硬い、感情のこもらない口調で有岡さんは言った。

「ええ。現在、おれの手もとのリストには、たったひとつの名前だけが残っています」

エチカは全員の顔を見回してから、ゆっくりと深呼吸をした。その瞳が、狩人のように光る。

「では、今からリストの名前を消していきます」

2

「手始めに、細かいところを詰めていきましょうか。まずは、複数犯である可能性が限りなくゼロに近いことから」

エチカの言葉に、千々石警部が「そうですねえ」と応じた。彼女も真剣な表情で、エチカの話に引きこまれていることが窺えた。

「レインコートが一着しかなかったことなど、現場に残された痕跡はすべて単独犯による犯行だと示していました。現場にいた犯人は、確実にひとりでしょう。また、複数犯ならばお互いにアリバイを証明しあえたでしょうに、寮の中でアリバイを証明しあっているふたり組はいない――ということから見ても、単独犯と見るのが妥当ですね」

「ありがとうございます。いま、千々石警部からお話があったとおりです。というわけで、この事件は単独犯の犯行であるという前提に立ち、話を進めていきます」

いよいよ、オレも続きを知らない推理が始まろうとしている。思わず唾を呑みこんだ。

「昨夜、この食堂で関係者のアリバイの整理が行われたとき、容疑者は八人まで絞られました。ですが、おれはまもなく、そのリストから二名の名前を除きました」

「えっ、誰と誰っすか。おれとユイ？」

「アホ、元村。自分に都合のええ妄想をするな。……続けてくれ、鷹宮。なんで容疑者が絞れたんや？」

「はい。――それは、現場で鳴っていたスマートフォンのおかげです」

オレはあのときのことを思い出す。けたたましく鳴っていた「アイネ・クライネ・ナハトムジーク」第一楽章。いまも目を閉じると、耳の奥で鳴り出しそうだ。

「スマホが鳴っていたのは、アラーム機能のせいでした。湖城龍一郎は、八時ちょうどにアラームをかけていたのです」

ああ、と頷いた人物が、食堂の中にふたりいた。刑事を除く他のメンバーは、不思議がるような表情になる。オレはそのとき、エチカが言わんとしていることを察した。

「アラームっすか？　ずいぶん変な時間にアラームかけてたんすね」

「朝の八時と間違えた、とかでしょうか」

瞬と五月女が、それぞれ感想を口にした。彼らは不思議がった側——つまり残念ながら、まだリストに名前が残っている側だ。

「いや。湖城は自分の意思で、死ぬ前にアラームをかけたんだ。午後八時に鳴るように。なぜなら、それが彼の習慣だったから」

「生徒会長ご自慢の、タイムマネジメント術やな」

志儀先輩が落ち着かなげに眼鏡を持ち上げながら言った。エチカが顎を引く。

「そうです。湖城は人と話し合うときには必ず、ほどほどのところで切り上げるために、アラームをセットする習慣があった。会議をするとき。通話をするとき。——そして、人と会合を持つときなど。『人生の時間を空費しないため』だそうですね」

「学年集会で話していたことだな。よく覚えている」

有岡さんが言った。その言葉を聞いて、オレは少し安堵《あんど》した。

「そうです。お聞きになりましたか、みなさん。湖城は三年生の学年集会のとき——つまり、事件当日の午後に、この話をしているんです。『自分は必ず、こういうことを実践する』と」

「で、それが事件と何の関係があるわけ？　アラームが鳴ったから何がわかるの」

棗が苛立ったように言った横で、園部が「あっ」と声を発する。

「あの、もしかして……、それで、死亡推定時刻が絞られた、とか？　アラームをセットした時間が割り出せた、みたいな」

「いや」郷田刑事が否定した。「被害者のスマホはもちろん調べたが、アラームがいつセットされたかまではわからんよ」

「そうですね。しかし、犯人がアラームを解除しなかったことだけは、火を見るよりも明らかな事実でしょう」

　あっ、と全員が息を呑む気配があった。

「さて、もしも犯人が『アラームがセットされている』事実に気づいていたとしたら？　それを放置するメリットが、犯人にあるでしょうか。万が一音を聞きつけられたら、遺体の発見は当然早まります。しかし、あの時点で外部犯の仕業に見せかけようとしていた犯人にとって、遺体の早期発見はデメリットしかない。捜査網が素早く敷かれたら、裏門から逃げた犯人などいなかったと警察も気づきますから――もっとも、ちーちゃんが引き起こした不測の事態により、現実に遺体は早期発見されてしまいましたが」

「ちーちゃん？」と、瞬が首をかしげた。

「猫のことだ。今朝まで食堂にいただろう、茶トラの可愛い猫が。とにかく、死体が早く発見されたのは偶然で、犯人が意図した結果ではなかった。朝になるまで誰も通らないであろう東屋に死体を放置したことから見ても、犯人が事件の発覚を遅らせようとしていたことはたしかだ。ということは、もし『アラームがセットされている』事実に気づいていたのなら——犯人はそれを、確実に切っていたはずだ。音を聞いた人たちが、駆けつけてきてしまうから」

「スマホにロックがかかっていたからではないのかね」と、郷田刑事。「我々警察も、解除には手を焼いたよ」

「たしかに、最近は誰でもたいてい指紋認証やパスコードでロックをかけていますね。しかし、そんなことは問題にもなりません。アラームを鳴らなくしたいなら、ただスマホを壊せば用は足りる。しかも時間と労力をかけて叩き壊す必要はなかったし、そのことに犯人も気づいたはずです……。なぜならその人物は、排水口の詰まった水道にレインコートと手袋と凶器を突っこんでいたんだから」

「なるほどな」と口を開いたのは、それまで無言だった平木さんだった。

「水没させて壊せばいい。普通のスマホなら、三分と経たずにオシャカだ」

「ご指摘のとおりです。スマホを沈めただけなら、犯人と格闘した際にポケットから落ちたと思われます。『なぜスマホを壊したのか？』と詮索される可能性も低い。故意に破壊したと気づかれても『警察に通報されるのを阻止したのだろう』と思われるだけでしょう。

　……もう、結論を述べていいですか？　事件当日、学年集会で湖城の習慣を聞いていた人物ならば、十中八九スマホを壊したはずです。よっておれはこの時点で、有岡優介さんと志儀稔さんを容疑者リストから外しました」

志儀先輩が、鼻の頭を掻きながら発言する。

「ありがたい話やが、穴があるな。俺か有岡のどっちかが犯人で、湖城の話をうた寝ししてて聞いてへんかった可能性もあるやろう」

「ありません。あなたは事件当日の夕食のとき、湖城の『タイムマネジメント術』について揶揄していました。具体的な内容までは話しませんでしたけどね。有岡先輩は、部活のときにヒナにその話をしていたそうですね。だからついでに言えば、ヒナはアリバイと合わせて二重に除外されます」

そうだ。オレが他のみんなより一瞬早くエチカの推理に追いつけたのは、有岡さんから具体的な「湖城流タイムマネジメント術」を聞いていたからだ。

「彼の『タイムマネジメント術』のことを犯人が知っていた場合、それを失念したとは考えにくい根拠が、もうひとつあります。犯人は被害者のスマホに触れているんです。血のついた手袋で触った跡があったそうですね」

たしかに、湖城のスマホを手にしてそのことを思い出さないとは考えにくい。

「そんなところから容疑者が絞れるとは、意外でした」

千々石警部はそう言って、オレのほうを見た。

「なにしろ、兎川くんは知っていましたからねえ。この学院内では有名な話なのかと早合点してしまいました。まさか君も事件当日に知ったばかりだったとは」

橋場に呼び出されて本校舎に向かうとき、彼女が呟いていたことを思い出す。

――そうか……、やはり知られているのですねえ。

あれは湖城の「タイムマネジメント術」が生徒にとって周知の事実だと思っていた、ということか。実際は、そこまで有名なエピソードではなかったのだ。

「以上で三年生のおふたりの容疑は晴れた――そう考えてもらってよいですか」

「……オーケーだから、早く進めてよ」

棗が促した。彼はいつのまにかスマホをしまっていて、真剣な表情でエチカを見つめていた。棗の名前もエチカの名前も、まだリストに残っている。

残るは、六人。

3

「事件当夜、おれが辿り着けたのはここまでです。しかし、本日登場した新たな証人の話によって、さらに三人を容疑者リストから取り除くことができました」

「誰だね、その証人とは」

厳粛な口調で尋ねる郷田刑事に、エチカはちらりと視線を向けて、

「レインコートの指紋の主ですよ。ええと、名前はなんだっけ」

「橋場。空手部の一年生だ」

オレが補足すると、不思議そうな顔が向けられる。そういえば、まだ正体不明の指紋の主を知らないやつのほうが多いんだった。

「そう。ヒナも事情聴取に同席して、その橋場から話を聞きました。結果判明したのは、事件当日の午後五時半の時点で、レインコートは駐輪場の物陰にあったという事実です。――言い換えれば、そのときコートはあすなろ館ではなく本校舎の側にあったということになる。一年生の複数名が証人なので、信憑《しんぴょう》性はかなり高い」

「わからないな。そんなことでどうして、容疑者が絞れるんだ？」

有岡さんが疑問を呈した。オレにもまださっぱりわからなかったが、エチカは意外そうに眉を上げた。

「簡単なことじゃないですか。午後五時半から七時半までの間にあすなろ館を出ていない人間は、犯人ではないんですよ」

「あっ、たしかに！」

と叫んだのは瞬だった。

「七時半以降のアリバイはヒナ先輩にしかないけど……もしも五時半から七時半までのアリバイが証明されたら、犯行は絶対不可能だったことになる！　だって、レインコートを着て犯行に及べなかったんだから」

「そう。七時半からは郷田刑事が遊歩道の本校舎側に立っていた。仮に彼が見ていなかったとしても、七時半以降にコートを取りに行こうとしたら、東屋で待っていた湖城の前を一度通過する必要があった。あまりにも間抜けな話でしょう」

「つまり……夕食が終わった時点で、犯人はもうあすなろ館側にレインコートを持ってきていた、ってことですね」

消え入るようなか細い声で、五月女が言った。エチカが話を続ける。

「ここまで出た条件で、まずひとり容疑者リストから除外できます。おれは彼が午後五時から夕食が終わるまでの間、ずっとあすなろ館を出ていないと証言できます」

エチカは、壁際に座っていた管理人を手で示した。

「……それは、どうも」

平木さんは気が重そうな声で答えた。他の全員が、なんとも言えぬ表情で彼を見つめる。

「おれは午後五時には、すでにあすなろ館にいて、ずっと食堂で勉強していました。志儀先輩も証人です。厨房は食堂を通らないと出入りできません。平木さんは無実です」

昨日の夜、正式な事情聴取の前に志儀先輩が言っていたことを思い出す。

——夕食前なら、俺と鷹宮のアリバイは完璧やったのに。五時からずーっと食堂におって、一歩も外に出てへんからな。

それを受けて平木さんもこう言った。

——私のアリバイも入れておいてくれ。君たちが食堂にいる間、ずっと厨房にいたからね。

あのアリバイが、レインコートの登場によって効力を発揮したということか。

「あれ?」オレははっと息を呑んだ。「それってつまり……エチカも容疑者から外れるってことじゃねーか!」

当のエチカは、飛び上がったオレに「座れ」とそっけなく命じた。

重要な証人である志儀先輩が、重々しく頷く。

「ああ、せやったな。その時間帯、俺は鷹宮とずーっと一緒やった。さらに、平木さんは一度も厨房を出ておらんと証言できる。このことは、昨日の夜にちらっと確認したわな。要するに、鷹宮と平木さんはシロっちゅうわけや」

「そうなります。おれたちにはレインコートを回収し、犯行に使うことができなかった」

千々石警部が、すっと立ち上がった。彼女は、エチカに向かって腰を折る。

「今の論証に瑕疵《かし》がないことを認めます。あなたのアリバイは、成立した。申し訳ありませんね。我々捜査陣は、君のことを疑っていました」

あまりにも潔い姿だった。エチカは、そっけなく首を振り動かす。

「べつに、どうということはないです。あなたがたは動機に基づいて合理的に疑っただけですから。……不合理にも、おれを信じてくれたやつもいましたけど」

やっとエチカの疑いが晴れた――。と、オレが感動していると、

「じゃ、じゃあもうひとりは？」

という声が飛んできた。ドアのところに立っていた室刑事の発言だった。全員の視線がそちらに集中する。

「いや、あの、出しゃばってごめんね。でも鷹宮くん、言っていたじゃないか。レインコートの件で、容疑者を三人リストから除外することができたって。君と管理

人さんと、もうひとりは誰？　いまアリバイ証人となった志儀くんは、すでに容疑者リストにはいないよね」

「ああ。もうひとりいるんですよ、レインコートをあすなろ館に持ちこめなかった人間が」

「えっ。誰でしょうか」

五月女が問うと、エチカは彼——ではなく、その隣に座っている人物を指した。

「おまえの相方だ」

指さされた瞬は、へへっと笑いながら頬を掻いた。

「えー、照れるなあ、ユイの相方だなんて……。って、え？　なんでおれが容疑者から除外されるんすか？　納得できない！」

「ちゃんと聞いておいてくれ。コートを持ちこめなかったからだと言っただろう」

「あっ、そうだ！　瞬には無理だ！」

オレは思わず叫んでいた。エチカに加えて瞬も容疑が晴れたことで、思わず喜びが声に滲んでしまった。

「あの日、瞬は忘れた道着を持ってくるために、一度あすなろ館に戻ったんだ。で、ついでに他の荷物を全部あすなろ館に置いておいた。だから、瞬は部活から帰るとき、手ぶらだったんだ」

「あ……そういや、そうでしたね」

「他人事みたいに言ってんなよ。喜べ、瞬。おまえは犯人じゃない。だって、四時から始まった部活に参加していたおまえは、部活が終わる六時半まで、レインコートをあすなろ館に運ぶ機会はなかったんだから。そして、オレと有岡さんと一緒にこの寮に戻ってきたとき、おまえはコートを隠せるバッグのようなものは持ってなかった」

「そう。今のヒナの証言があったから、おれは元村を容疑者リストから外すことができた。一度あすなろ館に戻ってから夕食前のわずかな時間に持ってきた、というのも無理だ。遊歩道を往復してコートを持ってくるのに、少なく見積もっても三分はかかる。元村はヒナと一緒に、帰寮後すぐ食堂に現れた。というわけで、元村は除外だ」

「ちょ、ちょっと待ってくださいよエッチ先輩。もしかしたら、おれが部活終わったあと、ヒナ先輩たちから見えないように、服の下に隠してコートを運んできたかもしれないいじゃないっすか」

「元村、おまえ犯人になりたいのか？」

エチカは冷めた口調だった。すでにそれに対する反論は用意してあるらしい。

「まず、その場合レインコートにはおまえの皮膚片や汗がべっとりと付着したことになるな」

「そうでしょうね」と千々石警部。「そのようにコートを隠したら、確実に痕跡が残ります。警察の科学捜査を侮ってはいけませんよ」

「だ、そうです。この事件の犯人は慎重だ。そんな乱暴なやり方でコートを運んだとは思えない。一方で、もしもそういった痕跡がすべて消えるほど全体を洗い流したなら、橋場の指紋も消えていたはずでしょう。……まあ、そもそも細身の元村では、服の下にコートを隠せたとは思えませんが。とにかく、彼は除外です」

瞬はまったく嬉しそうにしなかった。痛ましそうな顔で、隣に座っている五月女を見た。瞬の「相方」は、いまだに容疑が晴れていないのだ。

五月女唯哉。園部圭。棗誠之助。

この三人の名前だけが、いまだリストに残っている。

4

「あ、あのさ。ひとついいかな……」

あまり喋っていなかった園部が、おずおずと手を挙げた。

「僕、いちおう事件当日の放課後、夕方には寮にいたんだけど。僕はレインコートを回収できなかった人間に数えられないの？」

「残念ながら、おまえは食堂にいなかった。いつ抜け出したとしても、おれは気づけなかったと思う。もちろん、志儀先輩や平木さんにも。よって、今の段階では除外できない」

園部はがっくりと肩を落とした。

容疑者リストはどんどん狭まっているのに、オレはどんどん信じられない気持ちになっていった。そりゃあ、有岡さんや瞬と比べたら、残っている三人のことはよく知らない。それでも、信じられない。同じ寮に住む仲間が、殺人犯だなんて——。

「ねえ、横暴ですよエッチ先輩。とっとと済ませてください。おれ、もう耐えられない」

すでに容疑者リストから除外されている瞬が、悲痛な叫びを上げた。

「すぐ済むから、少しおとなしくしていてくれ。……さて。ここでひとつ証拠物件を提出します。ヒナ、頼む」

「えっ……、お、お？　なんの話だよ」

「おまえが図書室で撮影した、呼び出し状のことだ」

「なにぃ？」郷田刑事が叫んだ。「そんな大事な証拠物件を隠していたのかね」

「言いそびれていただけです。さあ、ヒナ」

オレはエチカに急かされるまま、スマホを取り出して食卓の中央に置いた。

「ああ、ちなみにこの画像はおれのスマホにも転送してあります」

棗が苛立ったようなため息を漏らした。

「『今この場で手が滑ったフリをして兎川のスマホを壊しても無駄ですよ』ってアピールしてるわけ？　悪趣味すぎ。とっとと犯人を名指ししてよ」

「いきなり名指ししたら誰も信じてくれないから、順を追っているだけだ。だが、もう出口は見えているんだ。この呼び出し状のおかげで」

千々石警部が、流れるようにオレのスマホを手にした。

「私が読み上げましょう。『湖城龍一郎へ。本日午後七時半に、あすなろ館に通じる遊歩道の東屋にて待て』……」

全文の朗読が終わると、郷田刑事が「恐喝か」と呟いた。

「もちろん」エチカが話を続ける。「最初から、金を脅し取るつもりはなかったでしょう。返り血を防ぐレインコートまで用意していたのですから、殺害が目的だったことは明らかだ。しかし湖城ひとりを内密に呼び出すには、それなりに納得できる理由が必要です。身の危険を感じさせたら、湖城が仲間を連れてくるかもしれませんからね。というわけで、呼び出した側にも後ろめたいことがあると匂わせたのは、妥当なやり方です」

「呼び出しの方法はわかった。せやけど、これからなんで犯人がわかるんや」

志儀先輩が疑問を呈した。オレも同感だ。手がかりを見つけておきながら、これがなにを意味するのかはさっぱりわからなかった。

「今から話します。まずは、この呼び出し状が湖城の手に渡ったときの状況から」

エチカは、神崎さんの名前を挙げて、彼の話を要約してみせた。千々石警部が頷いて、

「うん、成り行きは了解しました。神崎くんによれば、湖城くんは問題の『君主論』を、昼休みにも読んでいた。そして五時間目に学年集会があり、教室に戻り、六時間目が始まる前に呼び出し状を発見したということですね。となれば、呼び出し状

は学年集会で教室が無人になったときに挟まれたと考えるのが妥当でしょう」

「ここで、三年生のおふたりの容疑はさらに薄まったと考えられます」

と、エチカが言った。

「有岡先輩と志儀先輩は、先ほども確認したように学年集会に出ていました。途中で集会を抜け出したら、周りの人たちの記憶に残って、湖城から怪しまれてしまうおそれがある。ふたりはあすなろ館の住人ですから、余計にね」

「で、それでどう事態が進展するんだ。もう俺と志儀は容疑者から外れているんだろう」

問いただす有岡さんの表情は、いつになく険しい。

「進展するんですよ。呼び出し状が挟まれた可能性があるタイミングを、より詳しく検討しましょう。一、学年集会への移動が始まった、昼休みのラスト五分間。二、学年集会が行われている、五時間目の最中。三、五時間目が終わってから生徒たちが教室に戻ってくるまでの、わずかの間。……おれは、いずれの時間にも特進クラスの教室に近づけなかった人物をひとり知っています」

あっ、と声が漏れた。オレも知っている。そいつが誰かを。

「おれとヒナが所属している二年二組は、事件当日の五時間目と六時間目が体育でした。恐ろしいことに、我々の授業を担当している体育教師は非常に厳しく、授業開始の五分前までにグラウンドに集合することを常々求めています。事件当日も、クラスの全員がそのとおりに振る舞いました。つまり、二年二組の生徒には、呼び出し状を挟むチャンスがなかったんです」

「あっ……僕？」

園部が、不意を突かれたように自分を指さした。

「そのとおりだ。園部は犯人ではない。五時間目と六時間目の間の休み時間も、おれとヒナと会話していてチャンスはなかった。蛇足ながら、ここでおれの無実は二重に、ヒナの無実は三重に証明されたわけです」

オレはつくづく運がいいなあ、とため息をついていると、瞬が「異議あり！」と叫んだ。

「ソノ先輩を容疑者から外すのは軽率っすよ。なんで犯人直々に呼び出し状を挟んだと思うんすか？　誰かに代行させたかもしれないじゃん」

「あの呼び出し状は、くしゃくしゃにされて捨てられていたが、糊付けされた痕跡はなかった。封筒に入っていたのでもない。神崎という先輩は『折りたたまれた紙』が本に栞のように挟まっていたと証言している」

「それがなんすか」

「呼び出し状を本に挟んだ人物は、確実に文面を目にしただろうということだ。湖城を東屋に呼び出す文を、だ。東屋で湖城が殺害されたと学院じゅうの誰もが知るいま、その人物はなぜ黙っている？」

そもそも、とエチカは続ける。

「これが計画殺人だった以上、呼び出し状を挟むなどという些細な手続きのために共犯者を雇うなんて割に合わない」

腰を浮かせていた瞬は口を閉ざし、椅子に座った。

「さて、リストに残っている名前は、あとふたつです」

5

有岡さんも志儀先輩も、園部も平木さんも、視線を下げた。残るふたりの容疑者を見まいとして。瞬だけは、隣に座っているルームメイトの顔を祈るように見守っていた。

「説明の順番が前後しましたが、おれは神崎先輩の話をヒナから又聞きした時点で、いま言った理由から園部を除外しました。次に容疑者リストから名前を除くチャンスに恵まれたのは――図書室でヒナが撮影してくれた、この呼び出し状を見たときです」

全員の視線が、テーブルの上に戻されたオレのスマホに注がれる。

「先ほど千々石警部が読み上げた文章には、じつに大きなヒントがありました。該当する部分を読み上げましょう――『湖城龍一郎へ。本日午後七時半に、あすなろ館に通じる遊歩道の東屋にて待て』。ここです」

「ま、待てよエチカ。おまえ、オレに言ったよな。『七時半に待てと言っているだけで、七時半集合とは書いてない。七時半ジャストのアリバイは問題にならない』って」

「ああ、そう言った。だが今おれが問題にしているのは、実際に何時に待ち合わせ場所に現れたかじゃないんだ。重要なのは、犯人がこの呼び出し状を作成した時点で七時半という時間を指定したという事実なんだ」

「……なるほど。君の言わんとすることが摑めたように思います」

千々石警部が、顎を撫でながら言った。エチカは頷いて、先を続ける。

「ご理解いただけましたか。そう、犯人がこの呼び出し状を挟んだのは、事件当日の五時間目、もしくはその前後です。犯人は時間を自由に指定する権利があった。八時でも九時でもよかった。もちろん一方的に呼び出すわけですから、湖城の都合を斟酌《しんしゃく》したわけではないでしょう」

「そうだな」オレは思いついたことを補足する。「寮の新館は各部屋に風呂があるから入浴時間も決まってない。いつでも出てこられただろうな」

「そう。その証拠に、湖城は待ち合わせの時間まで本校舎の休憩室でスマホを見て時間を潰していたらしい。それは、おまえたちが目撃していたな」

「俺も見た」と有岡さんが言って、瞬も頷く。

「要するに、新館で生活する湖城は時間の融通が利く立場ということです。それなのに犯人は七時半を選んだ。この時刻は呼び出した側の都合で決められたものです。言い換えましょうか。犯人は、当日の昼過ぎの時点で、午後七時半になんの予定も入れていなかった人物です」

エチカは立ったまま、ゆっくりと五月女の顔に視線をやる。

「五月女から検討しましょう。彼は当日の朝食のとき、おれに『今日の夕食のあと、数学を教えてほしい』と頼みました」

「鷹宮が薄情にも断ると予測してたんやないか」

志儀先輩が機械的に突っこんだが、エチカはかぶりを振る。

「朝食の場には、寮生全員が揃っていました。おれが拒んでも、他の親切な先輩がたが『自分が教えてやろう』と言い出す可能性もあった。ともあれ、おれは引き受けました。その時点で五月女には、七時半に予定が入ったということです。さらに五月女は夕食が終わったあと、朝の約束について自分から言及しました」

「だが、五月女くんの疑問点は十分ほどで解消して、すぐに勉強会はお開きになったのだろう？　アリバイには……」

郷田刑事の言葉の途中から、エチカはかぶりを振り始めていた。

「たしかに勉強会はすぐに終わりましたが、それは問題にもなりません」

「なんでだよ」とオレは尋ねた。

「いいか、ヒナ。さっきも言ったが、湖城を呼び出す時間は夕食後ならいつでもよかったんだ。八時でも九時でもよかった。朝、おれと夕食後の約束をしていた五月女なら、『七時半に待て』と指定したわけがない。彼の振る舞いは、どう考えても犯人らしからぬものだ」

「で、でもあの、ぼくがわざとアリバイ工作した可能性も……ありますよね？」

五月女が、残るひとりの容疑者をちらちら見ながら言った。

「ありえない。すでに確認したように、遺体があんなに早く発見されたのは偶然だからだ。もしも犯行時間帯が一時間、二時間と拡大していたら、十分間おれに勉強を教えてもらったことなんて、アリバイ工作になるわけがない。犯行現場に遅刻してリスキーなだけだ」

エチカは言葉を切ってから、全員を見回す。

「五月女唯哉を容疑者リストから外すことに、異存のある人はいますか」

誰も発言しなかった。全員の視線が、ただひとりに集中する。

「さて、残ったひとり──棗について考えてみましょう。彼は、有岡先輩から夕食の後に呼び止められています。ですがこれは彼にとっては、事前に予測できない事態でした。あのときも、『後じゃダメですか』と抵抗していた──棗、座って」

立ち上がって抗議しかけた棗を、エチカはなだめる。

「棗はなぜそのとき抵抗したのか？　裏門のところで倉林さんと待ち合わせていたからです。ヒナが彼女と会っていることから、待ち合わせが作り話でないことは明らかだ。問題は待ち合わせの時刻──棗は彼女と七時半ちょうどに会う約束をしていたんです。棗と彼女は、毎週金曜日はその時刻に会う習慣になっていた。そんな人間が、七時半に湖城を呼び出すはずがない。繰り返しますが、犯人は時間を指定する自由があった。七時半に犯人が指定したのは、その時間はフリーだという確信があったからです。よって、棗も犯人像に合致しない」

全員が呆気に取られていた。容疑が晴れた棗自身が、ぽかんと口を開けていた。たぶん、オレも似たような顔をしていただろう。

「以上の思考過程によって、おれの手持ちの容疑者リストからは、八人全員の名前が消えました」

エチカの言葉を聞いて、最初に声を上げたのは有岡さんだった。

「外部犯か。やっぱり外部の人間の仕業だったのか」

「そ、そういうことになりますよね？　エチカ、そうなんだよな！」

全員の容疑が晴れた嬉しさで、オレは頬が緩んでしまうのを感じる。だが、エチカはゆっくりと首を横に振った。

「いや。最初に確認したように、外部犯の犯行ではありえない。……ここで、おれは今までの自分の推理を再検討しました。どこか違うところはなかったか？　なにか見落としはないか？」

語る探偵の声の低さに、オレは身震いした。エチカの推理のもっとも重要な部分は、ここからなのだ。

「ようやく思い至りました。そう、今までの推理にはひとつだけ見落としがあった。犯人たりうる人物は、あすなろ館の住人以外にもうひとりいた」

「ひょっとして……、なっちゃん先輩の彼女さん!?」

瞬の叫びで、オレはレインコートを羽織りナイフを構える沙奈ちゃんの姿を思い浮かべた。そういえば彼女はオレが到着する前、裏門にひとりきりだった――。

「待ってよ。沙奈に対してなんてことを」

憤慨して瞬とエチカを交互に睨む棗に対して、エチカは掌を広げる。

「落ち着け、棗。彼女は無実だ。七時二十九分の時点で湖城は生存が確認されていて、ほぼ同じ時刻に彼女はヒナと落ち合っている」

「でもエチカ、それなら犯人はどこから侵入したってんだよ？　あすなろ館でも裏門でもないなら」

「簡単だろ。遊歩道の反対側しかない」

「……ま、まさか」

千々石警部の表情が変わった。彼女がこんなに動揺するのは初めてだ。

「そうです。犯人が裏門から脱出できなかったことは、常にふたり以上の人間によって証明されていますが――遊歩道の反対側の出口、本校舎側を見張っていたと証言しているのは、たったひとりの人間です」

エチカは、その人物を指さした。

「あなたが犯人です。郷田刑事」

6

混乱していた。

あすなろ館の住人が犯人でなければいいと、この一日ずっと思っていた。けれど、心のどこかで諦めてもいた。状況はすべて、その希望的観測を裏切るものだったから。

それが、ここへきて――こんな抜け道が発見されるなんて。

「冗談を、言うてるわけやない……んやな？」

志儀先輩が、上ずってひっくり返った声で言った。他のみんなも、呆然と目を見開いている。

郷田刑事は、無表情でエチカを見返していた。だが、目はいつもよりわずかに大きく見開かれていて、よく見ると首筋を汗が伝っていた。

「聞こえませんでしたか、郷田忍警部補。あなたが湖城龍一郎を殺害したと言っているんですよ」

エチカは食堂をゆっくりと横切る。郷田刑事の目だけが動き、それを追う。

「七時三十分ごろ、あなたの部下の室刑事は差しこみがきたと言ってトイレに立ったそうですね？　それはもしかして、あなたが彼の飲み物に下剤を仕込んだからでしょうか。もっとも、仮にその細工が奏功しなくても、あなたは彼の上司です。なにか理由をつけて喫煙所にひとりきりになることはできたはずだ」

まだ、郷田刑事はなにも言わない。

「あなたはひとりになると、駐輪場に隠しておいたレインコートを身に着けて、湖城を殺しに向かった。そして返り血のついたコートやナイフをすべて汚水に浸して、証拠を消した。たぶん十分くらいで完了したでしょうが、室刑事のお腹があまりにも大暴走してしまったため、それからさらに何分も足止めを食った」

「た、たしかに昨夜は異様に大暴走でした……」

室刑事がはっとしたように呟いた。あまりにもバカバカしい台詞だったが、誰も笑わなかった。

「思えば、あなたは犯人の資格を完璧に有した人物でした。湖城のタイムマネジメント術を知り得なかったこともそうですし……園部の事件の捜査で数日前から学院に出入りしていたあなたなら、あすなろ館の住人にできた大抵のことができた。校地への出入りをくまなく調べたと、室刑事から聞きましたよ。そのとき、裏門も当然見たはずです。ここの鍵を壊して架空の侵入経路にしよう、と思いつくのも簡単だ」

郷田刑事が口を開こうとしたが、エチカはさらに畳みかける。

「校舎の中を堂々と歩き回っていたあなたには、特進クラスの教室を覗きこんで、湖城の席がどこかを特定するのも簡単でした。彼の机に呼び出し状を入れることもね。レインコートを車から出して保管していたのは、室刑事に発見されることを恐れたからでしょうか」

「ん？　でも、ちょっと待てよエチカ」

ふと疑問が浮かんだので、オレは思わず口を開いていた。

「郷田刑事が犯人なら、なんでずーっと遊歩道の前にいたなんて言ったんだよ？　たとえば、忘れ物を取りに車に行ってたとか嘘つけば、誰かが遊歩道から逃げた可能性も作れて、間違っても自分にだけ容疑がかかることにならなかったのに」

「ヒナ、あのときの流れを思い出してみろ。遺体は郷田刑事の想定よりも、ずっと早くに発見されたんだ。まさか夜のうちに事件が発覚すると思っていなかった彼はとにかく現場に駆けつけた。そして、室刑事から『遊歩道の出入りを見ていたでしょう』と言われて、とっさに『誰も見ていない』と答えてしまった。あの時点で彼が想定していた犯人の逃走ルートは裏門だったからな」

「あっ……そうか」

棗と沙奈ちゃんがずっと裏門の前にいたことを、あの時点で郷田刑事は知らなかったのだ。南京錠は渡したけれど、詳しい前後の事情は話していなかった。そのあと、ふたりがまだ裏門のところにいると告げたとき、郷田刑事は心底驚いていた……。

オレがこわごわと見ると、郷田刑事は黙して食卓の一点を見つめていた。

「でも、あの」五月女が戸惑ったように口を挟む。「もしも、郷田刑事が――というか、あすなろ館の外の人が犯人だとしたら、東屋で待ち合わせをするのって怖くないですか？　だって、あすなろ館の住人がいつ、寮に帰るために通るかわからないんですよ」

「わかる」エチカは反論を用意していた。「本校舎の裏口の下駄箱を見ればいい。あすなろ館の住人の靴しかないからな。そこに入っているのが上履きだけなら、全員が寮に戻った証拠だ。それを目印にしたんでしょう、郷田刑事」

「……くだらない話だよ」

　郷田刑事が、ようやく口を開いた。

「君の話は意味をなさない。あすなろ館の住人を容疑者から外す手並みは、詐欺師のそれだよ。『人間は常に理性的に振る舞うはずだ』という幻想に基づいたおとぎ話だ。たとえば三年生のふたりのどちらかが犯人でも、殺人のショックで動揺するあまり、『タイムマネジメント術』とやらの存在を忘れ去っていたかもしれんだろう」

「郷田警部補。反論するにしても、警察官として感心できない言葉選びですね」

　千々石警部の声は鋭かった。彼女はいつのまにか立ち上がって、郷田刑事の背後を取っていた。

「おとぎ話、ですか。では、もっと現実的な話をしましょう」

　エチカの口調には余裕があった。かすかな笑みすら浮かべている。

「あなたが犯人である可能性に気づいたおれの目の前には、意外な景色が開けました。それは、様々な証拠があすなろ館の住人以外が犯人だと考えたほうが自然だ――と示しているということです」

「え、たとえば？」瞬が訊いた。

「たとえば、そうだな。夕食が終わる時間と待ち合わせ時間が接近しすぎていることだ。ぴったりに現れる必要はなかったとは言ったが、あすなろ館で夕食を食べる人間なら、もっと後の時間を指定したほうが余裕を持って現場に行けたはずだ。つまり、寮のタイムスケジュールとは無関係に動いていた人間が怪しい」

「たわごとだよ」

「そうですか？　じゃあ、これはどうでしょうか。レインコートが駐輪場――というか、遊歩道の向こう側に隠されていたという事実です」

　千々石警部が目を細めて頷いた。

「なるほど。もしも犯人があすなろ館の住人なら、遊歩道のこちら側に隠すほうが自然ですね。幸いこの寮には、空き部屋が唸るほどある」

「そのとおりです。つまり考えれば考えるほど、遊歩道のあちら側の人間が怪しく見えるんですよ。さらに呼び出し状が挟まれた時間帯は、この学院の生徒以外が犯人らしいと示唆している。あれは昼休み終了五分前、あるいは授業中か授業直後に挟まれたはずですが……生徒が犯人なら、授業に遅刻するか退席するかをしなければならなかったことになります。そんな目立つことをしたでしょうか」

「しなかったと、どうして言えるね」

　郷田刑事の声は低く、恐ろしかった。

「君が述べるような曖昧な憶測で、立件できると思うかね？　私なら、そんな調書は恥ずかしくて検察に送れないよ」

「じゃあ、物証を出しましょう」

　刑事の表情が凍りついた。エチカはオレのスマホをひょいと取って、またしても例の呼び出し状の画像を見せた。

「ひっかかったのは、どうして犯人がこの呼び出し状を、無理に回収しようとしたのかということです。ヒナを襲うという罪を重ねてまでです」

「たしかに、個人の特定には繋がらんしょうもない手紙やな。お名前も書いてへんし、捕まるリスクを冒してまで取りに来るものと違う」

「見た目にはそうです。しかし郷田刑事にとっては、これは是が非でも取り戻さねばならない証拠だったんです。湖城が持っていると思って身体を捜したら見つからなくて、焦ったでしょうね。その後捜査に加わって、自分が真っ先に見つけて隠滅するつもりだったんでしょうが、まさか図書室にあるとは思わず、それにも失敗してしまったわけだ」

「指紋でもついていたんでしょうか」

そう言った五月女に、エチカはずいとスマホを見せた。

「五月女なら気づくんじゃないか。この呼び出し状の不自然さに」

「……ヘンだとは思いませんけど」

「まあ、普通の紙に普通の文字だな。ただし、もしもこの学院の生徒が犯人だとしたら、ヘンじゃないか？」

「あっ」五月女が小さく叫ぶ。「……進路センターで印刷されたものじゃない」

この言葉で、生徒の大半は意味を察したようだった――オレもそうだ。

「くそっ、なんで気づけなかったんだよオレっ」

悔しさのあまり叫んで、自分の頭をぽかぽかと叩いてしまう。エチカに腕を摑まれた。

「自分をいたわれ、怪我人。……刑事さんたちにどういうことかご説明しましょう。この学校で生徒が唯一自由に使えるプリンタは、校舎二階にある進路センターのものだけなんです。しかし――」

「あのおんぼろプリンタで印刷した紙には、両端に妙な筋が入ってまう」

志儀先輩の言うとおりだ。彼が印刷した私大の過去問にも、五月女が刷ったセンター試験にも、その跡が刻まれていた。

「つまり、犯人は進路センター以外の場所で呼び出し状を印刷したことになります。よって、この呼び出し状は生徒によって印刷されたものではないということになる」

「で、でもちょっと待てよ！」

上司とエチカを呆然と見比べていた室刑事が、はっと顔を上げる。

「この学校って、日曜日は自由に外出できるって聞いたぞ。つまり、学外のコンビニとかでプリントすることもできたはずだ」

「できたでしょうね、日曜日なら」エチカの反論は滑らかだった。「しかし、この呼び出し状には事件前日の放課後に湖城と別の生徒が交わした会話が書かれている。つまり、一昨日の夕方以降に書かれたはずなんです。しかし学院の門は午後七時には閉まり、夜間の脱出は不可能になる。棗の無断外出が露見したことからも明らかなように」

会話を聞いてすぐにパソコンで文章を書いて、コンビニまで行って、印刷して戻る――。三十分ではできなかっただろう。

「念のために言えば、事件前日の夜のうちに裏門の鍵を壊してコピーをしにいった可能性もありません。当日の朝はまだ錠前がかかっていたと、平木さんが確認しています。……要するに木曜の夕方以降、あすなろ館の生徒たちには、学外での印刷は不可能だったんです」

「ふむ。たしかにあすなろ館の生徒が犯人ではないと示す証拠ですね」

千々石警部が、深く頷きながら言った。

「いや。犯人にとって、より重大な問題は——それがどこで印刷されたものか特定されること、だったのでしょうか」

「ええ。ちょっと特別な厚紙が使われていますから、コンビニや公共施設の有料プリンタで刷ったものとは思えない。そういうプリンタではぺらぺらの用紙か、写真を刷るような光沢紙の二択でしょう。つまりこれは、郷田刑事の身近……たとえば自宅で印刷された公算が大きいですね」

推理を締めくくって、エチカは千々石警部に目配せした。彼女は郷田刑事の後頭部を見つめながら、口を開く。

「物証のない推理ですから、自宅の捜査令状などは取れませんが……。しかし、無実を証明するためにも、ぜひ郷田警部補にはご協力いただきたいですねえ」

みなが見守る中、刑事は口を開いて——なにも言えずに口をつぐんだ。

彼の部下が、「郷田さん」と悲愴な声で呼ぶ。

郷田忍警部補は、自分の腰のホルスターに手を伸ばした。すかさず千々石警部が自分の銃を構える。

「違いますよ」

郷田刑事は投げやりな口調で言って、ホルスターごと拳銃を外すと、机に放った。続いて、懐から手錠と警察手帳を出して、拳銃の上に無造作に投げる。耳障りな金属音が鳴った。

彼は、警察組織の一員であることから降りたのだ。言葉にならない自白だった。

「で、でもなんで！　なんで刑事さんが湖城を殺すの……？」

すっかり混乱しきった声で、園部が叫んだ。

「犯人の動機は浅香先輩の復讐じゃなかったの？　まさか、正義の裁きってこと？」

「あるいはトカゲのしっぽ切りやろうか」と、志儀先輩。「湖城龍一郎のいじめが明るみに出れば、それを隠していた霧森警察署も大バッシングを受ける。それで……」

「違う!!」

郷田刑事が吼えた。今まででいちばん大きな声だった。

「そう、違うでしょうね」

エチカは冷静に言った。

「正直、動機なんておれにはさっぱりわかりません。ただ……浅香先輩と郷田刑事の顔が妙に似ていることは、関係ある気がします」

言われて気づいた。浅香先輩の顔が誰かに似ていると思っていたその「誰か」は、郷田刑事だったのだ。彫りの深いところなど、そっくりだ。

「そこまで気づくとは……完敗というよりほかないね」

「え、うそ」志儀先輩がぐるぐると目を回す。「あんた、浅香のオトン？」

「戸籍上の父親ではないよ。……ただ、血は繋がっている」

ぽつん、と窓に水滴がくっついた。その雫はまたたく間に数を増やし、古びた建物の屋根を雨が打つ音が、食堂を包んだ。

まる一日、容疑者の汚名を着せられた高校生たちは、力なくうなだれる殺人者を見守り続けている。郷田忍は、みなの視線を受け止めながら語り出した。

「十八年前……私が霧森署に着任したばかりのころ、付き合っていた女性がいた。私は結婚まで考えていたが、些細なことがきっかけで別れてしまった。その後すぐに彼女は別の男性と結婚したのだが——。不幸だったのは、彼女の腹に私の子がいると気づかずに結ばれてしまったことだ」

「誰にとっての不幸、なんでしょうね」

千々石警部が呟いた。責めるようでもなく、純粋に気になるという口調だった。

「すべての関係者にとって、ですよ。最初はよかった。彼女の夫は、希を自分の子供だと思っていたようだから。しかし、希の弟——自分と血の繋がった子供ができ、ふたりが成長するにつれて、彼は気づいてしまったようだね。希の顔には、明らかに自分ではない男の遺伝子が刻まれていると」

「い、いつ郷田さんはそのことを知ったんです？」

室刑事が問うた。彼は混乱のあまりか、半べそをかいている。

「夫との離婚後、彼女が私を訪ねて来たときさ。もう八年ほど前のことだな……。私は独身を貫いていたが、彼女も私も結婚しようという話は持ち出さなかった。お互いの人生は変わりすぎていたから。とはいえ離婚の原因を聞くと知らんぷりもできない。ときどき、希の養育費として彼女に金を渡していた」

「浅香先輩に会いたいとか、思わなかったんですか」

オレの問いに、郷田はしばし沈黙してから答えた。

「会うのが怖かったんだ。恥ずかしい話だがね。血が繫がっていようが、希にとって私は見ず知らずの男だ。今さら父親面もできないし、誹《そし》られるのがオチだと思えた。養育費を渡すためにときどき彼女と密かに会って、希の成長を聞くことだけが楽しみだった。私は天涯孤独なのでね」

「それだけの関係で、浅香先輩の復讐を？　血の繫がりがそんなに大切かな」

棗が乱暴な感想を挟んだ。有岡さんが「おい」と小声でたしなめたが、郷田はいびつな笑みで応えた。

「それだけの繫がりだったら、私もあんな大それたことはしなかっただろうな」

「もしかして会ったんですか？　浅香先輩と」

エチカの問いに、郷田は乾いた笑い声を上げた。

「君はなんでもお見通しなんだな！　……そうだよ。私はたまたま、希と会ったんだよ。去年の七月のことだ」

「園部によれば、同じ時期、浅香先輩には『頼れる人』ができたそうですね」

エチカがそう言った途端、当の園部が「そんな」と声を上げた。

「あれは、浅香先輩の強がりだと思ってたけど……郷田刑事が？」

郷田は両手で顔を覆って、長いため息をついた。

「たまたま霧森駅前のショッピングモールで会ってね。先に私に気づいたのは彼だったよ。『郷田さん』と呼び止めてきた少年が血の繋がった相手だと気づいて、私はひどく動揺してしまった。それが希にも伝わったものだから、ごまかすことはできなかった。

そのまま、モール内の喫茶店で話をした。どうして希が私の顔を知っているのかをまず訊いた。どうやら、彼の母親が写真を見せたらしい。離婚の後、さすがに希も自分が父親の子ではないことに気づいたようでね。問い詰められて根負けして、本当の父親のことを話したそうだ……私のことをね」

雨音は途切れることなく続いていた。今夜の雨はけっこう強い。

「希が中学三年のときのことだと言っていたかな。彼女は、希にそれを喋ったということを私には黙っていた。まあ、養育費を渡す条件として私の存在は伏せておくようにと伝えていたからね。……だから彼女は、希が霧森学院を受験したいと言ったときは必死に止めたそうだ」

「『この町にいると、会える気がして』」

志儀先輩の唐突な言葉に、全員が彼のほうを向いた。郷田も顔を上げる。

「浅香が言うてましたよ。東京の中学からわざわざ霧森の高等部を受験したのは、そういう理由やって。それは、あんたのことやったんですね」

「そうか、あの子がそんなことを……」郷田はのろりと首を振った。「霧森学院は偏差値も高い立派な学校だ。希が特進クラスに合格してしまったからには、彼の母親が入学を認めたのもわかる。彼女は、希にとにかくいい学校に行ってほしいと常々言っていたから」

しかし、浅香先輩にとっては決して「いい学校」ではなかった。オレはそのことを思って、どうしようもなく悲しくなる。

「モールでの別れ際に私は希と連絡先を交換したが、それから二か月の間、一切連絡がなかった。勢いで呼び止めたものの、彼にとって私はとくに話したい相手でないのだな、それも当然か――そう思って、気にしないようにしていたよ……だが」

郷田がかっと目を見開いた。不気味に血走ったその目に、涙の玉が浮き上がった。

「鷹宮くんたちには、すでに話したね？　去年の九月、私が秋田での捜査に駆り出されていたことを。向こうに着いてすぐ、強盗殺人犯を捕らえるための張り込みを始めた……七十二時間にわたる持久戦の末に、現地の刑事たちと一緒に、とうとう奴を捕らえた。その後、プライベート用の携帯の電源を入れたら、希からの着信があったんだ。慌ててかけ直したが、繋がらないと言われた。同じ夜――霧森署に電話で報告を入れたときだったよ。霧森学院で男子生徒が自殺したと聞いたのはね」

ほとんど無感動だった郷田の口調に、異様な熱がこもってくる。

「秋田での仕事に片をつけて霧森に引き返したときには、すべてが終わっていた。霧森署は、浅香希の死を自殺として処理していた。私は、希が死の直前に電話をかけようとした相手だ。その私に、なぜ誰もなにも言わないのか不思議だったよ。調べてみたら、立つ鳥あとを濁さずというつもりなのか、希は自分のスマホを水没させて壊してから自殺していたんだ。だが、署の人間はデータの復元すらしなかったようだね。学院の理事長の、馬鹿げた圧力のために」

あすなろ館の住人たちは、みな一様に顔をそむけた。オレも、どうしてだかわからないけれど、郷田の顔を見られなかった。彼の声だけが聞こえてくる。

「この半年の間、私なりにいろいろ調べようとしたよ。だが、職場の人間たちからは煙たがられてね。どうにも手出しができずにいるところへ、園部くんが階段で襲われた事件の通報が入った。このチャンスを逃すわけにはいかないと、私はここでの捜査を続けたんだ」

「だ、だから郷田さん……浅香事件の捜査をしていたのか」

室刑事の呟きは、もはや涙声だった。

「そうするうちにあなたは、屋上でおれたちが話しているのをたまたま聞いた」

エチカの声が割りこんだ。その声は今でも透き通っていて、まっすぐだ。郷田の掠れた声が続く。

「学院内を調べているとき、白状すると何度か喫煙所まで下りるのを無精して、屋上で一服させてもらっていたんだよ。あのときも、室くんがトイレにこもっていたから、一本だけ吸おうとしていたんだ」

オレは屋上に煙草の灰が落ちていたことを思い出した。さらに、五月女がトイレで「ぼくが入る前から個室にこもっている人ならいますけど」と言っていたことも。それが室刑事だったのか。

「屋上でその話を聞いて、私は……私は、どうしても赦せなかった。湖城も赦せなかったし、希から『頼れる人』と言われながらもなにもできなかった自分が……どうしても。希の電話を取れていれば、彼を助けられたかもしれない。そう思うと耐えられなかった」

郷田は深く息を吐き、両手で目もとを覆った。

「屋上で兎川くんに気づかれ咄嗟に逃げ……やり過ごしてから、室くんと合流した。覚えているね、室くん？　私が『書類仕事が残っているだろう』と、君ひとりを先に帰らせたことを」

室刑事は袖で涙をこすりながら頷き、ちらりと、千々石警部を見る。

「刑事の単独行動はご法度ですから、ちょっと心配だったんですけど、そのぅ……郷田さんは非番返上で非公式に捜査をしていたから、まあいいかなって」

「余計駄目でしょう」

千々石警部が冷めた声で言うと、郷田は口もとに強張った笑みを浮かべる。

「私のわがままだから、室くんは見逃してやってください。とにかく、私はひとりになると、湖城という生徒の教室を調べた。名簿は手もとにあったのでね。そして、三年一組——特進クラスの教室に向かった。そこで私は、あの日二度目の立ち聞きをやらかしたというわけです」

郷田が両手を外すと、その血走った目は見開かれていた。

「私は……聞いてしまった。誰が『湖城』かは、名前を呼ぶ声でわかった。彼はこう言っていたのだよ。鷹宮くんのことを生意気だと評した後で……」

——浅香という男がいたね。あの件を思い出そう。あれは、我々にとっての成功体験だ。

——また、あのようにやればいい。鷹宮絵愛も屈するさ。

「な……なんてやつだ」

有岡さんが怒りに震える声を出した。志儀先輩は、眼鏡がずれるのも構わず乱暴に目もとをこすった。郷田の語りは続く。

「それを聞いたら、どうにも歯止めが利かなくなってしまってね。その場を静かに離れて、私は校舎を出た。それから離れた市のホームセンターまで車を飛ばし、犯行用具一式を買いこんでいたというわけさ」

殺人者の告白は、終わった。

千々石警部がため息をついて、自分のコートのポケットに郷田の手錠や拳銃をひょいひょいとしまっていく。彼女は、疲れ切った男の肩に手を置いた。

「行きましょうか。手錠はいりません」

郷田は首を横に振って、室刑事のほうへ両手を差し出した。若き刑事は、涙と鼻水で顔をぐしょぐしょにしながら、上司だった男の腕に鉄の輪をはめた。

刑事たちに挟まれて去っていく郷田の背中を見送りながら、オレは彼が東屋で話していたことを思い出した。殺人者は「普通の人」だと、郷田は言ったのだ。あのとき彼は、どんなつもりだったのだろう。オレをミスリードしようとしたのか。それとも、自分を正当化しようとしていたのか。尋ねようかと迷っているうちに、その背中は廊下に消えた。

玄関の扉が閉まる音のあと、窓を打つ雨がひときわ強くなった気がした。

7

その夜、あすなろ館は静かだった。

郷田たちが去った後、誰も余計な話をせずに、そっと部屋に引き取った。オレはひとりで風呂に入って、誰とも会わぬまま上がった。

生物部出張部室の前を通りかかると、ドアの下から灯りが見えたので、中に入ってみる。エチカがぽつんと椅子に座って、ガラスケースの中のへっくんを眺めていた。

「なんだ」

目をへっくんに向けたまま訊いてきた。

「べつに」と、エチカの口癖を真似て答える。「ちょっと礼が言いたくて」

エチカは、ようやく顔を上げてオレを見た。

「なんの礼だ」

「決まってんだろ、謎を解いてくれた礼だよ！　オレが無理やり背中押したようなとこあるしさ」

「……礼を言われることじゃない。それに」

そこでエチカは口をつぐんだ。しばらく、言葉を探すように目を伏せていたが、やがてへっくんのほうに向き直る。

「それに？」

「なんでもない」

「あ、そ。……にしても、ほんと、おまえってすげーんだな。感動した」

「……べつに」

いつもどおりの答えを返して、エチカは沈黙する。しばらく黙って背中を見ていたが、なにも言わない。放っておいてほしいのかなと思い、オレはドアに向かった。

「ヒナ」

ドアノブを回した瞬間、エチカが声をかけてきた。

「なんだ？」

「その……、おれからも、礼を言わせてくれ」

またしても、彼の口真似をせねばならないようだ。

「なんの礼だ」

「……警察から疑われていたのは、おれだった」

こちらを見ずに、エチカは話し続ける。まるで、へっくんに語りかけているかのようだ。

「おまえが解決を急がせたのも、おれのためだった。だから……おまえは礼を言わなくてもいいんだ。それが言いたかった」

エチカがこちらを向いた。力強い瞳が、まっすぐにオレを映している。

「ありがとう。おれを信じてくれて」

やっぱりオレはこいつの言うとおり、顔に出やすい人間らしい。明らかに自分の口もとが緩んでいるのがわかった。

「なに言ってんだよ。当たり前だろ、信じるなんて」

エチカのほうに、拳を突き出す。

「友達なんだからよ」

「……ああ」

名探偵は、かすかに笑みを浮かべた。それから、大きくてひんやりした掌を握って、オレの拳にそっと打ち付けてきた。

エピローグ

事件解決から一週間ほど経ったころ、千々石警部が報告に来てくれた。

彼女によると、郷田はとても穏やかに供述を続けており、裏付け捜査も円滑に進んでいるそうだ。

だが、事件の後遺症めいた狂騒はしばらく続いた。事件が学内で起きたうえに動機はいじめで自殺した生徒の復讐。おまけにその犯人が地元警察官ということで、湖城事件はメディアを大いに賑わした。マスコミが大挙して門の外に押し寄せ、事件解決の翌日などは校舎の上をヘリコプターが飛んでいた。

ＳＮＳでは連日「霧森学院」がトレンド入りして、あることないこと書かれまくっているらしい。千々石警部の助言に従いオレはスマホを封印していたが、興味を抑えきれずにネットを見た生徒たちは、だいぶ落ちこんでいた。学院のイメージが下がって指定校推薦の枠が減るのでは、と気を揉んでいる連中もいた。

面白がる外野には腹が立つが、学院が注目されること自体は必要だったとオレは思っている。浅香先輩へのいじめがちゃんと明るみに出たからだ。神崎さんが勇気を出して、警察に洗いざらいすべてをぶちまけたらしい。加担した生徒は何人も取り調べを受けて、事実関係は少しずつ明らかになっている。捜査をしているのはもちろん埼玉県警であって、霧森警察署ではない。霧森署の関係者が学院と通じて捜査を打ち切ったという事実も、どこかの週刊誌にすっぱ抜かれたらしい。

他にも様々な情報が狭い敷地内で暮らす男子たちの間で行き交ったが、オレたち「あすなろ組」はどちらかと言えば騒ぎを冷静に眺めていた。疲れ果てていて騒ぐ気になれなかった、という面もある。

そんなオレたちにとって大きな意味を持つニュースは、事件から十日後にもたらされた。

夕食どき、校長自らがあすなろ館に乗りこんできて、告げたのだ。

「あすなろ館は潰すことになった」と。

言葉を濁していたが、どうやら学院についた悪いイメージを払拭するため、いわくつきの旧館を取り壊すことで「心機一転」感を出したいらしかった。そんな馬鹿な理屈には納得しかねたが、「そもそも旧館を維持するのには余計な金がかかっていた」とまで言われると、オレたちは返す言葉もなかった。すごすごと帰っていく校長の背中を、みんな無言で見送った。

その後のあすなろ組の反応は、各自様々だった。

真っ先に居住費の心配をした五月女に対し、瞬は「またユイと同室になりたい」などと言っていた。嚢は「同じ屋根の下で暮らす男が増えるのは嫌だ」とこぼし、園部は「人が多いところは苦手だ」と呟いた。このふたり、意外と気が合っていたのかもしれない。

オレも長らく暮らしたあすなろ館との別れは悲しかったが、冷静に現実を受け止めていた有岡さんと、いつもどおり皮肉を飛ばす志儀先輩を見ていると落ち着いた。

エチカはどこかぼんやりした様子だったので、肘で小突いてやった。彼はこう呟いた。

「新しい寮では、へっくんと一緒に暮らせるんだろうか」

ちょっとは人間のことにも興味を持ってくれよ、と思った。

じつを言うとオレは、エチカと部屋が離れてしまうのではないか、とちょっと寂しく思っていたのだから。


ゴールデンウィークの間に、オレたちはあすなろ館を引っ越した。

取り壊しは夏休みに行われるらしい。平木さんは学院を去り、市内にある実家へと帰っていった。「転職には慣れっこなんでね」と、呑気に笑っていた。

エチカの心配は杞憂《きゆう》に終わり、へっくんは自室での飼育が認められた。ただし、あくまでも「生物部の活動の一環」という名目で。エチカは満足気だし、へっくんは可愛いから、オレとしても、まあよかったかな、とは思う。しかし、四月にさんざんエチカから忠告されたように、ハリネズミとは繊細な生き物である。おかげでオレは、大声を出すたびにエチカに叱られるし、筋トレのたびにエチカに見張られている。自分の部屋なのに。

要するに、オレは新館に引っ越してからもエチカと同室になった。

そうなる気はしていたが、正式に決まったときはなんとも言えず嬉しかった。あすなろ館であんな特別な日々をともに過ごしたせいで、エチカはどうしようもなく特別な友人になってしまっていた。

もっとも、こんな面倒くさい変わり者はオレでないと相手できなかっただろう。部屋割りが決まったときにエチカにそう言ったら「おまえもな」と返されたけれど。


五月が終わるころには、学院を取り巻いていた狂騒も静まった。新館での生活にも慣れてきて、オレたちには少しずつ日常が戻ってきた。

今日は六月一日、衣替えの日だ。

「おーい、エチカ、なにしてんだよ？」

「待て、ヒナ。もうすぐ終わる」

鏡の前でごそごそしていたエチカは「おまたせ」と言って振り向いた。その姿を見て、オレは思わず吹き出してしまった。

「ぶふっ……。なにやってんだよ、エチカ。今日からはしなくていいのに」

エチカは、オレとお揃いの半袖シャツを着ているが、その首から余計なもの——ネクタイをぶら下げていたのだ。エチカは、はっとしたようにそれを摑んだ。

「……つい、癖で」

「この春まではひとりじゃ結べなかったのになー？　できるようになったら、楽しくなったってか。可愛いやつだなー、あははははは」

エチカは不機嫌そうに、外したネクタイをベッドに放る。やはりエチカが下の段、オレが上の段を使っている。

「ヒナにだけは可愛いとは言われたくない」

「なっ……！　どういう意味だよっ」

「そのままの意味だ。行くぞ、ヒナ」

拗ねた様子のエチカは、オレよりも先にドアを開けて出ていく。

「あっ、おい！　待てよエチカっ」

早足で去るルームメイトの背中を、オレは追いかけた。

この作品は二〇二二年四月にポプラ社より刊行されたものです。

ルームメイトと謎解きを

楠谷 佑

2024年10月5日　第1刷発行

発行者　加藤裕樹
発行所　株式会社ポプラ社
〒141-8210　東京都品川区西五反田3-5-8
JR目黒MARCビル12階
ホームページ　www.poplar.co.jp
フォーマットデザイン　bookwall
組版・校正　株式会社鷗来堂
印刷・製本　中央精版印刷株式会社

N.D.C.913/382p/15cm　ISBN978-4-591-18346-5

P8101501